공주는 소리 내어 울지 않았다

정원찬 장편소설

공주는 소리 내어 울지 않았다

도서출판 월인

차 례

원손이 태어나던 날

산통이 시작된 지 꽤 오랜 시간이 흘렀다. 첫아이 경혜를 너무 쉽게 낳았기 때문일까? 첫 진통이 시작된 그제 저녁까지만 해도 세자빈 권 씨는 이처럼 불안하지는 않았다.

숨이 막힐 것만 같았다. 앙다문 어금니 사이로 새어 나오는 신음을 눌러 삼켰다.

"빈궁마마, 소리를 지르셔요. 그래야만 고통이 작아집니다."

의녀 인향이가 안타까운 표정으로 세자빈에게 말했다.

하지만 세자빈 권 씨는 소리를 지르지 않았다. 아바마마께서 자기를 어떻게 세자빈 자리에 올려놓았는지를 생각하면 이따위 고통쯤이야 반드시 참아야 한다고 생각했다.

세자빈 권 씨는 세종의 얼굴을 머리에 떠올리며 원손이 태어나기를 빌었다. 딸이라면 여섯 살 경혜 하나만으로 족했다.

후궁 시절, 경혜가 태어난 것은 축복이었다. 딸을 낳았으니 아들이라고 못 낳을까? 시아버지 세종께서 권 씨를 세 번째 세자빈으로 삼은 이유였다. 세자가 열네 살에 처음으로 맞이한 세자빈 휘빈 김 씨는 투기가 심하다는 이유로 2년 만에 쫓겨났고, 두 번째 세자빈으로 간택된 순빈 봉 씨는 시녀와 사랑에 빠져 음탕하다는 이유로 결국 쫓겨나고 말았다. 아무도 왕가의 핏줄을 생산하지 못한 채 쫓겨났다. 원손을 빨리 보아 왕업을 튼튼히 해야 한다는 세종의 병적인 집념에서 비롯된 일임을 세자빈 권 씨는 잘 알고 있었다. 그래서 세자빈 권 씨에겐 반드시 아들이 필요했다.

또다시 통증이 몰려오기 시작했다. 천장에 매달린 사슴 가죽으로 만든 고삐를 힘껏 끌어당기며 아랫배에 모진 힘을 주었다. 그런데 이상했다. 힘이 모이지 않았다. 어디론가 바람이 빠지듯 자꾸 헛힘만 들어갔다.

"경혜가 보고 싶구나. 데리고 오너라."

고통을 참느라 앙다문 입술 사이로 겨우 새어 나온 말이건만 의녀 인향이는 용케도 알아들은 모양이었다.

"빈궁마마, 산실에는 아무도 들일 수 없습니다."

"인정머리 없기는……."

세자빈은 산실의 법도를 모르는 바 아니지만 인향이가 자기 마음을 알아주지 못하는 것 같아 서운했다. 6년이 넘도록 인향이를 보아 온 터였다. 그러니까 경혜가 태어날 때도 그녀가 산실을 지켜 주었다. 총명한 아이였다.

인향이가 해마(海馬)와 석연자(石燕子)를 손에 쥐어 주면서 말했다.

"마마, 꼭 쥐고 계세요. 이걸 쥐고 있으면 아기씨가 빨리 나온답니다."

"경혜가 보고 싶어."

부질없는 생각이었다. 애써 고개를 벽 쪽으로 돌려 인향이의 시선을 피했다. 벽에 붙여 놓은 붉은색 부적이 흐릿하게 보였다. 최생부(催生符)였다. 출산을 순조롭게 해 줄 수 있는 신력을 지녔다는 부적이었다. 세자빈 권 씨는 제발 건강한 사내아이를 쑥 뽑아 달라고 부적을 보며 빌었다.

산통이 강하게 몰려 왔다. 참고 참았던 신음이 기어이 터져 나오고 말았다.

자선당 대청마루 앞에서 서성대던 의관 전순의가 세자빈의 신음을 듣고 큰소리로 외쳤다.

"이보시게, 이보시게."

인향이가 달려 나왔다.

"마마께서 지금 어떠신가?"

"아무래도 이상하옵니다. 힘이 주어지지 않고, 기력은 떨어지고……."

어둠이 자선당 뜰에 가득 내려와 앉을 때부터 시작된 산기였다. 그리고 다음 날 어둠이 짙어질 때까지 해산하지 못하고 모두가 초조해할 때까지만 해도 전순의는 마음속에서 솟아오르는 쾌재를 감추지 못했다. 세자빈이 쉽게 해산하지 못함은 배 속의 아기가 딸이 아니라 골격이 큰 아들이기 때문이라고 확신하고 있었다.

원손이 태어나 주기만 한다면…….

한 품계만 승차된다고 해도 종4품 첨정이 아닌가. 미천한 신분으로 태어나 여기까지 온 것만으로도 꿈만 같은데 첨정이라니! 전순의는 구름 속을 걷는 것만 같이 마음이 부풀어 올랐다. 세자빈 권 씨가 고통을 이기지 못해 몸부림칠 때마다 전순의는 첨정을 생각하며 흥분을 가라앉히지 못했다. 그것이 어제저녁이었다.

그렇게 밤을 보내고 이제 해는 중천까지 솟아오르고 있었다.

"뭐라고 그랬느냐?"

전순의는 인향이를 다그쳤다.

"전혀 힘을 쓰지 못하십니다."

불길한 예감이 엄습해 왔다. 전순의는 대청마루 끝에 엉거주춤 걸터앉고 말았다. 갑자기 맥이 풀리고 다리에 힘을 줄 수가 없었다.

이러다가 잘못되기라도 한다면…….

목이 열 개라도 붙어 나지 않을 터였다. 왕족을 잘못 치료하여 목이 달아난 의관 이야기가 머리 주위를 맴돌았다. 갑자기 등줄기를 타고 식은땀이 주르르 흘러내렸다.

이대로 넋을 놓고 있을 수만 없었다. 정신을 차려야 했다. 자리에서 벌떡 일어나 기둥에 머리를 박고 한참 동안 정신을 집중했다. 노중례 의관이라면 이럴 때 어떻게 했을까? 출산과 어린아이의 병에 관한 한 그를 따를 자가 없었다. 하지만 그는 휴가를 얻어 고향으로 내려간 지 열흘이 넘었다.

전순의가 노중례 의관을 떠올리자 문득 태산요록(胎産要錄)이 생각났다. 그가 편찬한 출산에 관한 책이었다. 전순의는 내의원 서고로 달려가 태산요록을 펼쳤다. 불수산(佛手散) 처방법. 전순의는 그만 입을 떡 벌리고 다물지 못했다. 태산요록은 집필을 완료한 지 달포가 넘지 않아 아직 먹 향기를 은은히 풍기고 있었다. 출산을 촉진하고 유산을 방지하는 처방법, 그것이 불수산 처방법이었다.

전순의는 탕약을 산실로 들이면서 긴 한숨을 몰아쉬었다.

"아바마마, 빨리 가 봐요, 네?"

경혜는 세자 향(珦)의 손을 끌며 재촉했다. 세자는 밤을 거의 뜬눈으로 지새우고 여태껏 비현각 뜰에서 서성대고 있었다.

"가벼이 행동하지 말거라. 내관을 보내 놨으니 조만간 좋은 소식을 가져올 게다."

세자는 어린 딸에게 가벼이 행동하지 말라고 타일렀지만 초조함을 감출 길 없어 자기 스스로에게 다짐하는 말이었다. 비현각 마당을 건너 오른쪽 문 하나를 건너면 자선당 건물이 이웃하고 있었다. 단걸음에라도 달려갈 수 있는 거리였다.

"어마마마가 보고 싶단 말이에요."

한여름의 땡볕은 걱정스러운 표정을 하고 있는 경혜의 얼굴에 쏟아지고 있었다. 얼굴에 땀이 송골송골 맺혀 있었다. 세자는 손바닥으로 땀을 훔쳐냈다. 이렇게 예쁜 딸이라면 열 명을 더 낳아도 좋을 것 같았다. 그러나 금방 머리를 흔들어 생각을 지워 버렸다.

빈궁을 위해서라면 원손이 필요했다. 그것만이 빈궁 자리를 지켜 줄 수 있으리라 세자는 믿었다. 세자빈에서 폐위된 김 씨와 봉 씨가 동시에 머리를 스치고 지나갔다.

"우리 경혜는 엄마보다 태어날 동생이 더 보고 싶은 게로구나."

"아니에요. 어마마마를 힘들게 하는 동생이라면 싫어요."

"그럼 아들이면 좋겠어, 딸이면 좋겠어?"

"아들! 원손!"

경혜는 거침없이 원손이라고 말했다.

"왜?"

"어마마마께서 원손이어야 한다고 늘 말씀하셨어요."

어마마마가 보고 싶다고 보채는 경혜를 안고 세자는 대청마루로 올라섰다. 7월 23일. 한여름의 대낮 더위는 숨을 턱턱 멎게 했다.

세자는 경혜를 무릎에 누이고 부채질을 해 댔다. 하얀 뺨 위로 흘러내린 귀밑머리가 바람에 한들거렸다. 보채다가 지쳤는지 어린 것이 이내 잠이 들었다.

전순의는 인향이를 다시 불러냈다.

"어떠신가?"

"차마 눈뜨고 뵙지 못할 정도입니다."

"어렵다 이 말이군."

"의관님, 다른 처방은 없으신가요?"

전순의는 그만 고개를 떨어뜨리고 말았다. 인향이는 답답해서 미칠 것만 같았다.

"무슨 처방이라도 내 보셔요! 이대로 손 놓고 있으면 어떡해요? 마마라도 살려야 하잖아요!"

그때 전순의가 고개를 번쩍 들며 말했다.

"그래. 둘 중에 하나는 살리자. 그러려면 내가 시키는 대로 해야 하느니라. 할 수 있겠느냐?"

"시켜만 주세요. 목숨을 살리는 일이라면 무슨 일이든지 하겠습니다."

"조금 있으면 불수산 약효가 나타날 거야. 마마께서 마지막으로 힘을 쏟으실 게야. 그때 아기를 밀어내자. 네가 마마의 얼굴 위에 쪼그리고 앉는 자세여야 하느니라. 그리고 두 손을 펴서 마마의 명치끝에서 아래쪽으로 아기를 밀어내는 거야. 있는 힘을 다해 압박해야 하느니라. 할 수 있겠느냐?"

"소인이 어찌 마마의 몸에 손을 댑니까? 못 합니다."

인향이는 머리를 절레절레 흔들었다.

"네 사람 목숨이 걸린 일이야! 산모와 아기를 잃으면 너나 나 둘 다 죽은 목숨이다. 이왕 죽을 몸, 할 수 있는 일이라면 뭐든 해 봐야 하지 않겠니?"

전순의는 인향이를 떠밀다시피 하여 산실로 들여보냈다.

불수산의 약효인지 오래지 않아 산통이 다시 시작됐다. 세자빈 권 씨는 마지막 힘을 모아 아랫배에 쏟았다. 이제는 남아 있는 힘도 없었지만, 그래도 이대로 주저앉을 수는 없었다. 머릿속이 온통 하얗게 변했다. 이젠 아무것도 생각나지 않았다. 다만 경혜가 옆에 있어 그 여린 손을 꼭 붙잡고 싶었다.

"한 번만 더, 제발 한 번만 더 힘 주세요, 마마."

저 멀리서 인향이 목소리가 애처로이 들리는 듯했다.

인향이는 세자빈 권 씨의 손을 꼭 잡고 나직이 말했다.

"마마 소인을 용서하시옵소서."

그녀는 전순의가 시키는 대로 마마 위로 올라가 명치 끝에 두 손을 모으고 호흡을 가다듬었다. 아랫배에 힘이 들어가는 순간 인향이도 힘껏 아랫배 쪽으로 압박했다. 마마의 호흡에 맞춰 정신없이 압박하고 있는데 태아가 아래쪽으로 움직이는 듯한 느낌이 인향이의 손끝으로 전해져 왔다.

"더! 더! 이젠 다 되었어요!"

인향이는 자기도 모르게 소리를 질렀다. 그때 다른 의녀가 다급하게 외쳤다.

"머리가 나오고 있어요!"

기둥에 등을 기대고 맥없이 앉아 있던 전순의도 큰 소리에 놀라 벌떡 일어섰다. 기둥에 머리를 대고 있는데 굵은 눈물이 주르르 흘렀다.

'됐어!'

그는 기둥을 힘껏 끌어안았다. 마치 자기가 산모인 양 온몸에 힘을 주었다. 오래지 않아 아기의 울음소리가 자선당 뜰에까지 들렸다.

세자빈 권 씨는 어렴풋이 들려오는 아기의 울음소리를 듣고 정신을 놓아 버렸다.

산실청에 대기하고 있던 내관들은 세자빈이 무사히 출산하였다는 소식을 전하기 위해 각기 다른 방향으로 득달같이 내달렸다. 대전 내관은 세종에게 알리기 위해 편전으로 달렸고, 중궁 내관은 소헌왕후가 거처하는 교태전으로 달렸다. 동궁 내관은 이모문(貽謨門)으로 돌아 들어가면 비현각으로 갈 수 있지만 급한 마음에 측간으로 통하는 지름길로 내달렸다.

"저하! 경하드리옵니다. 원손이옵니다."

내관이 목청을 돋우어 길게 고했다.

"그래? 원손! 원손이랬다?"

얼마나 큰 소리를 질렀는지 무릎 위에서 잠자던 경혜가 놀라 일어났다.

"경혜야, 동생이 원손이란다, 원손!"

"정말?"

"그렇단다. 자, 이제 어마마마 뵈러 갈까?"

"네."

세자는 경혜의 손을 꼭 잡고 이모문을 나섰다. 원손을 보러 가는데 아무리 마음이 바빠도 내관이 왔던 것처럼 측간 옆 쪽문으로 가고 싶지는 않았다.

세자가 자선당 뜰에 성큼 들어서자 전순의 의관이 맨 먼저 달려왔다.

"동궁마마, 경하드리옵니다."

"원손이랑 빈궁 모두 건강하신가?"

"건강한 원손이옵니다. 하지만……."

의관의 말꼬리가 흐리자 순간 세자의 표정이 굳었다.

"하지만이라니? 답답하구나."

"원손을 낳자마자 혼절하셨습니다. 기력을 너무 쏟으신 탓에……."

"이런 불충한 놈이 있나! 그러고도 네가 살아남을 성싶으냐?"

전순의는 모골이 송연해짐을 느꼈다. 빈궁이 원손을 출산한 덕에 후한 상이 주어질 것이라고 기대하고 있던 그는 세자가 이렇게 화를 낼 줄은 상상도 하지 못한 일이었다. 깊이 주무신다고 표현할 걸 괜히 혼절이라고 말한 것을 이내 후회했다.

"하지만 안정을 취하고 나면 곧 쾌차하실 것이옵니다."

"성심을 다하도록 하여라. 그리고 빈궁이 깨어나면 속히 고해야 하느니라."

"네, 세자 저하."

세자는 서운함을 감추지 못하고 발길을 돌렸다.

"경혜야, 이따가 오자. 어마마마께서 주무신단다."

"그래도 보고 싶은데……. 많이, 아주 많이."

굳게 닫힌 산실 문으로부터 눈을 떼지 못하는 경혜를 데리고 세자는 다시 비현각으로 돌아갔다.

날이 저물고 어둠이 깃들자 사위는 적막 속으로 묻혀 들었다. 원손이 태어난 경사스러운 하루가 맥없이 지나가고 있었다. 잠깐잠깐 정신이 돌아왔다가 까무러지기를 몇 번이나 거듭한다는 빈궁 소식이 세자를 불안하게 만들었다.

'경혜만큼 예쁜 딸이면 또 낳아도 좋은데, 원손이라니 너무 고맙고 또 고맙소.'

빈궁이 깨어나면 꼭 해 주고 싶은 말을 세자는 머릿속에 담아 보았다. 그러다가 깜빡 잠이 들었다. 세자는 꿈속에서 빈궁을 보았다. 땀으로 얼룩진 얼굴. 하얀 뺨으로 흘러내린 머리카락 몇 올이 헝클어져 붙어 있었다. 경혜를 낳았을 때도 꼭 이런 얼굴이었다. 조금 더 창백한 얼굴, 그것만 조금 달랐다.

새벽어둠이 조금 걷힐 무렵, 동궁 내관의 다급한 목소리에 세자는 눈을 떴다.

"저하, 세자 저하!"

"새벽에 웬 소란이냐?"

"자선당으로 급히 뫼시랍니다."

"누가?"

"의관께서……."

의관이라는 말에 세자는 가슴이 쿵 내려앉는 것 같았다. 옷매무새를 제대로 갖추지도 못한 채 달려나가다가 되돌아서서 외쳤다.

"유모! 유모!"

"네, 저하."

방문이 열리지 않는 것으로 보아 유모 역시 잠자리에서 벗어나지 못한 것 같았다. 그 닫힌 방문을 향해 다시 세자가 소리쳤다.

"경혜를 데리고 오너라."

자선당에 들어서자 의관이 달려 나왔다.

"무슨 일인가? 의관!"

"송구하옵니다! 저하."

"답답하구나. 무슨 일인지 고하라."

의관의 표정만 보아도 빈궁의 상태가 심상치 않음을 세자는 직감으로 느꼈다. 세자는 잰걸음으로 대청마루를 올라 방문을 열어젖혔다. 헉! 찜통 같은 열기에 숨이 막혔다.

"빈궁!"

세자는 빈궁의 손을 잡고 흐느끼듯 빈궁을 불렀다.

"의관! 빈궁이 왜 이러느냐? 손이 차가워! 숨은 쉬는 것이냐?"

전순의는 후들거리는 다리만큼이나 떨리는 목소리로 아뢰었다.

"맥이 잘 잡히지 않습니다."

"그래서?"

"어의에게 급히 연통을 넣었습니다."

그때 유모가 숨을 헐떡이며 경혜를 앞세우고 방안으로 들어섰다.

"어마마마! 어마마마!"

경혜는 울음부터 터뜨렸다.

"의관! 어의는 어찌 이리 늦는가? 다시 내관을 보내거라."

"어마마마! 눈을 떠 보셔요! 어서요."

경혜가 빈궁의 가슴을 흔들며 울었다. 그때 빈궁이 긴 호흡을 거칠게 한번 내뱉더니 가늘게 뜬 눈으로 경혜를 쳐다보았다.

"저예요, 경혜!"

빈궁이 입술을 가늘게 떨며 무슨 말인가 하려고 했지만, 말이 입 밖으로 나오지 않았다. 빈궁의 눈에서 눈물이 주르르 볼을 타고 흘러내렸다.

빈궁이 세자의 손을 끌어 경혜의 손등 위에 살포시 얹어 주었다. 그리고 겨우 손을 들어 경혜의 뺨을 가만히 어루만졌다. 부드러운 손길이었다. 놀란 가슴을 겨우 진정한 경혜가 빈궁의 얼굴 위로 가만히 속삭였다.

"어마마마, 원손이옵니다. 너무 예쁘고 귀여운 원손이랍니다. 어서 일어나 안아 보셔야지요!"

빈궁의 입가에 엷은 미소가 흘렀다. 파르르 떨리는 입술만 제외하면 너무나 평온해 보이는 모습이었다. 모두의 시선이 빈궁의 얼굴에서 떠나지 못하고 머무는 동안 무거운 정적이 흘렀다. 그때 빈궁의 시선이 옆으로 흔들리면서 입술이 움직이는 듯했다.

"빈궁! 말씀해 보세요."

세자가 다급하게 빈궁의 손을 꼭 쥐며 말했다. 그러나 빈궁의 입술 안에 맴도는 말은 입 밖으로 나오지 못했다. 세자가 허리를 굽혀 귀를 빈궁의 입가에 가까이 대고 또 물었다.

"말씀해 보세요."

"원손……."

"원손이 보고 싶습니까?"

그때 빈궁이 가만히 고개를 끄덕였다. 세자가 강보에 싸인 원손을 얼른 빈궁의 품에 안겨 주었다. 빈궁이 원손을 끌어안았건만 원손은 눈을 뜨지 않았다. 앙증맞도록 예쁜 입술만이 어미의 젖을 찾는 듯 오물거리기만 했다. 모로 고개를 돌려 원손을 쳐다보는 빈궁의 눈가에 눈물이 맺혔다가 볼을 타고 흘렀다.

7월 24일 한여름의 아침 햇살이 방안으로 쑥 들어와 빈궁의 얼굴 위에 얹혔다. 그때 원손의 볼을 만지던 빈궁의 손이 맥없이 이불 위로 툭 하고 떨어졌다. 원손이 어미의 얼굴을 한 번도 보지 못했는데 빈궁은 눈을 감고 말았다.

"빈궁!"

세자의 울부짖음이 자선당 뜰에 울려 퍼졌다.

"어마마마!"

경혜가 빈궁의 가슴에 얼굴을 묻고 오열했다.

입조 시간이 한 시각은 남았는데도 비상 소집된 신료들이 편전으로 모여들기 시작했다.

"어찌 된 일이오? 영상 대감."

"꼭두새벽에 불려 나온 난들 어찌 알겠소."

"원손이 태어난 때문 아니겠소?"

"그 일이라면 어제 매듭지었지 않소. 대사면을 하기로."

영문을 모르는 대신들이 서로의 얼굴만 바라보며 한마디씩 했을 뿐 누구 한 명 명쾌하게 대답하는 사람이 없었다.

"주상 전하 납시오."

대전 내관이 소리를 길게 뽑자 모두들 자기 자리로 가서 섰다.

세종은 용상에 편히 앉지도 못한 채 힘없는 목소리로 말했다.

"어제는 원손을 얻어 이보다 더 기쁜 일이 없더니 과인이 덕이 없어 새벽에 세자빈을 잃고 말았소."

마른하늘에 날벼락이 떨어진 것일까? 신료들 모두 할 말을 잃고 초점 없는 눈으로 전하의 입술만 바라보고 있었다.

"빈궁이 과인에게 귀한 원손을 안겨 주려고 스물넷의 꽃을 스스로 꺾은 것 같구려."

"전하, 소인의 목을 치시옵소서. 산실청의 막중한 일을 소홀히 감독한 소인의 죄이옵니다."

영의정 황희가 산실청 수장으로서 죄를 청했다.

"영상에게 무슨 잘못이 있겠소. 산실청 도제조가 영상이라지만 그건 형식적일 뿐……."

"전하, 모든 책임은 의관 전순의에게 있사옵나이다. 당장 죄를 물어 참수하셔야 합니다."

형조 판서가 주청을 올렸다.

"그러하옵니다."

대신들 모두 한결같이 전순의의 죄를 주청했다.

"의관이 빈궁을 살리지 못한 것, 짐은 용서할 수 없소. 하지만 원손이 태어나지 않았는가. 원손을 위해서라도 경사스럽지 못한 일을 만들고 싶지 않구려."

"전하, 가벼이 넘겨서는 안 될 일이옵니다. 참수해야 마땅합니다."

"그만, 그만들 하시오. 어미 잃은 원손이 불쌍하지도 않소?"

세종은 한동안 말을 끊었다가 다시 이었다.

"경들의 말대로 의관의 죄 죽임을 면키 어려우나, 원손이 태어나지 않았소? 잔치는 못 할망정 피를 보는 일은 없었으면 하오. 원손을 깨끗하게 지켜 주고 싶은 이 할아비의 심정을 헤아려 주기 바라오. 그러니 의관 전순의를 두 직급 강등하는 것으로 마무리 지을 테니 재차 언급하지 마시오. 또한, 세자빈의 장례 절차에 조금도 소홀함이 없도록 경들의 지혜를 모아 주시오."

"그리고……."

세종이 말끝을 제대로 잇지 못하자 황희가 세종의 비통한 심정을 헤아려 머리를 조아렸다.

"하교하시옵소서, 전하."

"우리 원손의 태실은 조선에서 제일 좋은 명당을 찾아 안치했으면 하오. 그래야만 빈궁이 저승에서 편히 잠들 수 있지 않겠소."

"지당하신 분부시옵니다. 사람이 태어날 때는 탯줄로부터 생명의 기운을 얻지요. 하여 그 탯줄을 명당에 안치하게 되면 무병장수하고 명당의 기를 받아 높은 뜻을 마음껏 펼친다고 하였습니다. 그러니 원손의 태실을 조성하는데 어찌 소홀함이 있겠나이까? 묘지는 죽은 자의 복을 돋우기 위함이라면 태실은 산 자를 위하는 것이라 하였사옵니다. 좋은 명당을 찾아 원손에게 성군의 기개를 드높일 수 있는 기운을 온전히 받도록 하시옵소서."

"영상의 말씀을 들으니 조금이나마 위로가 되는 것 같구려. 허면 풍수학관에 일러 명당을 찾으라 하시오."

"소신 예조판서 민의생 아뢰옵니다."

"어서 말해 보세요."

"천하제일의 명당은 성주(星州) 선석산(禪石山)이 아닐는지요?"

침통했던 세종의 얼굴이 갑자기 밝아졌다.

"그렇지! 명당이라면 성주가 아닌가!"

선석산 명당. 세종은 오래지 않은 일을 두고 기억해 내지 못했던 자신을 책망하듯 정수리 한가운데를 주먹으로 툭툭 두들겼다. 불과 삼 년도 지나지 않은 일이었다.

본래 세종의 아들들 태실은 전국에 흩어져 있었다. 많은 자식들의 태실을 관리하는 일도 보통 일이 아니었다. 그것은 지방 관아로선 부담이요 백성들에게는 고통이었다. 민폐가 아닐 수 없었다. 세종은 살아있는 아들 중에 세자를 제외하고 나머지 열여덟 아들의 태실을 한군데로 모으고 싶었다. 백성을 아끼고 사랑하는 마음 때문이었다. 그래서 고르고 골라 선석산 명당에 왕자들의 태실을 조성했다. 그 명당을 민의생이 생각해 낸 것이다.

"소신의 생각으론 원손의 태실도 그곳으로 함이 좋을 듯하옵니다."

"이유라도 있는가?"

"열여덟 왕자들은 사사로이 원손에게 숙부가 되는 분들입니다. 거기에 원손의 태를 모신다면 열여덟 숙부들이 얼마나 좋아하겠습니까? 눈에 넣어도 아프지 않을 장손인데 어느 숙부가 사랑하지 않겠습니까? 여러 숙부들의 품에 원손이 안기는 형상이니 이보다 좋은 태실은 없을 듯하옵니다."

"옳거니! 대감이야말로 신라의 도선(道詵)이 살아 돌아온 듯하구려. 허면……, 공간은 충분하오?"

"끝자락에 봉토를 돋우면 충분히 공간이 확보되리라 사료되옵니다."

세종은 황희를 보며 물었다.

"영상 대감의 생각은 어떠하오?"

황희는 마음이 썩 동하지 않았다. 하지만 용안 가득 웃음이 걸린 세종의 모습을 보고 초를 치고 싶은 마음은 없었다. 목구멍에 걸린 말을 꿀꺽 삼키고 아뢰었다.

"전하의 용안이 너무 밝으니 소신 덧붙일 말이 없사옵니다."

옳다 그르다도 아닌 어정쩡한 말에 갑자기 찬바람이 이는 듯 편전의 분위기가 가라앉고 말았다. 그러자 민의생이 다시 덧붙였다.

"전하, 집현전 풍수학관에게 일러 다시 한번 살펴보시옵소서."

세종이 용상에서 일어나 민의생 쪽으로 천천히 걸어 나오면서 말했다.

"명당이라고 이미 검증된 곳인데 더 살펴 무엇 하겠소? 예판 대감이 말한 대로 즉시 시행하시오."

황희는 편전을 물러 나오면서 내내 꺼림칙한 마음을 떨쳐내지 못했다.

'이젠 나도 너무 늙었음이야. 무엇이든지 걱정거리로만 보이니 물러날 때가 지난 셈이지.'

황희는 다음 날도 그다음 날도 등청하지 못했다. 무거운 돌이 가슴을 짓누르는 듯했다. 목에 걸린 말을 뱉지 못하고 삼킨 것이 화근이었다. 황희는 말이 막혀도 체할 수 있다는 것을 처음으로 알았다. 여든 살을 먹도록 살아오면서 처음 겪은 일이었다.

황희가 등청하지 못하는 여러 날 동안 원손의 태는 성주에 안치되었다.

빈궁의 발인은 9월 16일로 잡혔다. 기승을 부리던 무더위도 물러나고 완연한 가을로 접어들 무렵 세자빈 권 씨는 현덕빈(顯德嬪)이라는 시호를 받았다. 어미를 떠나보내는 어린 남매를 지켜보는 세자는 하루에도 몇 번이고 눈물을 속으로 삼켰다.

비석에 새길 비명(碑銘)의 초안이 예조에서 올라왔다. 세자는 비문을 들고 또 한 번 눈물을 삼켰다.

「지혜로운 덕과 아름답고 고운 용모로 모두에게 사랑을 받아 세자빈 책봉을 받았고, 빈(嬪)의 법도를 잘 닦으시어 왕세자의 짝이 되셨도다. 원손이 탄생하여 울음소리 황황(皇皇)하니, 종묘사직에 경사가 넘쳤고 기쁨이 온 나라에 가득하였는데, 하늘이시여, 어찌하여 나이(年)마저 안 주셨나이까? 자는 듯 세상을 떠나심에 복을 누리지 못하셨도다. 슬픈들 어이하리? 말씀이나 돌에 새기리라.」

영구 수레가 광화문을 나서는데 도성 백성들이 울지 않는 이가 없었다. 원손 이름을 홍위(弘暐)라고 지었는데, 한 번도 그 이름 불러 보지 못하고 떠나는 어미의 마음을 백성들은 눈물로 대신하고 있었다.

세자빈 권 씨는 안산에서 바다가 멀지 않은 와리산 중턱에 묻혔다. 어린 남매를 남겨 두고 세자빈은 너무 먼 곳에 묻혔다. 경혜가 장성하면, 홍위가 장성하면 자주 데리고 가야겠다고 세자는 다짐했다.

그대를 만나

홍위는 가교(駕轎)에서 내려 걸어가고 있었다. 세종은 어린 세손이 걱정되어 말이 끄는 가마를 준비시켜 주었건만 창의문(자하문) 고개를 넘자마자 가교에서 내려 걸어가겠다고 고집을 부렸다. 경혜가 안평 대군에게 그림을 배우겠다고 나들이를 갈 때마다 따라나서는 길이었다. 세자빈 권 씨가 세상을 떠나고 어미 없이 자라는 남매를 볼 때마다 세종은 가슴이 미어지는 것 같았다. 그나마 세손이 총명하고 건강하게 자라고 있어 여간 대견스러운 것이 아니었다. 동생을 챙기는 경혜의 마음 씀씀이도 여간 어른스러운 것이 아니었다. 남매가 외출하는 날이면 세종은 별시위(別侍衛) 군사 스무 명을 뽑아 호위해서 보내지만 그래도 마음은 늘 바늘방석에 앉은 것처럼 불안했다.

그런 세종의 마음을 아는지 모르는지 폴짝거리며 뛰는 모습은 여염집 개구쟁이의 모습 그대로였다. 별시위 절제사는 세손의 꽁무니에 바짝 붙어서 걸었다. 넘어져서 상처라도 나는 날이면 목이 열 개라도 붙어있지 않을 터였다.

"세손 저하, 그만 가교에 오르시지요?"

불안한 마음에 절제사가 큰 소리를 내질러보지만 홍위는 들은 척도 하지 않았다. 창을 열고 지켜보던 경혜가 걱정스러워 한마디 쏘아붙였다.

"할바마마께 이른다. 그럼 아마 다음엔 안 보내 줄걸?"

날아갈 듯한 발걸음이 순식간에 천 근의 무게를 매단 것처럼 늘어졌다. 풀 죽은 동생의 모습을 보고 경혜는 그만 마음이 아파 덩에서 내렸다. 덩은 공주 신분이나 되어야 탈 수 있는 것이지만 세종은 경혜가 나들이를 하면 항상 덩을 준비시켜 주었다.

"홍위야, 손 이리 다오."

경혜는 세손을 홍위라고 불렀다. 세손에 봉해진 지 달포가 조금 넘었는데도 세손이란 말이 입에 붙지 않은 탓도 있지만 이름을 부르는 것이 정감 있게 느껴졌기 때문이었다. 아바마마가 아시면 큰일 날 일이지만 궁궐을 벗어났으니 거추장스러운 호칭으로 부르고 싶지 않았다.

세손이 달려와 경혜의 손을 꼭 잡았다. 들뜬 마음이 고사리 같은 손을 통해 고스란히 전해지는 것만 같았다.

"누님! 도원군 형님도 올까요?"

도원군 이숭(李崇)은 수양 대군의 장남을 두고 말함이었다. 그림과 글씨에 능해 아버지 수양을 닮지 않고 숙부인 안평을 닮은 아이였다.

"그럼. 당연히 오지."

도원군은 경혜보다 두 살 아래이고 세손보다는 세 살이 위였다. 마음이 여리고 천성이 착한데다가 누구보다 경혜 남매와 잘 어울려 놀곤 하여 친 오누이 같은 사이였다.

내리막길 모퉁이를 돌아서니 안평 대군의 사저인 무계정사(武溪精舍)가 보였다. 인왕산 북쪽 능선이 끝나는 골짜기에 자리 잡고 있었다.

도원군은 이미 도착해 있었다. 그는 대문까지 달려 나와 품에 안을 듯 반겼다.

"보고 싶었단다, 숭아."

"누님도 보고 싶었고, 홍위는 더 보고 싶었어요."

도원군도 세손이라고 부르는 것이 익숙지 않았는지 그냥 홍위라고 불렀다.

"오늘은 서예니? 아니면 그림이니?"

"둘 다 안 할래요. 그냥 홍위랑 놀래요. 그림은 누님이 더 잘 그리니 잘 그려서 주셔야 해요. 견본으로 두고 쓰게요."

"응. 그럴게. 조심해서 놀아야 돼. 멀리 가지 말고."

경혜가 말을 맺기도 전에 경주라도 하듯 시야에서 사라져 버렸다. 또래가 없어 어울릴 줄 모르는 홍위를 친동생처럼 놀아 주는 도원군을 볼 때마다 장차 홍위가 보위에 오르는 날 큰 힘이 되어 줄 것이라 경혜는 믿었다.

경혜는 언제나 하던 버릇처럼 보현봉에서 흘러내리는 봉우리 쪽을 바라보며 풍경을 화폭에 담았다.

무계정사에서 바라본 산의 대략적인 위치를 목탄으로 화선지에 그려 넣었다. 무너져 내릴 듯한 바위산과 가까운 절벽은 농묵으로 모양을 잡고 먼 봉우리와 운무는 주로 담묵으로 처리하며 화폭을 채워나갔다. 붓끝에 온 정신을 가다듬어 모양을 만들어 가자 산은 산대로 나무는 나무대로 살아서 움직이듯 하였다.

뒤에서 지켜보던 안평 대군의 얼굴엔 미소가 가득 번지고 있었다. 흰 화선지에 채워지는 풍경도 선경같이 아름다웠지만 무아지경에 빠진 경혜의 모습은 더욱 예뻤다. 빨간 댕기머리에 머리꽂이를 꽂았는데 마치 나비가 머리에 앉은 것 같았다. 하얀 뺨 위로 흘러내린 귀밑머리가 바람에 날릴 때마다 파르르 떨렸다.

절벽 위에 소나무 한그루가 다 그려질 때까지 뒤에서 지켜보기만 하던 안평 대군이 드디어 입을 열었다.

"우리 경혜 이젠 시집가도 되겠구나."

경혜는 깜짝 놀라 붓을 든 손으로 가만히 가슴을 누르며 말했다.

"숙부님, 오셨어요?"

"오냐. 다 보고 있었느니라."

"실력이 늘지 않아 부끄러워요."

"아니다. 정말 넌 재주를 타고 났어. 일취월장 이 말은 아마 널 두고 만든 말일 게야."

"저 산밖에 그릴 줄 몰라요. 본 거라곤 저것밖에 없으니까요."

경혜는 눈앞에 우뚝 다가선 북한산 자락을 가리키며 말했다.

"네가 그리는 이런 화풍을 실경산수화라고 한단다. 이런 섬세한 표현은 사내들에게선 찾아보기 힘들지. 너만이 지닌 재주란다. 네가 사내였다면 금강산이든 설악산이든 데리고 다녔을 게야."

"가 보고 싶어요, 숙부님. 그리고 마음껏 그리고 싶어요."

"넌 장차 이 나라의 공주가 될 사람이 아니더냐? 몸가짐 하나하나가 백성의 모범이 되어야 하느니라."

"금강산엘 간다고 공주의 몸가짐이 망가지는 건 아니지 않나요?"

"그렇지 않단다. 난 말이다. 너희 남매를 보면 얼마나 든든한지 모르겠단다. 태조께서 조선을 세운 이래 적장손에게 왕위가 계승된 적이 없지 않느냐? 그런데 홍위는 원손에서 세손으로 그리고 장차 세자로, 임금으로 되실 분이 아니시냐? 이런 완벽한 정통성을 지닌 임금이 조선을 다스리게 된다면 어느 백성이 흠모하여 따르지 않겠느냐? 다스리지 않아도 태평성대를 누린 요순시절을 다시 볼 수 있을 것이야. 그런 혈통을 이어받은 것이 너희 남매란다. 그러니 매사에 모범이 되어야지."

"전 평생 동생과 함께 그림만 그리면서 살고 싶어요."

"그런 말을 하는 걸 보니 시집갈 때가 된 모양이야. 네 재주를 어여삐 여겨 네 배필은 내가 골라야겠구나."

어머니를 일찍 여읜 경혜 남매를 볼 때마다 안평 대군의 마음은 늘 아팠다. 그래서 그런지 자기 자식들보다 더 애정이 많이 갔다. 그런 사랑을 먹고 남매는 한 달이 다르게 한 해가 다르게 커 가고 있었다.

세종의 부름을 받고 세자 향은 일화문(日華門)을 거쳐 강녕전으로 향하고 있었다. 아바마마를 대신해 대리청정을 한 지도 어언 여섯 해를 넘겼건만 흡족하게 정사를 처리하지 못하는 것 같아 세자는 여전히 좌불안석이었다.

"저녁을 먹고 천천히 건너오너라."

왜 저녁일까? 요즘 들어 건강이 더욱 좋지 않으신데 굳이 저녁에 시간을 내라고 하신 말씀을 이해할 수 없었다. 어쩌면 새 세자빈 간택 문제는 아닐까? 그럴 수도 있겠다고 생각하니 세자는 맥이 풀리고 말았다. 정말 피하고 싶은 자리였다. 세자빈이 세상을 떠나고 그로부터 일곱 해를 버티고 오지 않았던가. 이제 경혜가 열네 살 홍위가 아홉 살, 두 남매 짝을 지어줄 때까지 새 세자빈을 맞이할 생각은 없었다.

등촉을 밝혀 들고 앞장서 가던 동궁 내관이 강녕전이라고 고할 때까지 밤길만큼이나 세자의 마음도 어두웠다.

"고하시게."

"전하, 세자 저하 오셨습니다."

"들라 하라."

세자가 방에 들었을 때 한눈에 들어온 건 술상이었다. 소갈을 앓고 계신 아바마마가 술을 멀리한 건 오래전이었다.

"내 오늘은 세자와 한잔 하고 싶었다."

"아니 되옵니다. 전하. 차를 준비하라 이르겠습니다."

"큰마음 먹고 만든 자리니라. 나는 임금 너는 세자, 그거 오늘 밤엔 잠시 내려놓자꾸나. 그러니 이제부터 나는 아비 넌 자식일 뿐인 게야. 자 받거라, 아비가 아들에게 따르는 첫 술잔이니라."

세종은 자기 앞에 놓인 빈 잔을 들며 말했다.

"따르거라. 나도 한잔해야겠다."

세종은 단숨에 한 잔을 비웠다.

"또 한 잔 따르거라."

"아니 되옵니다, 전하!"

"난 전하가 아니라 아버지니라. 아버지라 불러라."

"아버님, 오늘 소자에게 하실 말씀이 많으실 것 같습니다."

"내 이제 앞으로 살날이 오래지 않다는 거 잘 알고 있다. 그동안 마음에 담아 두었던 것들 풀어놓고 싶었단다."

"소자 듣기조차 민망하옵니다."

"향아!"

"네."

"할아버지 태종께서는 말이다. 나를 위해서 모진 일을 너무 많이 하셨단다. 왕권을 강화하기 위해서지. 내 어머니 민 씨 집안 모두 죽였고, 네 어머니 심 씨 집안 모두 죽였어. 정치란 그런 거란다. 왕권을 위협할 수 있는 거라면 모조리 제거하신 게야. 하지만 난 그러지 못했어. 왜냐하면 태종 당신께선 상왕 시절 이렇게 말씀하셨거든. 역사의 악업은 모두 내가 짊어지고 갈 테니, 주상은 성군의 이름을 후세에 남기도록 하시오라고."

세종은 태종 이야기를 하는 동안 잠시 숙연한 모습에 잠겼다가 다시 말을 이었다.

"너희 형제 모두 여덟이잖니? 둘은 일찍 가고 이제 여섯 남았다. 내겐 모두가 소중하고 또 소중한 자식이야. 권력 앞에선 형제가 가장 위험하다는 것 다 알고 있다. 그래서 아들들의 목숨을 보전하기 위해 내 나름대로 생각을 많이 했단다. 종친이 권력에 기웃거리면 제 명대로 살지 못하지. 종친불사(宗親不仕), 종친은 벼슬에 나아가지 못한다는 말 그것은 종친을 보호하기 위해 만든 제도지. 둘째 녀석 수양 대군은 말이다. 태종 할아버지를 가장 많이 닮았어. 거칠기가 야생마 같기도 해. 활쏘기 좋아하고, 사냥 좋아하고, 또 그런 무리들과 어울리기 좋아하고. 가장 위험한 성정을 지녔지. 그래서 난 그 녀석을 권력 옆에 두지 않으려고 애쓰며 키웠어. 학문에만 정진하라고 집현전 일을 맡겼다. 그리고 부처님 가까이 두려고 했단다. 불경을 공부하고 그것을 우리 글로 옮기는 그런 사업 말이다. 오늘도 언해 사업에 정신없을 게야. 다행히 장남인 네가 이 아비보다 능력이 탁월한 거, 그건 순전히 내 복이란다. 학문 깊이도 나보다 뛰어나서 내가 추진했던 사업들 모두 네가 마무리를 했어. 병법과 군사 분야에선 그야말로 천재나 다름없지. 4군 6진을 포함해 북방을 정비했고, 화차 같은 신병기도 직접 설계하지 않았니? 그런 세자에 비하면 수양은 꼭 고양이 앞에 쥐처럼 보여. 외모도 관우처럼 생긴 너에게 비교할 바가 못 되지. 그러니 앞으로 수양을 불경에 심취하도록 배려한다면 위험이 없을 게야."

"과찬이십니다, 아버님."

세자는 전하보다 아버님이라고 부르는 것이 얼마나 정감 있는지 처음으로 느꼈다.

"셋째 아들 안평 대군 말이다. 넌 안평을 어떻게 생각하느냐?"

"여리고 감수성이 뛰어나지요."

"잘 보았다. 그 녀석이 너보다 뛰어난 것은 예술적 감각뿐이잖니? 그림이면 그림, 글씨면 글씨 모두 조선을 넘어 동방에서 최고지. 명나라에서도 안평의 글씨를 얻고 싶어 조선에 사신으로 가기를 자원한다고 하잖니. 그러면 역시 내가 잘 키운 게야. 아예 정치하고 거리가 머니까. 나머지 자식들도 정치하고 멀게 키웠단다. 그래야만 목숨을 부지할 수 있으니까."

"소자도 안평의 재주가 부럽습니다."

"그런데 말이다. 경혜가 안평의 재주를 물려받은 것 같아. 오늘도 그 애 그림 솜씨를 봤거든. 산수화였어. 산천 구경을 못해 그림을 제대로 그릴 수 없대나?"

"투정을 부렸나 봅니다. 버릇없이 키웠더니……."

"아니야. 얼마나 예쁜지 몰라. 내 요즘 경혜하고 홍위 보는 게 유일한 낙이란다."

"홍위 그 녀석, 지난 해 세손에 책봉된 뒤로 앞니가 모두 빠졌어요, 아버님."

"어린것이 이 할아비보다 훨씬 총명하단다. 우리 조선의 홍복이야."

세종은 세손을 떠올리자 또 가슴 한 구석이 아려 옴을 느꼈다. 어미 없이 이만큼 자라 준 것이 너무 대견스러웠다. 새 세자빈을 다시 들일 수도 없는 노릇. 자기 고집으로 뽑은 세 며느리. 세종은 아들 앞에 네 번째 세자빈을 들이자는 말만큼은 엄두가 나지 않았다. 그래서 세손 남매 양육을 후궁인 혜빈 양 씨에게 맡긴 것은 정말 잘한 일이라고 생각했다. 세손은 지금도 혜빈 품이 아니면 잠들지 못한다니 밝은 날 혜빈에게 후한 상이라도 내려야겠다고 생각했다.

"그런데, 세자."

뜬금없이 아들에서 세자로 호칭이 바뀐 순간 세자는 잠시 긴장했다.

"내가 과욕을 부렸어. 장차 이 나라에 하나밖에 없는 공주가 될 경혜를 내 품에 더 두고 싶은 욕심 때문이었어. 그래서 혼사를 미루었던 게야. 열넷이면 늦어도 한참 늦은 것을……. 내 곧 죽으면 3년 안에 혼인할 수 없으니, 그땐 열일곱 여덟이야. 안 되지. 안 되고말고."

"좋은 혼처라도 봐 둔 곳이 있으신지요."

"많이 생각하고 있다만……. 예쁘고 불쌍한 것. 조금만 더 생각해 보고 네게 말하마."

세종은 또 마음 한편이 아려 왔다. 경혜나 홍위를 떠올리기만 해도 눈물이 핑 돌았다. 죽음이 멀리 있지 않음을 이럴 때마다 느꼈다.

"산천 구경 타령을 하기에 동별궁(東別宮) 외출을 허락하였다. 금강산엔 못 보내도 엎어지면 코 닿을 거리라 그리하였다."

동별궁은 막내 영응 대군의 사저를 말함이었다. 지난겨울 막내를 위해 경복궁에서 가장 가까운 거리에 동별궁을 지어 주었다. 눈에 넣어도 아프지 않을 늦둥이 아들이었다. 글씨와 그림에 재질이 뛰어나고 음률에도 해박하여 세종은 늦둥이 막내를 특히 총애하였다.

"막내며느리가 경혜를 몹시 총애하는가 보더라. 경혜도 숙모를 잘 따르기도 하고."

경혜가 부부인의 총애를 받는다니 세자에겐 기분 나쁜 일은 아니었다. 그럼에도 세자의 마음 한구석에 자리 잡고 있던 연민이 불쑥 고개를 내밀었다. 이혼하고 떠난 전 부인을 영응 대군은 잊지 못하고 있어 애처롭고, 새로 들어온 춘성 부부인 정 씨는 남편이 찾아 주지 않아 가련해 보이고, 아무것도 모르고 계신 아바마마는 어쩌면 그중 다행이다 그렇게 세자는 생각했다.

고르고 고른 막내며느리. 그녀는 중추원부사 송복원의 여식인 여산(礪山) 송 씨였다. 그러나 송 씨는 4년을 넘기지 못하고 쫓겨나고 말았다. 성품이 사특한데다 피부병이 심해 왕가의 혈통을 생산하기에는 위험하다는 이유에서였다.

친정으로 쫓겨난 전 부인을 잊지 못하고 있는 영응 대군. 세종은 막내의 심중을 알지 못한 채 서둘러 두 번째 며느리를 들였다. 그녀가 지금의 춘성 부부인 정 씨였다. 그런 부부인에게 경혜가 말벗이라도 되어 준다면 경혜의 외출을 마다할 이유가 없다고 세자는 생각했다.

모처럼 나들이였다. 부푼 가슴을 억누르지 못해 경혜는 얼굴 가득 미소를 머금고 있었다.

건춘문으로 향하는 뜰에 청매화가 희다 못해 푸른빛을 숨기고 피어 있었다. 초월이는 아기씨의 발걸음이 사뿐히 내려앉았다가 날아오르는 나비 같다고 생각했다.

"그렇게 좋으세요?"

"그럼."

목소리에 흥분된 마음이 묻어 있었다.

"너무 예뻐요."

빨간 스란치마에 녹색 당의를 맵시 있게 차려입은 모습이 눈이 부셨다. 경혜가 발걸음을 멈추고 돌아보았다.

"정말?"

"선녀보다 예뻐요."

초월이는 아기씨가 세상에서 가장 아름다울 거라고 생각했다. 눈이 부실 만큼 아름다웠다. 당의 고름에 매단 삼작노리개. 백옥과 비취를 장식한 노리개는 봄 햇살을 가득 머금고 있었다.

동십자각을 돌아드니 큰 솟을대문이 눈앞에 우뚝 솟아 있었다. 초월이가 큰 소리로 외쳤다.

"부부인 마님! 아기씨 모시고 왔어요!"

부부인 정 씨는 두 팔을 벌려 껴안을 듯 대청마루로 나섰다. 뒤이어 비취색 두루마기를 차려 입은 사내가 따라 나와 부부인 뒤에 우뚝 섰다. 부부인보다 두 뼘이나 커 보이는 사내는 한눈에 보아도 귀공자처럼 생긴 도령이었다.

경혜의 몸이 현기증이라도 난 것처럼 흔들렸다. 섬돌을 딛고 선 발이 땅에 붙어 떨어지지도 않았다. 가슴이 쿵탕쿵탕 뛰었다. 초월이는 아기씨의 이런 모습을 처음 보았다. 조금 전까지 나비 같았던 자태는 온데간데없었다.

"어서 오시게. 너무 소원해서 내가 오히려 대궐 행차를 하고 싶었다네."

경혜는 곁눈질로 사내를 흘끗 쳐다보았다.

"아! 미안. 이 아이는 친정 아랫동생이라네. 괘념치 마시게."

멈칫거리는 경혜를 보고 부부인은 사내에게 말했다.

"종아, 사랑채에서 기다리거라. 나으리께서 곧 돌아오실지 모르겠다."

정종(鄭悰)이 경혜 옆을 스쳐 섬돌을 내려서는 순간 알 수 없는 향기가 코끝에 와 닿았다. 성큼성큼 사랑채로 향하는 내내 알싸한 향기는 그를 따라왔다.

경혜는 사내를 뒤로 하고 방으로 들어갔다.

"그동안 강녕하셨는지요?"

"많이 예뻐지셨네요, 아기씨."

부부인은 장차 공주가 될 경혜를 두고 어정쩡한 높임으로 말하곤 했다.

"편하게 말씀하시어요, 숙모님. 그렇지 않음 제가 불편해요."

숙모라곤 하지만 두 살밖에 차이가 나지 않았다. 어떨 땐 친구 같기도 하고 어떨 땐 동생 같기도 한 경혜에게 부부인은 가끔 높임말을 쓰곤 했다. 그걸 두고 경혜가 꼬집어 말했다.

"그게 잘 안 되네."

잠시 어색한 분위기를 돌리기 위해 경혜가 얼른 화제를 바꾸었다.

"오늘 자고 가도 되죠? 할바마마께서 그래도 된다고 그랬어요."

오늘도 대군께서는 내당을 찾지 않을 것이다. 잠자리를 함께한 적이 없는 부부인 정 씨는 밤이 지옥이나 다름없었다. 그래서 아기씨나 동생 종이가 찾아 주는 것이 유일한 즐거움이었다.

"당연하지. 간다고 해도 내가 붙잡을 건데."

"그럼 밀린 얘기는 밤새 하구요. 저 잠시 다녀오면 안 돼요?"

경혜는 부부인 마님이 보고 싶다고 할바마마께 조르긴 했지만 사실은 시전에 나가 화첩을 구하는 일이 더 중요했다. 구름에 어렴풋이 가린 산봉우리, 그 속에 숨은 듯 돌아앉은 암벽 봉우리, 그리고 낙락장송 한 그루. 이런 산수화라면 매일 그려도 싫증나지 않으련만 한 번도 본 적 없는 풍경은 쉽게 화폭에 담아지지 않았다. 그녀의 머릿속에 있는 풍경이라곤 무계정사에서 바라본 산이 전부였다. 명산대천을 구경할 수 없을 바엔 화첩에 담긴 풍경이라도 머릿속에 담고 싶었다.

"어딜 가려구?"

"도성 구경도 하고 싶고 사고 싶은 것도 있어요. 화첩요."

"아랫것들한테 시키고 우리는 수다나 떨자꾸나."

"직접 골라야 하는 걸요."

"마음이 안 놓여서 그렇지."

부부인 정 씨가 걱정스러운 표정으로 말했다.

"염려 마세요. 빨리 다녀올게요, 네?"

부부인은 초월이를 불러 다짐을 받았다.

"조심 또 조심해야 하느니라."

"네, 부부인 마님."

광통교는 운종가 못지않게 북적거리고 있었다. 예쁜 가죽신을 파는 집, 노리개가 너무 탐나는 잡화점, 먹음직스러운 떡집, 없는 게 없는 시전은 활기차게 돌아가고 있었다.

무엇보다 놀이패가 눈길을 끌었다. 홍에 겨운 춤사위가 현란하게 돌아가고 있었다. 한바탕 춤사위가 끝나자 탈을 쓴 광대가 나왔다. 덩실덩실 추는 광대의 율동에 따라 경혜도 어깨춤이 절로 날 것 같았다. 이어서 목청 좋은 광대는 구성지게 창을 뽑았다.

궁궐밖에 모르는 경혜에겐 딴 세상이었다. 홍위를 데리고 올 걸 그랬나 보다. 어마마마 얼굴도 모르는 동생이 자꾸만 눈에 밟혔다.

"아기씨, 왜 그러세요? 어디 편찮으세요?"

물색 모르는 초월이가 경혜의 눈가에 맺힌 눈물을 보고 말했다.

"너무 좋아서. 혼자 보기 아까워서."

"세손마마 생각하시는 거죠, 그렇죠?"

초월이는 아기씨의 눈물을 자주 보았다. 세손마마를 생각할 때마다 그랬다. 맛있는 것을 먹을 때도 그랬고, 눈부시게 화창한 날씨에도 가끔 그랬다.

"이제 그만 가요."

해가 서쪽 하늘로 기울어 가고 있었다.

"너무 늦었구나. 서화사(書畵肆)로 갈 것이니라."

"서화사가 뭐예요?"

"그림 파는 곳이야."

"그림이라면 아기씨 그림이 최고잖아요?"

"화첩을 사야 해."

고개를 갸우뚱거리며 초월이는 잠자코 뒤를 따랐다.

"저 집으로 들어가 보자."

점포 안은 퀴퀴한 먹 냄새로 가득했다.

"무얼 찾으신지요?"

장사꾼답지 않게 어투가 점잖은 사내가 물었다.

"화첩을 찾습니다. 산수화를 그린 화첩이면 돼요. 금강산 그림이면 더욱 좋구요."

"말씀 낮추셔도 됩니다. 미천한 장사꾼인걸요."

진열대로 향하는 사내의 등 뒤로 경혜는 덧붙여 말했다.

"명나라 산수화도 좋구요."

사내는 화첩 여러 개를 들고 나왔다. 한결같이 마음에 흡족하지는 않았다. 어느 것이 좋을까? 경혜는 진땀을 흘리며 고르고 있었다.

동별궁 담장 너머에 저녁 해가 걸렸다. 부부인 정 씨는 조바심이 나기 시작했다. 여태 경혜가 돌아오지 않기 때문이었다.

사랑채로 나가 낮잠에 빠져 있던 종이를 깨웠다.

"종아, 아무래도 안 되겠다. 네가 나가서 아기씨를 찾아봐야겠어."

"어디에서 찾아요?"

"화첩을 산다고 했으니 광통교부터 찾아보면 어떨까?"

"빨리 다녀오겠습니다. 누님."

단잠을 깨워 심부름을 시키는데도 투덜대지 않는 동생이 오늘따라 철든 것 같아 대견스럽다고 생각했다.

"해 떨어지기 전에 모셔 와야 하느니라."

광통교로 나온 정종은 서화사 거리부터 찾았다. 거리에는 생각보다 서화전이 많았다. 첫 집부터 순서대로 들어가 물어볼 수밖에. 그러나 한결같이 못 보았다고 고개를 저었다. 벌써 몇 집째인가. 이마에 땀이 흘렀다.

해는 서쪽 하늘에 한 뼘밖에 남아 있지 않았다. 해 떨어지기 전에 모서 오라는 누님의 말씀이 마음을 바쁘게 했다. 마침 길 건너편에 큰 서화사 하나가 정종의 눈에 들어왔다.

'그래, 저 서화사에 가 보자.'

정종은 혼잣말로 중얼거리며 서화사 안으로 성큼 들어섰다.

거기에는 한눈에 알아볼 만큼 화사한 그 얼굴이 있었다. 여러 개 화첩을 들고 있는 경혜의 콧등엔 깨알 같은 땀방울이 소복이 얹혀 있었다. 반가운 마음에 정종은 큰 소리로 부르고 싶었는데 마땅한 호칭이 생각나지 않았다. 평창군주? 기억이 나는 것 같았다. 언젠가 누님께서 그녀를 두고 평창군주 아기씨라고 부르던 기억이 났다.

"평창군주 아기씨!"

임금의 적손녀를 두고 군주(郡主)라고 부른다는 걸 모르는 바 아니지만 불러놓고 보니 정종은 영 마음에 들지 않았다. 그렇다고 장차 공주가 될 분을 두고 이름을 부를 수는 없는 노릇이었다.

난데없이 서화사에 나타난 정종을 보고 놀란 쪽은 오히려 경혜였다.

"숙모님 동생?"

마땅히 부를 이름이 생각나지 않아 경혜도 그렇게 부르고 말았다.

"얼마나 찾았는지 모릅니다. 빨리 가시죠. 누님이 코가 빠지게 기다리고 계십니다."

아뿔싸, 이따위 천박한 말을 쓰다니. 기품 없이 코가 빠진다는 말을 해 버리고 말았다.

"코가 빠진대."

초월이가 정종의 흉내를 내며 배꼽 빠지게 웃어댔다. 경혜도 웃음을 억지로 참긴 했지만 얼굴 가득 담은 미소는 지우지 못했다.

정종은 고개를 들 수가 없었다.

"빨리 가셔야 합니다."

경혜는 값을 치르고 정종을 따라나섰다.

"저 때문에 괜한 고생을 하셔서 죄송해요."

"고생이라뇨? 전혀, 전혀 아닙니다. 남는 게 시간이라 불러만 주시면 무슨 일이든지 잘하는 놈입니다."

경혜는 정종을 처음 보았을 때 모습을 떠올렸다. 부부인 옆에 서 있던 늠름한 자태, 귀공자 같은 용모, 누구도 쉽게 범접하지 못할 것 같은 위엄, 그런 것들 앞에서 자신의 모습이 한없이 작아지는 것을 느꼈었다.

그런데 갑자기 그가 어제도 그제도 만났던 사람처럼 느껴지는 이유는 무엇 때문일까? 대청마루로 오르지도 못하고 댓돌에 발이 얼어붙게 만들었던 그 사내였다. 현기증이 날 만큼 가슴을 뛰게 만들었던 그 사내였다. 그런 사내가 어제도 만났던 사람처럼 느껴지는 이유를 경혜는 알 수가 없었다.

"말씀을 참 재미있게 하시네요."

다소 과묵한 듯 말을 아끼는 것 같으면서도 익살이 담긴 말투를 두고 경혜는 그렇게 말했다.

"누님은 저보다 더 웃기세요. 지금은 아니지만."

"왜요?"

"모르시나 봐요? 대군께서 찾아 주시지 않는 거."

"금시초문인걸요. 언제부터래요?"

"처음부터."

"이럴 수가! 얼마나 좋은 숙모인데. 숙부님 혼내 주어야겠어요. 아냐. 할바마마께 말해 버릴까?"

"그러시면 안 됩니다. 전 아기씨께서 알고 계신 줄 알고 말씀드린 건데……."

"이를 어쩌나? 그런데…… 이유가 뭐예요?"

"다음에 말씀드릴게요."

정종은 누님의 상한 자존심을 드러내고 싶지 않아 다음에라고 말했다.

"그리고…… 부탁이 있습니다, 평창군주 아기씨."

"그렇게 부르시니 듣기에도 불편하네요. 그냥 편하게 부르셔요."

"마땅히 부를 말이……."

"아기씨. 남들이 그렇게들 불러요. 초월이도 그렇게 부르고."

"네, 아기씨. 그리고 부탁은……."

정종은 말을 잇지 못하고 잠시 멈칫거렸다. 그러자 잔잔한 미소를 머금고 있던 그녀의 눈동자가 더욱 맑게 빛났다. 마치 부탁하고 싶은 말이 무엇인지 궁금해서 견딜 수 없다는 듯한 표정이었다.

"누님께 모르는 것처럼 하셔야 합니다. 그리고 가끔이 아니라 자주 놀러 와 주시면 해요. 외로우신 분이니까."

자주 오라는 부탁. 정종은 누님을 위해서가 아니라 자기 마음을 드러낸 것 같아 겸연쩍었다.

개천(開川-청계천의 옛 이름)을 지나 운종가로 접어들자 사람들이 붐비기 시작했다. 뭇사람들 속에 묻힌 경혜는 멀리서 보아도 한눈에 들어올 만큼 화사했다. 차려입은 옷맵시도 예사롭지 않았지만 얼굴은 그림처럼 아름다웠다. 지나가던 사람들이 하나둘씩 걸음을 멈추고 경혜의 화사한 자태에 넋을 잃었다. 이렇게 예쁜 얼굴은 처음 본다는 듯한 표정들이었다.

육의전 앞을 지날 때였다. 선녀보다 예쁘다고 소곤대는 어느 아낙의 소리가 경혜의 귀에 들렸다. 경혜는 볼이 후끈 달아오르는 것 같았다. 뺨에 그리고 귓불에 복사꽃이 내려앉은 듯 붉었다.

육의전 상인들도 점포 앞으로 나와 까치발을 하고 고개를 디밀었다. 어디선가 휘파람 소리가 들려오는가 하면 남정네들의 탄성 소리가 나기도 했다. 순식간에 경혜의 주위를 사람들이 둘러싸고 말았다. 초월이가 안간힘을 쓰며 길을 터 보려 했지만 좀처럼 길을 뚫지 못했다.

'이 일을 어쩐다?'

경혜는 제자리에 서고 말았다. 나갈 틈이 없어 걸음을 뗄 수가 없었다. 내가 임금의 적손녀라고 외칠 수도 없는 노릇이었다.

그때 한 걸음쯤 뒤처져 따르고 있던 정종이 앞으로 튀어나와 경혜의 손을 낚아챘다. 손 안에 들어온 그녀의 작은 손이 가늘게 떨고 있었다. 정종은 사람들을 향해 큰 소리로 외쳤다.

"포도청으로 가야 합니다. 길을 비켜 주세요!"

순간 웅성거리는 소리가 일었다. 초월이가 길을 뚫으려는 방향을 향해 정종은 또 소리를 질렀다.

"급합니다! 포도대장을 만나야 합니다!"

그러자 사람들이 멈칫멈칫 뒷걸음질을 치기 시작했다.

"도련님! 이쪽으로!"

사람들 틈이 조금 벌어진 사이를 가리키며 초월이가 손짓을 했다. 정종은 경혜의 손을 잡고 무조건 달렸다. 가쁜 숨이 턱밑까지 차올랐다. 무리들이 저만큼 멀어졌다 싶을 즈음에 정종은 걸음을 멈추고 뒤돌아보았다. 거기에는 바쁜 걸음으로 오가는 사람들만 있을 뿐 무리들은 흩어지고 없었다. 가쁜 호흡을 겨우 가다듬은 초월이가 놀란 표정으로 말했다.

"어? 아직도?"

초월이가 향하고 있는 시선을 따라 경혜도 고개를 숙여 보았다. 아뿔싸! 자기의 손이 아직 정종의 손에 쥐어져 있었다. 경혜는 슬그머니 손을 빼내었다. 손에 땀이 촉촉이 젖어 있었다. 치맛자락에 손을 문질러 땀을 닦아냈다. 그러나 정종은 옮겨 묻은 그녀의 땀을 닦아내고 싶은 마음이 조금도 없었다. 촉촉한 느낌 그대로 오랫동안 간직하고 싶었다. 잠시 동안 어색한 침묵이 흘렀다. 그때 초월이가 의뭉스럽기 그지없는 살뚱맞은 말을 했다.

"아기씨, 우리 지금 포도청으로 가는 거 맞죠?"

겨우 여유를 찾은 경혜가 맞장구를 쳤다.

"아마 그럴걸."

"포도대장도 만나야 하구요?"

"그건 도련님께 여쭤봐."

초월이는 포도청이 있는 방향으로 시선을 두고 정종을 향해 물었다.

"맞아요? 포도대장 만나는 거?"

그러자 정종이 얼굴을 살짝 붉히고 말했다.

"그래! 포도청으로 가자! 내가 아기씨 손을 훔치지 않았느냐? 그러니 내가 도둑이지."

정종은 성큼성큼 걸음을 옮겨 저만큼 앞서 갔다. 하지만 그는 포도청 방향이 아니라 동별궁 쪽을 향해 걸어가고 있었다.

동별궁 앞에 이르자 석양의 마지막 빛줄기가 길게 드리웠다. 정종은 아쉬웠다. 언제 또 뵐 수 있을까? 어쩌면 다시는 볼 수 없을지도 모른다는 생각이 들었다. 짧은 만남이었지만 오래된 향기처럼 은은하게 마음속에 담아 두고 싶었다. 그 모습 그 표정, 하나도 빠뜨리지 않고 담아 두고 싶었다. 정종은 경혜의 얼굴을 눈에 담기 위해 고개를 가만히 돌렸다.

아!

정종은 눈부셔서 눈을 뜰 수가 없을 것 같았다. 붉은 노을이 그녀의 뺨에 물들어 있었기 때문이었다. 콧등에 얹힌 깨알 같은 땀방울보다 더 아름다웠다. 정종은 그 모습을 눈에 담았다.

경혜가 궁으로 돌아간 다음 날 춘성 부부인 정 씨는 몰려올 적막함이 두려워 정종을 불러 놓고 이런저런 이야기를 나누고 있었다. 그때 구석 쪽에 놓인 화첩을 발견했다.

"경혜가 화첩을 두고 갔네."

"누님, 제가 갖다 드리고 오겠습니다."

그것도 좋겠다 싶어 부부인은 화첩을 동생에게 건네주었다. 잠시 무슨 생각엔가 잠긴 듯 눈을 감고 있다가 다시 말을 이었다.

"아니다. 화첩 이리 다오. 내가 보관해야겠다."

"잃어버린 줄 알면 울지도 몰라요. 얼마나 힘들게 구입한 건데……."

정종은 정말 울어 버릴 것만 같은 경혜의 얼굴을 떠올렸다. 그러자 마음이 바빠졌다. 빨리 갖다 주어야 한다는 생각밖에 나질 않았다.

"아기씨가 찾으러 올 거야."

부부인 정 씨는 내심 화첩을 찾으러 와 주기를 바라고 있었다. 그런 마음을 눈치 채지 못한 정종은 서운했다.

"대군께서 오늘도 늦어지시는가 보다. 그러니 너도 돌아가거라."

정종은 다음 날 조반이 끝나기가 무섭게 동별궁으로 향했다. 자기가 없는 동안 아기씨께서 다녀가 버리면 어떡하나 조바심이 나서 견딜 수가 없었다.

별당에 들러 인기척을 살폈다. 사랑채에서 영응 대군의 글 읽는 소리만 낭랑하게 들려올 뿐 별당은 조용하기만 했다. 아직 오지 않으셨구나. 정종은 흡족한 표정을 지으며 사랑채로 나아갔다.

"나으리, 소인 문안드리옵니다."

"처남. 어서 오시게. 처가에는 별고 없으신가?"

처가라고 해야 어머님 혼자뿐인데 군이 처가의 안부를 묻는 이유를 알 수 없었다.

"어머님께서 안부 여쭈어라 하셨습니다."

"별고 없으시다니 다행이구나. 그런데 처남은 무슨 일로 걸음을 하셨는가?"

"가르침을 받고자 왔습니다. 소인 재주가 모자라 난을 치는 실력이 조금도 늘지 않아……."

하루 종일 아기씨를 기다려야 할지도 모른다는 생각에 엉겁결에 둘러댔다. 머리를 맞대고 앉아 대군에게 난 치는 따위를 배우고 싶은 생각은 조금도 없었다.

"어쩌나? 나가 봐야 하는데."

"다녀오십시오. 누님 뵙고 놀다가 가겠습니다."

영응 대군이 출타하고 나자 정종에게는 기약 없는 무료함이 기다리고 있었다. 하루가 이렇게 길게 느껴지기는 처음이었다. 왼손을 가만히 펴 보았다. 그녀의 작은 손이 빠져나간 자리에 허전함만 남아 있었다.

다음 날도 그다음 날도 경혜는 오지 않았다.

며칠을 하릴없이 보내고 정종은 용기를 내어 부부인 앞에 앉았다.

"누님 제가 궁에 다녀오겠습니다."

"왜? 무슨 일로?"

말을 뱉어내고 보니 불현듯 화첩이 떠올랐다.

"그렇구나. 잊고 있었어."

"가게 되면 누님께서 보고 싶어 한다는 말도 꼭 전해 드릴게요."

부부인의 심중을 헤아려 정종이 던진 말에 부부인의 표정이 활짝 밝아졌다.

"다녀오너라. 내가 보고 싶어 한다는 말 꼭 전해야 한다."

부부인 정씨는 다짐을 받고서야 화첩을 넘겨 주었다.

정종은 궁으로 달려갔다. 봄바람이 귓가를 간지럽히며 스치듯 불었다. 건춘문 문지기의 안내를 받아 동궁으로 향했다.

초월이가 정종을 한눈에 알아보고 달려가 경혜에게 고했다.

"아기씨! 누가 찾아오셨어요!"

"누구?"

"있잖아요? 그, 그 사람!"

"도둑이더냐, 귀신이더냐? 말은 왜 더듬어?"

"어? 도둑이 온 걸 어찌 알았대요?"

"답답하구나. 도둑이라니!"

"왜 있잖아요? 그 도둑! 숙모님 동생!"

초월이도 마땅한 호칭이 생각나지 않았다.

"뭐?"

경혜는 초월이가 이끄는 대로 수문 병사들이 거처하는 태명문(泰明門) 쪽으로 나갔다. 거기에 한 사내가 서 있었다. 놀란 쪽은 경혜였다.

"그간 안녕하셨는지요?"

생각지도 못한 방문이었다. 반가운 마음에 살포시 고개 숙여 인사를 하였지만 어떻게 맞이해야 할지 난감할 뿐이었다.

"궁궐 출입은 처음인데 구경 좀 하고 가면 안 될까요?"

정종은 품에서 화첩을 꺼내 건네주며 말했다. 그때 눈치 빠른 초월이가 끼어들었다.

"후원이 좋아요, 아미산. 꽃도 많고."

어린 시절 어마마마의 손에 이끌려 자주 거닐던 후원이었다.

"누님께서 오시기만 기다리셨습니다."

"누굴? 저를요?"

"네."

"요즘 할바마마께서 많이 편찮으셔요. 화첩도 두고 온 것 같아 찾아뵈어야겠다 생각하면서도 경황이 없었답니다."

아미산 후원은 온갖 아름다운 꽃들이 만개해 각자의 자태를 뽐내고 있었다. 경혜는 이 꽃에서 저 꽃으로 옮겨 다니는 나비처럼 걸었다.

왕벚꽃나무 아래에서 잠시 걸음을 멈추었다. 붉은 꽃물이 그녀의 다홍치마를 물들여 놓은 것 같았다.

돌 틈새엔 자색 제비꽃이 옹기종기 피어 있었다. 정종은 가녀리고 앙증맞은 제비꽃 한 닢을 따서 경혜에게 내밀었다.

"너무 예뻐요."

경혜는 코끝에 대고 향기를 맡고 있었다. 너무 작아 아무 향기도 없으련만 한참 동안 그러고 있는 모습이 너무 예뻐서 정종은 눈을 뗄 수가 없었다.

"숙모님도 모시고 오셨으면 좋았을 텐데……."

혼잣말처럼 경혜는 중얼거렸다.

"다음에는 꼭 모시고 오도록 하겠습니다."

엉겁결에 약조를 하긴 했지만 둘만의 시간을 누님에게 뺏기고 싶은 마음은 조금도 없었다.

"목련꽃도 심고 싶어요. 숙모님 집 뜰에 핀 목련만큼 예쁜 꽃은 못 보았는걸요."

기품 있고 우아한 목련. 숙모와 너무 닮았다고 생각했다. 그러나 정종은 목련이 싫었다. 처절하리만큼 가련해 보여서 싫었다. 언제부터인지는 모르지만 올 봄에 핀 목련은 더욱 그러해 보였다. 커다란 꽃잎이 떨어져 뜰에 널브러진 모습은 마치 버림받은 누님 모습 같아서 더욱 싫었다.

"숙모님이 왜 버림받았어요?"

"……."

말하고 싶지 않아 지난번에도 다음에라고 얼버무렸는데 이제 둘러댈 말이 생각나지 않았다.

"이해가 안 돼요."

"……."

"말씀해 주세요, 네?"

정종은 더 피할 수가 없어서 솔직하게 털어놓고 말았다.

"매형께서 전 부인을 잊지 못하고 계속 만나시나 봐요."

정종은 영응 대군을 매형이라고 불렀다.

"대방 부부인 말인가요?"

"네."

대방 부부인은 영응 대군의 전 부인인 송 씨를 두고 말함이었다. 세종이 고르고 골라 뽑은 막내 며느리였다. 영응 대군과 12살 동갑내기였던 송 씨는 질투심이 많고 사치가 심했다. 게다가 4년이 지나도 후사가 생기지 않자 몸이 허약하고 피부병이 심하다는 이유로 세종은 강제로 이혼을 시켜 버렸다. 그런데 영응 대군은 여전히 송 씨를 몰래 만나고 있었던 것이다.

"어쩜 그럴 수가!"

"쫓겨나 친정으로 가지 못하고 송현수라는 사람 집에 얹혀살았어요."

"송현수가 누구예요?"

"부부인 오라버니."

정종은 잠시 말을 끊었다가 큰 호흡을 하고 나서 다시 말을 이었다.

"그 송현수가 수양 대군 나으리와 친구라나 봐요. 부부인이 아직도 대군 나으리를 잊지 못하고 있다고, 눈물로 매일 밤을 지새운다고 송현수가 말했을 거구요. 그래서 수양 대군 나으리께서 부부인과 매형을 다시 만나게 해 주었답니다. 수양 대군이 송현수 집에 갈 때마다 영응 대군을 데리고 갔으니까. 재결합을 위해 뛰었던 거죠."

"저런! 이젠 큰 숙부님까지? 그래서요?"

경혜의 표정이 점차 굳어 가고 있었다.

"요즘은 송현수 집에 살다시피 합니다. 거의 집에 들어오는 날이 없으니까."

정종은 체념한 듯 절망적인 표정으로 말했다. 경혜는 화가 치밀었다.

"행실이 좋지 못하다고 해서 할바마마께서 이혼을 결정하신 일인데 큰 숙부가 다리를 놓아? 이건 어명을 어긴 것과 같은 거라구요. 안 되겠어요. 할바마마께 말씀드릴 수밖에."

"안 됩니다. 전하께 말씀드리면 저희 집안도 다칩니다. 대군을 잘못 모신 죄로."

"도련님은 억울하지도 않으세요? 숙모님이 저렇게 되셨는데?"

"참아야죠. 참고 기다려야죠. 돌아오실 때까지."

"큰 숙부가 더 미워요. 어명을 어긴 죄 죽음뿐인 것을."

침묵이 한동안 흘렀다. 아미산을 지나 백악(白岳) 아래까지 이어지는 후원을 걸었지만 꽃길처럼 화사한 그런 산책은 되지 못하고 말았다.

정종을 보내고 경혜는 내내 춘성 부부인 정 씨 생각에만 빠져 있었다. 어두운 정종의 표정도 마음에 걸렸다.

대체 어디서부터 잘못된 것일까? 아들의 마음을 헤아리지 못하고 이혼을 시켜 버린 할바마마의 잘못일까? 설령 그것이 잘못된 결정이었다 하더라도 전 부인을 잊지 못해 새 부인을 버리는 것은 옳은 일일까? 어심(御心)을 어기고 불륜을 부추기는 큰 숙부는 용서받을 수 있을까? 모두가 경혜는 혼란스러울 뿐이었다.

혼란스럽던 며칠을 보내고 경혜는 할바마마를 찾아뵙기로 마음먹었다. 작은숙부나 큰 숙부의 일을 말씀드리고 싶었다. 그러나 환후 깊으시어 있는 그대로 말씀드릴 수는 없었다.

경혜가 강령전에 들자 세종은 누워 있다가 일어나 앉았다.

"소녀 할바마마께 문후 여쭈옵니다."

"경혜로구나. 이쁜 우리 손녀딸. 어디 가까이 와 보아라. 손 한번 만져 보고 싶으니라."

경혜는 살포시 다가가 세종의 무릎 위에 두 손을 올려놓았다. 거친 숨결만큼이나 손도 거칠다고 느꼈다.

"보드랍구나."

세종은 한동안 손녀의 얼굴만 바라보다가 말을 이었다.

"눈마저 어두워져 이젠 뚜렷이 보이지가 않아."

"오래 오래 사셔야 해요. 소녀가 출가하여 주렁주렁 증손자 달고 올 때까지. 아셨죠?"

"남 주기 아까워 널 너무 오래 껴안고 살았어. 저승에 가서 빈궁을 어찌 볼꼬?"

"그런 말씀 마셔요. 소녀 울지도 몰라요."

"그럼 안 되지. 안 되고말고. 걱정 말거라. 오래 살 테니까. 예쁜 널 두고 내가 어찌 눈을 감누?"

"할바마마, 그래서 말인데요. 동별궁으로 피접 가심이 어떨까요?"

경혜는 가슴에 담아 온 말을 기어이 올렸다. 할바마마께서 영응 대군 집으로 피접 가는 이상 대군은 꼼짝없이 할바마마 옆에 붙어 있어야 할 것이다. 전 부인과 떼어놓을 수 있는 묘안은 그것밖에 없다고 경혜는 생각했다.

"얼마 전에 동별궁 외출을 허락해 주시지 않았는지요?"

"암. 내가 그랬었지."

"그때 숙부님께서 그러셨답니다. 동별궁으로 모시고 싶다고."

한번 뱉은 거짓말이 씨가 되어 경혜는 신들린 사람처럼 조잘댔다.

"숙모님께서도 할바마마를 많이 뵙고 싶다고 하셨구요. 그리고 좋은 점 또 있어요. 할바마마께서 거기 계시면 소녀 매일같이 찾아뵐 거예요. 그러면 할바마마도 뵙고 숙모님도 뵙고. 일석이조!"

세종은 눈에 넣어도 아프지 않을 막내아들을 떠올리니 당장이라도 날아갈 것만 같았다. 죽어도 막내 품에서 잠들고 싶었는데 그걸 손녀가 족집게처럼 집어 낼 줄이야. 세종은 즉시 세자를 불러 하명했다.

"내 동별궁으로 피접 갈 것이니라."

그리움은 꽃잎 되어

세종이 동별궁으로 피접을 나온 이후 정종은 누님 댁으로 나들이를 갈 수가 없었다. 어떻게 하면 아기씨를 한 번이라도 더 만날 수 있을까, 늘 그런 생각에만 몰두해 있던 그에게 세종의 피접은 청천벽력과도 같았다. 서안 위에 서책을 펼쳐놓았건만 한 글자도 눈에 들어오지 않았다. 그는 시경(詩經)을 덮고 서안을 멀찍이 구석으로 밀어 놓았다.

'난이라도 쳐야겠다.'

방바닥에 화선지를 펴고 문진을 눌렀다. 그리고 마음을 가다듬고 묵향이 방안 가득 담길 때까지 먹을 갈았다. 그런데 불쑥불쑥 아기씨의 얼굴이 떠올라 마음을 다잡을 수가 없었다. 붓이 마음을 따라주지 않으니 난은 서리 맞은 배춧잎처럼 맥없이 축축 처졌다. 선비의 강직한 성품을 담아서 그녀에게 보여주고 싶었는데 잡초보다 못한 그림이 되고 말았다. 정종은 그리다 말고 구겨서 버리고 또 구겨서 버리기를 반복했다. 방 안에는 난이 아니라 잡초들만 무성하게 나뒹굴었다.

되는 게 없었다. 아기씨의 얼굴을 머릿속에서 지우지 않는 한 아무것도 할 수 없을 것 같았다. 그는 팔베개를 하고 무성한 잡초 위로 벌렁 누웠다.

난 치는 솜씨를 그녀에게 뽐낼 길 없다면 글이라도 보내볼까? 초점 없는 시선을 천정에 두고 정종은 조금 전에 읽었던 시경을 떠올려 보았다. 많은 시를 떠올려 보았지만 어느 것 하나 마음에 드는 것이 없었다. 미칠 만큼 사무치는 그리움, 정종은 차라리 자기의 마음을 칼로 잘라 화선지에 싸서 보내고 싶었다.

정종은 서책을 멀찍이 던져버리고 다시 팔베개를 하고 누웠다. 그때 스치듯 지나가는 기억 하나가 머릿속에서 멈추더니 맴을 돌았다. 그는 얼른 기억을 붙들어 잡고 벌떡 일어나 서안 앞에 앉았다. 그리고 난을 치다가 만 벼루에 붓을 담그고 천천히 시를 써 나갔다.

꽃잎은 하염없이 바람에 지고	風花日將老
만날 날 아득타 기약이 없네.	佳期猶渺渺
맘과 맘 그대와 맺지 못하니	不結同心人
부질없이 풀로만 맺으려 하네.	空結同心草

- 당나라 시인 설도(薛濤)의 춘망사(春望詞) 중에서 -

정종은 시를 접어 봉투에 넣으려다 말고 마음을 덧붙여 써 넣었다.

〈國無城(국무성) 月入門(월입문)하거든
書畫肆(서화사)로 四日二時(사일이시)오〉

정종이 궁을 다녀간 이후부터 경혜는 다른 사람이 된 것 같았다. 나인이나 내시들이 아니면 잘 다니지도 않는 후문 쪽에 눈길을 두기도 하고 월대를 오르락내리락 몇 번이고 서성대기도 했다. 세손이 오는 날이 아니면 가지도 않던 아미산 후원을 혼자 거닐기도 했다. 그런 경혜를 두고 초월이가 뾰로통하게 조잘댔다.

"아기씨 요즘 왜 이러셔요?"

"내가 어때서?"

"도둑 되시는 그분 말인데요, 그분이 다녀간 후로 아기씨 정신 놓고 있다는 거 모르시죠?"

"아냐, 그런 거."

"아니면 왜 그러시는데요? 쇤네는 말인데요, 이기씨 얼굴에 스치는 바람 냄새만 맡아도 무슨 생각을 하시는지 다 알아요. 그러니 속일 생각을랑 하지 마셔요."

"귀신 이웃집에 살았던 사람처럼 나불대지 말고 내가 무슨 생각을 하고 있는지 맞춰 보렴."

"정말요? 맞추면? 그러면 쇤네 소원 하나만 들어주실래요?"

"응."

"정말이에요?"

"그렇다니까."

초월이는 긴 호흡으로 크게 숨을 들이마신 뒤 목에 힘을 주어 말했다.

"동별궁에 가고 싶으신 거 맞죠? 그렇죠?"

경혜의 볼이 붉게 물들었다. 초월이는 경혜의 그런 표정을 보고 개선장군이 된 것처럼 거들먹거렸다.

"쇤넨 귀신이라니까! 하지만 아기씨, 소용없어요. 그 도둑 도련님 이젠 동별궁엘 올 수 없다니까요. 전하께서 계신데 어찌 올 수 있겠어요? 어제도 헛걸음하셨잖아요! 그러니 포기하셔요."

"아니다. 우리가 다녀간 뒤에 다녀갔는지도 모르는 일……."

경혜는 월대를 성큼 내려섰다. 금방이라도 동별궁으로 달려갈 듯한 품새였다. 그때 한 번도 본 적이 없던 젊은 나인이 자선당으로 급히 들어와 경혜 앞에 엎드렸다.

"소인은 동별궁에서 전하를 시중드는 나인이온데……."

"뭐라? 동별궁?"

할바마마께 무슨 변고라도 생긴 건 아닐까? 경혜는 가슴이 철렁 내려앉는 것 같았다.

나인은 품에서 서찰을 끄집어내어 경혜 앞에 바쳤다.

"이게 무엇이냐?"

"부부인 마님 동생이라는 사람이 주셨답니다."

"뭐라? 도련님이?"

"그 도둑이?"

경혜와 초월이의 입에서 도련님과 도둑이란 말이 동시에 튀어나왔다. 경혜는 놀란 가슴을 겨우 진정하고 나인을 돌려보냈다.

"그래, 수고했다. 가 보아라."

나인이 후문을 나서기도 전에 경혜는 겉봉투를 찢었다. 봄 햇살이 연서 위로 쏟아져 내렸다. 거기에는 정종의 마음이 오롯이 담겨 있었다.

- 꽃잎은 하염없이 바람에 지고

  만날 날 아득타 기약이 없네. -

동별궁 뜰을 배회하며 행여나 도련님이 사랑방에 들지는 않았을까 기웃거리던 엊그제, 경혜의 마음도 꼭 그랬다. 경혜는 그 마음을 도련님이 훔쳐보고서 쓴 거라고 믿었다.

- 맘과 맘 그대와 맺지 못하니

  부질없이 풀로만 맺으려 하네. -

마지막 구절을 읽을 땐 눈물이 날 것만 같았다. 보고 싶어도 볼 수 없고, 만나고 싶어도 만날 수 없는 사람. 부질없는 생각인 줄 알지만 풀로서나마 두 마음을 하나로 묶고 싶은 마음. 경혜는 당장이라도 동별궁으로 달려가고 싶었다.

연서를 읽고 있는 아기씨의 표정을 뚫어져라 살피고 있던 초월이는 그만 고개를 갸우뚱했다. 세상에서 가장 행복한 사람이 웃을 법한 그런 미소를 띠고 있었는데 눈 깜짝할 사이에 그 미소가 사라져 버렸다. 난감해하는 저 표정, 수심이 묻어나는 저 표정, 대체 무슨 일인지 초월이는 알 수가 없었다.

초월이는 참다못해 얼른 물었다.

"무슨 내용이래요?"

"나도 몰라."

"다 읽고도 무슨 뜻인지 몰라요? 총명하신 우리 아기씨께서 모르는 글이라면 그건 글재주가 없거나 학문이 모자라는 사람이 쓴 게 틀림없어요!"

그러자 경혜가 중얼거리듯 말했다.

"國無城(국무성) 月入門(월입문)하거든 書畫肆(서화사)로 四日二時 (사일이시)오. 내가 아는 건 서화사뿐이지 않느냐? 초월아, 이게 말이다, 이게 연서라면 서화사는 만나자는 장소가 아닐까? 언젠가 화첩을 샀던 광통교 그 서화사 말이다. 그렇다면 4일 2시는 약속 시간인 게 분명해. 허면 국무성 월입문은 뭘까? 전혀 모르겠어. 어떡하지?"

"쇤네 까막눈이라……. 그러게 천자문이라도 가르쳐 주셨으면 이런 일 없었잖아요. 후회되죠? 안 가르쳐 준 거."

초월이는 까막눈임을 무슨 벼슬인 양 자랑했다. 그러면서도 글자를 배워 두지 않은 걸 후회했다. 천 자가 아니라 오백 자만 배워 뒀더라도 아기씨를 위해 뭔가 해줄 수 있을 것 같았다. 그때 문득 백 상궁 생각이 났다.

"아기씨, 생각, 생각났어요!"

"뭐가?"

"유모 말인데요, 아기씨 유모 백 상궁 말인데요, 그분이라면 해석할 수 있을지 몰라요. 학문이 선비 뺨친다면서요."

"그래! 유모라면 할 수 있을 거야. 초월아, 뭘 하느냐? 냉큼 모셔오지 않고!"

아기씨의 수심이 한 순간에 걷히는 듯했다. 담장 하나만 건너면 비현각인데 초월이는 자선당 담장에서 폴짝폴짝 뛰면서 비현각을 향해 소리쳤다.

"유모! 유모! 유모!"

뛰어야 한 뼘 높이지만 초월이는 폴짝 뛸 때마다 유모라고 외쳤다. 오래지 않아 유모가 용케도 부르는 소리를 들었는지 비현각으로 통하는 쪽문을 통해 달려왔다.

"유모. 이게 무슨 말인지 모르겠어."

경혜의 맥없는 목소리만 듣고도 유모는 상황을 알아차렸다. 경혜가 자선당 툇마루로 유모를 끌어 앉힐 때까지 유모는 서찰에서 눈을 떼지 않았다. 유모의 눈빛이 잠시 흔들리는 것을 초월이는 보았다. 난감했다. 유모마저 백기를 들고 만다면 아기씨는 밤새 잠을 이루지 못할 것이다. 초월이는 밤새 시달릴 일을 걱정하며 꼭 유모가 해석해 주기를 빌었다. 그런 마음을 알았는지 유모가 한참만에 입을 열었다.

"아기씨, 미안해요. 나머지는 알 것 같은데 '사일이시(四日二時)오'를 모르겠어요."

"사일이시오는 내가 알 것 같아. 나머지는 뭔데?"

"국무성(國無城)은요. 나라 국, 없을 무, 성 성, 나라에 성이 없다, 나라(國)에 성(口)이 없으면 或(혹시 혹) 글자만 남지요. 그래서 국무성은 '혹시'라는 뜻이 되구요."

유모가 풀이를 하는 동안 경혜와 초월이는 입을 다문 채 한 마디도 덧붙이지 않았다.

"이번엔 '월입문(月入門)하거든'인데요. 달(月)이 문(門)에 들어가면(入) 閒(한가할 한)이라는 글자가 만들어지지요. 그래서 월입문하거든은 '한가하거든'이 되죠. 이제 붙여보면 '혹시 시간이 있으시면'이란 뜻이 된답니다. 그런데 '사일이시오'는 모르겠어요."

"그건 내가 안다니까. 그건 말이다. 4일 두 시를 뜻할 거야."

"4일이라면 아직 스무 날이나 더 남았는걸요. 그런 약속이 어디 있대요? 그리고 두 시라면 한밤중인데 그 시간에 만나자구요?"

유모는 사일이시오, 사일이시오 하고 끊임없이 중얼거려 보지만 뾰족한 해석이 나오지 않았다. 그때 초월이 눈동자가 요리조리 상하좌우로 놀았다. 엉뚱한 생각을 해 낼 때 자주 보던 모습이었다. 그러다가 그녀가 입을 크게 벌린 채 폴짝폴짝 뛰면서 소리쳤다.

"생각났어요!"

초월이는 손뼉을 치며 맴을 돌기도 했다. 유모는 촐싹대는 초월이에게 나무라듯 말했다.

"정신 사납다!"

"생각났다니까요!"

유모가 귀찮다는 듯 내뱉었다.

"뭔데?"

"자, 봐요. 하루가 열두 때라면요, 4일은 48시간이 되는 거 맞죠? 그리고 두 시간이 더 있어요. 그럼 사십팔 더하기 둘이면 '오십' 맞죠. 거기에 뒷 글자 '시오'를 붙여 봐요. 오십시오! 그러니까 오시라잖아요."

혹시 한가하거든 서화사로 오십시오. 드디어 초월이가 마무리했다. 서화사에서 만나자고, 한가한 시간에 나오라고, 언제까지나 기다릴 거라고 했다. 행복한 순간이었다. 쿵탕거리는 공주의 심장소리가 자선당 뜰에까지 울려 퍼질 것 같았다.

경혜는 훌쩍거리는 초월이를 덥석 끌어안았다. 그리고 머리를 쓰다듬으며 귀에 대고 나직이 속삭였다.

"내 마음 아는 이 너밖에 없어!"

무계정사에서 바라본 보현봉 골짜기는 온통 단풍으로 물들어 있었다. 정자에 나란히 앉아 그림삼매경에 빠진 경혜와 정종은 그 모습 자체가 한 폭의 그림이었다. 경혜는 보현봉의 경치를 화폭에 담고 있었고 정종은 사군자 중에서도 국화를 그리는 데 여념이 없었다. 그러다가 가끔씩 서로를 바라보고 활짝 웃기도 하고 그림 그리는 서로의 모습을 몰래 훔쳐보기도 했다.

돌이켜 보면 지난 시간은 꿈만 같았다. 연서를 풀이하지 못해 안달하던 때가 엊그제 같은데 벌써 넉 달이 지났다. 광통교 서화사. 경혜에겐 잊을 수 없는 곳이었다. 그러나 그곳은 왕가의 여인이 외간 사내와 자주 만나기에는 남의 이목이 두려운 곳이었다. 그래서 생각해 낸 것이 무계정사였다. 사군자를 배우고 싶어 한다고 안평 숙부를 졸라 정종을 소개한 것도 경혜였다. 그런 지 벌써 넉 달이 지났는데 경혜에겐 어제 일 같았다.

무계정사는 그녀에게 무릉도원이나 다름없었다. 골짜기 아래로 내려가면 맑은 계곡이 흐르고 나무 그늘이 드리운 바위에 앉으면 그림을 그리고 싶은 충동이 절로 생기는 곳이었다. 그림을 그리다 싫증나면 시를 지어보기도 했다. 경혜는 지난 여름을 무계정사에서 정종과 함께 꿈처럼 보냈다. 자선당 안에선 결코 누리지 못할 행복이었다.

가을산은 온통 붉었다. 경혜는 지난 여름의 추억을 되새김질하며 화폭에 가을을 담아 보았다. 붉은 물감을 화선지에 올리니 붓이 지나간 자리마다 단풍이 곱게 물들어 갔다.

경혜는 그림을 그리던 손을 잠시 멈추고 가슴에 손을 얹었다. 붉은 단풍이 가슴으로 옮겨 붙어 불길처럼 피어올랐다. 사랑이 이런 걸까? 생각만 해도 울렁거리는 가슴, 이런 게 사랑일까? 붉은 단풍만큼 아름다운 것이 사랑일까? 단풍만큼 붉게 타오르는 것이 사랑일까? 그런 생각을 하면서 그녀는 붉은 단풍만으로 화폭을 온통 채웠다.

"우리 경혜 그림이 많이 변했구나."

언제 다가왔는지 안평 대군이 어깨 너머로 그림을 보고 있었다. 산을 그리고 바위를 그리고 소나무를 그리던 그림이었는데 어느덧 마음의 색깔이 화폭에 담기고 있었다. 그건 정종 때문일 거라고 생각했다.

"부끄러워요, 숙부님."

"아니야, 아니야. 그렇지 않아. 나도 담지 못하는 것들, 그런 것들을 넌 담고 있어."

"그게 뭔데요?"

"예쁜 마음. 사랑이 가득한 마음."

안평 대군은 그림 속에 담겨 있는 경혜의 마음을 그렇게 표현했다. 꿈에서라도 해 보고 싶었던 사랑이었는데 경혜가 그 사랑을 만들어가고 있었다.

문득 안견(安堅)이 그린 몽유도원도(夢遊桃源圖)가 떠올랐다. 안평 대군이 꿈속에서 만난 별천지를 안견이 그려준 그림이었다. 굽이굽이 흐르는 시냇물을 기암괴석이 병풍처럼 둘러섰고, 작은 길을 따라 협곡을 지나면 꿈을 꾸는 듯 펼쳐지는 선경, 그곳이 무릉도원이었다. 아스라이 내려앉은 안개가 기암괴석 사이를 휘돌아 나가고, 만발한 복숭아꽃 사이로 고개를 내민 초가집에 앉으면 저 멀리 폭포에서 떨어지는 낙숫물 소리가 절로 들릴 듯했다.

안평 대군은 별안간 몽유도원도를 다시 그려 보고 싶은 충동을 느꼈다. 복숭아꽃 만발한 그 속에 선남선녀를 그려 넣고 싶었다. 단풍처럼 붉은 사랑을 만들고 있는 경혜를 그려 넣고 싶었고, 그 옆에서 난을 치고 있는 정종을 그려 넣고 싶었다. 이들을 보고 있노라면 이보다 아름다운 선남선녀가 이 세상에 또 있으랴 싶었다. 눈 속만 들여다보아도 사랑이 담겨 있는 듯하고, 말을 하기만 해도 사랑이 흘러나올 듯한 경혜를 보고 있노라면 안평 대군은 자신도 사랑 속에 빠져 있는 것 같은 착각을 하게 했다. 그럴 때마다 안평 대군은 둘의 사랑을 꼭 맺어 주어야겠다고 생각했다. 지난 넉 달 동안 늘 느꼈던 마음이었다.

동별궁으로 피접을 나온 뒤 세종의 병세는 호전되었다가 나빠지기를 반복했다. 경복궁 뜰에 단풍이 붉게 물들어 가던 무렵에는 시력이 돌아오고, 어눌했던 말도 제자리를 찾을 정도였다.

경사였다. 궁 안의 모든 이가 경사로 여겼다.

기사년(己巳年) 한 해가 평온 속에서 저물어 가고 있는 어느 날, 세종은 세자와 경혜를 동별궁으로 불렀다.

"오늘은 경혜 혼사 문제를 매듭지으려 한다. 영응도 들어오고 며느리도 들어와야 하느니라."

경혜는 가슴이 쿵 하고 내려앉는 것 같았다.

어마마마가 떠올랐고, 동생 홍위가 떠올랐고, 거기에 정종의 얼굴까지 스쳐 지나갔다.

곧이어 영응 대군 부부도 자리를 함께했다.

"혼사 일이라면 아바마마 쾌차하신 후에 하셔도 될 일이옵니다."

세자는 염려스러운 마음에 조심스럽게 말했다.

"내 살날이 얼마 남지 않았어."

살날이 얼마 남지 않았다니! 그래서 혼사 문제를 빨리 매듭지어야 한다니! 경혜는 또 한 번 가슴이 내려앉는 것 같았다.

울음을 마음속으로 누르고 겨우 말했다.

"할바마마!"

"할아비가 원망스럽진 않았느냐?"

"말씀 받잡기 민망하옵니다."

"짧은 밤 길게 말해서 무엇 하겠느냐? 단도직입적으로 말하마."

"중추원부사를 지낸 정충경 공의 자제이니라."

정종을 두고 말함이었다. 둘러앉은 모두가 입을 다물지 못했다. 모두에게 익숙한 인물이었다.

"정 공은 전라 강원 관찰사는 물론 형조판서 한성부윤까지 두루 거친 충신이니라."

"참으로 훌륭하신 결정이시옵니다."

동별궁에 문안차 올 때 가끔 사랑채에서 인사 올리던 그 도령을 떠올리며 세자는 흡족한 표정으로 말했다.

"마음에 든다니 다행이구나. 그럼 영응 네 의견은 어떠하냐?"

"사사로이 정종은 소자의 처남입니다. 처가에서도 기뻐할 것이옵니다."

"다들 찬성하니 내 결정이 자랑스럽게 느껴지는구나. 며느리 너의 생각은 어떠하냐?"

"황공하옵니다, 아바마마. 이보다 큰 광영이 어디 있겠습니까? 돌아가신 친정아버님께서도 지하에서 감읍하실 것이옵니다."

"모두가 이렇게 좋아하니 경혜 혼사 문제는 정 도령으로 매듭짓자꾸나."

"아바마마, 경혜한텐 안 물어보시는지요?"

옆에 없으면 모를까 불러 놓고 본인의 생각을 들어보지 않음이 세자는 못내 서운한 모양이었다.

"허허, 그래서야 어찌 아비라 할 수 있겠는가? 그렇지 않느냐? 경혜야."

"네?"

정종의 이름이 세종의 입에서 떨어질 때부터 경혜는 정신을 가눌 수 없었다. 그런데 난데없는 질문이 자신으로 향하자 경혜는 얼굴을 들 수가 없었다.

"소자가 잘못한 일이라도……."

세자는 알 수 없었다. 빈궁이 세상을 떠나고 홀로 남겨진 남매에게 아비 노릇 제대로 하지 못했던 건 사실이었다. 하지만 혼사를 결정하는 마당에 아비 노릇을 탓하는 이유를 알 수가 없었다.

"경혜야, 넌 알고 있느냐? 네 생각을 묻지도 않고 결정해 버린 이유를."

경혜는 몸 둘 바를 몰라 얼굴만 붉히고 있었다.

"이 할아비한테 말하지 그랬어? 정 도령을 연모한다고. 이쁜 우리 손녀 부탁이라면 이 할아비 지옥이라도 갔다 올 수 있단다."

"할바마마, 죄송해요. 소녀가 잘못했습니다."

"아니야, 인연은 하늘이 맺어 주는 것인데, 너희들의 예쁜 만남을 어찌 내가 간섭할 일이더냐?"

"이 불충한 일을 언제부터 눈치 채셨는지요? 아비 노릇 제대로 못한 죄 정말 크옵니다."

"내가 세자를 탓하고자 한 소리가 아니었어. 그냥 웃자고 한 소리였으니 괘념치 말아라. 그리고 모두들 잘 들어 두어라."

세종은 잠시 말을 끊었다가 이었다.

"영응 대군 처가인 해주 정 씨 집안은 우리 왕실과의 인연이 보통이 아님을 잘 알 것이다. 가까이는 여기 있는 막내며느리가 영응에게 시집왔고, 더 올라가면 내 둘째 형님인 효령 대군께서는 정충경 공의 누님을 배필로 맞이했느니라. 따지고 보면 정 도령에게는 효령 대군이 고모부 되시고 영응은 매형이 되지 않느냐? 그렇다면 경혜야, 네가 출가하면 여기 막내며느리 춘성 부부인을 넌 뭐라고 부르련?"

"……."

숙모님 이외는 생각나는 게 없었다. 혼란스러웠다. 이럴 줄 알았더라면 미리 촌수 셈법이라도 공부해 둘 걸. 경혜는 후회했다.

"시누이와 올케 사이가 아니더냐? 친정에선 숙모, 시댁에선 시누이가 되는 거야."

"그런데 할바마마, 한 가지 여쭈어도 될는지요?"

"그래, 말해 보아라."

"어떻게 아셨어요?"

"너희 둘 사이 말이냐?"

"네."

"눈치 하나로 조정 신하들을 다스린 내가 아니더냐? 늙은이라고 모를 줄 알았어?"

"그게 아니고……."

경혜는 정말 알 수 없었다. 무엇을 알고 계신지, 어디까지 알고 계신지 모두가 궁금했다.

"안평이 내게 말해 주었느니라. 두 사람을 꼭 맺어주어야 한다고. 두 사람 사랑이 얼마나 예쁜지 모른다고 말이다. 그래서 생각 끝에 초월이를 잡아다가 불게 만들었단다. 고게 깜찍스럽게도 딱 잡아떼더구나. 달래고 어르고 온갖 방법을 다 썼단다. 그래서 다 알게 되었어. 언제부터 만나기 시작했으며 얼마나 자주 만났는지 궁금했던 것 모두 다 알게 되었단다. 그런데 말이다. 어쩐지 네가 자주 오는가 했는데, 문병을 왔던 게 아니라 정 도령이 보고 싶어 왔던 거지?"

"아니어요, 결코 아니랍니다."

"이젠 솔직해도 괜찮으니라. 네 얼굴이 다 말해 주는 걸. 온통 빨갛게 물들었잖니?"

"부끄럽습니다. 할바마마!"

"아무튼 잘살아야 한다."

"네, 할바마마도 오래오래 사셔야 해요."

세종은 마음이 홀가분했다. 마음속에 든 무거운 짐을 벗은 탓일까? 모두를 돌려보내고 세종은 잠자리에 누워 가만히 눈을 감았다. 오랜만에 깊은 잠에 빠져 들었다.

세종 31년 기사년도 지나갔다. 혹독한 추위가 맹위를 떨치더니 설날을 지나고부터 수그러들었다. 한낮에는 제법 포근한 햇볕이 대청마루 깊숙이 들어오곤 했다. 세종은 봄이 이제 얼마 남지 않았음을 느꼈다. 세종은 서둘러 정종에게 종2품 순의대부(順義大夫) 벼슬을 내렸다. 손녀를 위해 자신이 할 수 있는 마지막 선물이라고 생각했다.

해를 넘기지 않고 경혜 혼삿날을 잡으려 했으나 예조에서 잡은 길일은 정월 스무나흘이었다.

기다리고 기다리던 혼례 날이건만 세종은 정신을 가다듬을 수가 없었다. 자꾸만 눈앞이 흐려졌다. 안질이 있어 눈이 흐리게 보이던 것이 어제오늘의 일이 아니었다. 그런데 흐린 건 눈뿐이 아니었다. 정신마저 혼미해지는 것 같았다. 머릿속에서 무엇이 빠져나가고 있는 느낌 그런 것이었다.

족두리를 쓰고 대례복을 입은 아리따운 신부의 모습을 잘 보아두려고 눈을 부비고 또 부벼 보았다. 똑똑히 새겨 두어야 저승에 가서 빈궁에게 자랑할 수 있을 텐데 말이다. 그런데 보이기는커녕 얼굴이 그려지지도 않았다. 아무리 애를 써서 그려 보려 해도 그려지지가 않았다.

세종에겐 힘든 하루였다.

어의 전순의

전순의는 어제 몸이 불편하다는 핑계로 일찍 퇴청해 버렸다. 전하의 병세 위중하여 의관들의 임시회의가 소집될 것 같았기 때문이었다. 빈궁이 출산할 때 산실청 의관으로 선발되어 두 직급 강등된 아픈 기억 때문에 이번에는 무슨 수를 써서라도 빠지고 싶었다.

인명은 재천인데 화타(華佗)가 살아온들 어찌 천명을 바꿀 수 있을까? 하물며 전하의 환후 위중하여 경각을 다투는데 어느 의관이 병을 치유할 수 있을까? 이럴 땐 자리를 피하여 어의에 선발되지 않는 것이 상책이라 전순의는 생각했다.

산실청에 선발되지만 않았어도 어쩌면 노중례를 앞섰을지도 몰랐다. 얼마나 노중례를 따라잡으려 발버둥 쳤던가. 그러나 빈궁의 죽음으로 자신은 판관(判官)에서 직장(直長)으로 강등되어 버렸다.

지난 10년은 그에게서 치욕의 세월이었다. 노중례는 벌써 종3품 첨지중추원사에 올라 있었다. 그것도 당상관이 아니던가? 하지만 전순의는 이제 겨우 10년 전의 벼슬인 판관으로 돌아온 지 한 달밖에 되지 않았다. 지옥으로 떨어질지도 모르는 그 길을 다시 가지 않겠다고 다짐하고 있었다.

꽃샘추위가 제법 매서운 아침이었다. 박석고개 언덕을 오르니 전의감

지붕이 저 멀리 한눈에 들어왔다. 매일같이 출근하던 길인데 오늘따라 멀게 느껴졌다.

집무실 안으로 들어서자 어제 긴급회의에서 논의된 내용이 벽에 붙어 있었다. 그런데 이게 웬 일인가. 전순의는 눈을 비비고 다시 뚫어지게 보았다. 의관 전순의. 맨 위에서 두 번째에 이름이 올라 있었다.

전순의는 맥이 풀려 의자에 털썩 주저앉고 말았다.

"여기서 뭘 하시는지요? 모두 동별궁으로 새벽같이 달려갔답니다."

걸레를 들고 집무실 안으로 들어서던 의녀의 말이 떨어지기 전에 전순의는 달려 나갔다. 그 사이 전하께서 무슨 변고라도 당하신다면 목이 붙어 있지 못할 것이다.

숨이 턱에 닿도록 달렸다. 얼마 전에도 다녀갔던 그 길이었다.

동별궁에 도착하니 모두 대청마루 아래에 서 있었다. 의녀와 의관, 동궁 내관도 거기에 서 있다. 전순의는 오르지도 못하고 월대 아래에 섰다. 숨소리마저 들릴 만큼 무서운 정적이 흐르는 순간이었다.

그때 방 안에서 울음이 터지는 소리가 났다. 그러자 뜰에 서 있던 모두는 땅에 엎드려 통곡했다. 세종 32년 2월 17일. 세종의 붕어(崩御) 소식은 온 강산을 울음바다로 만들었다.

세자는 빈전(殯殿)을 떠나지 않고 슬피 울어 소매가 다 젖었다. 의정부 삼정승이 차마 볼 수가 없어 동궁에서 조섭하기를 청하였으나 듣지 않았다. 빈전을 떠날 생각은 조금도 없어 보였다. 할 수 없이 경혜가 나섰다.

"종기가 아직 낫지도 않으셨는데 무리하시면 어떡해요?"

"괜찮다. 아바마마 곁에 있으니 더 편안하구나."

"이러다가 몸져누우시면 소녀는 어떡하고, 홍위는……."

경혜는 차마 말을 맺지도 못하고 울먹이면서 세자에게 매달렸다.

"네가 홍위를 잘 보살펴 주렴."

"이러다가 즉위식에 나가지도 못하고 쓰러지겠어요!"

"괜찮다니까."

경혜도 더 어떻게 해 볼 방법이 없었다. 종기는 의관에게 맡기면 될 일, 그렇게 편하게 생각하기로 마음먹었다.

조선 5대 임금 문종은 즉위식을 마치자마자 밀린 업무부터 처리했다. 의관 전순의는 모든 관직을 거두어들이고 서고(書庫)지기나 하면서 근신토록 조치하고, 나머지 의관들은 차등을 두어 한두 직급씩 강등하는 것으로 마무리했다. 전순의는 늦게 등청한 죄가 더해져 가장 무거운 벌을 받았다.

세손 홍위를 세자에 봉하고, 정종은 부마의 자격으로 종2품 순의대부에서 종1품 숭덕대부(崇德大夫) 영양위(寧陽尉)로 승차시켰다.

이제 남은 하나. 경혜가 살 집을 마련해 주는 일이었다. 문종은 공조판서를 불러 지시를 내렸다.

"양덕방(陽德坊)을 벗어나지 않도록 해 주시오."

양덕방이라면 동별궁에서 지척에 있는 동네였다.

영응 대군을 가까이 두고 싶어 동별궁을 짓게 한 아바마마의 심정을 이제야 헤아릴 수 있을 것 같았다. 문종은 민가 40여 채를 헐고 동별궁보다 더 큰 집을 지어 공주에게 하사했다.

국장을 치르느라 무리한 탓일까? 온몸이 나른하고 가라앉는 것 같았다. 종기가 덧나는지 등이 가려워 잠에서 깨기가 일쑤였다. 어떤 때는 미열까지 있었다. 내의원에서 탕약을 지어올리고 소주방에선 음식을 가려 수라상에 올렸다. 그러나 계절이 바뀌고 해가 바뀌어도 등창은 쉽게 아물지 않았다.

"전하, 소인이 문후 여쭈옵니다."

수양 대군이 오랜만에 강녕전에 들었다.

"수양! 이렇게 소원해서야 되겠느냐? 아바마마 가시니 이제 발길 끊고 사는 건 아니겠지?"

"등창이 호전되지 않는다기에 걱정이 되어……."

"아무것도 아닌데 여러 사람 걱정 끼치는구려."

수양 대군이 보기에는 아무것도 아닌 것 같지가 않았다. 용안은 수척할 대로 수척해 병색이 완연했다. 그 좋던 풍채도 어쩐지 왜소해 보였다.

"전하께서 쾌유하시기를 부처님께 매일 빌고 있습니다."

"수양이? 날 위해?"

"예. 전하."

"갸륵하도다. 수양이 불심이 깊다는 건 왕실 모두가 잘 알지만 이토록 날 위해 정성을 다해 준다니 고맙기 그지없구려."

"황송하옵니다, 전하. 그리하옵고……."

"계속해 보시게."

"소인이 다니는 절의 스님께서 말씀하시길 종기에는 음식으로 다스려야 효험을 빨리 볼 수 있다고 하였습니다."

"그래서 소주방에서 신경을 많이 쓰고 있다네."

"하오나……."

"수양이 좋은 방책을 가져왔는가 보구려. 얼른 말씀해 보시게."

"사실은 아바마마 훙(薨)하실 적에 죄를 받은 의관 전순의를 기억하시는지요?"

수양 대군은 마음에 담아온 말을 뱉기는 했지만 오금이 저려 다음 말을 잇지 못하고 머뭇거렸다. 죄인을 전하께 추천하는 일은 수양에게 큰 모험이었다.

"알다마다. 세자빈이 돌아가실 적에도 책임을 물어 죄를 주었고, 이번에도 또 죄를 받은 의관 아닌가?"

"맞습니다. 사실은 그 의관이 음식으로 병을 치유하는 공부를 많이 한 인물이라고 들었습니다."

"아무리 의술이 뛰어나도 그 의관은 탐탁지 않네."

"침술도 뛰어나다고 들었습니다."

"그래도 어쩐지……."

"연유라도 있으신지요?"

"연유랄 게 뭐 있겠나. 그저 나하고는 인연이 아닌 것 같아서 말이네."

"버릴 때는 버리시더라도 한번 써 보시고 버리심이 어떨는지요? 사실은 주지스님께서 추천해 주신 인물입니다."

수양 대군은 있지도 않은 주지스님까지 만들어 가며 전순의를 추천했다.

"그렇담 한번 써 볼까? 언제 한번 데리고 오시게."

수양 대군은 식은땀이 등줄기를 타고 흘러내리는 것을 느꼈다. 권람(權擥)이 전순의를 입궐시킬 수 있도록 설득해야만 한다기에 그리하겠다고 약속을 하였지만 거짓말까지 하게 될 줄은 몰랐다.

강녕전에서 나온 수양 대군은 집사에게 전순의를 불러오도록 시켜놓고 곧장 집으로 향했다. 오래지 않아 전순의가 왔다. 수양 대군은 아무도 사랑채에 들어오지 못하도록 단속을 해 놓고 전순의와 마주 앉았다.

"자네 날 알겠는가?"

"처음 뵙습니다. 나으리."

"나도 자네가 처음이네."

"재주 미천한 소인을 어찌 부르셨는지요?"

전순의는 아무리 머리를 굴려 보아도 대군이 자기를 찾은 이유를 알 수 없었다.

"궁금한 게 많아서 좀 물어보고자 하여 청하였네."

"소인 아는 것이라곤 의술밖에 없습니다. 하문하시옵소서. 의술이 짧아 대답이 될지 모르겠나이다."

"내가 알기엔 그대의 재주가 어의 못지않은 걸로 알고 있네. 다만 관운이 따르지 않았을 뿐이야."

생각지도 못한 칭찬에 그는 더욱 당황했다. 겨우 마음을 진정시키고 큰 호흡을 한 번 들이마신 후에야 겨우 입을 열었다.

"과찬이시옵니다."

"그렇지 않아."

전순의는 몸 둘 바를 알지 못했다. 서고나 지키고 있는 한심한 자신에게 하늘같이 높은 대군이 자신의 능력을 알아주다니 눈물이 날 지경이었다. 서고지기로 떨어지던 날 그는 도망이라도 가고 싶었다. 그러나 어명을 어기는 날엔 목숨을 부지하지 못할 터, 전순의는 목이 붙어 있는 것만으로도 다행이라 여기며 참고 참았다.

"종기(腫氣)에 관해 잘 알고 있는가?"

수양 대군 입에서 종기라는 말이 나오자 전순의는 전하의 등창을 떠올렸다. 전하의 환후를 다스리기 위해 전의감에서는 의관들이 매일같이 회의를 거듭하고 있다는 소문은 들어 잘 알고 있었다. 그는 얼른 거짓말을 했다.

"소인 조부님께서 등창으로 돌아가셨습니다. 그래서 어느 병보다 종기에 관해 공부를 많이 했습니다."

"음식으로 병을 다스리는 데도 조예가 깊은 것으로 알고 있네."

전순의는 한직으로 밀려나 지내는 10여 년 동안 음식으로 병을 다스리는 것에 대하여 연구해 왔었다. 그걸 수양 대군이 알고 묻는 것 같았다.

"사람이 세상을 살아가는데 음식이 가장 우선이고 약이 그다음입니다. 옛 사람들도 먼저 음식으로 치료하고 음식으로 치료하지 못하면 약으로 치료한다 하였습니다. 음식이 효과의 절반을 넘지요."

"그렇다면 치료법은 있는 겐가?"

"음식으로 먼저 다스리고 탕약으로 다스리되 증세 심하면 화침(火針)을 쓰기도 합니다."

"화침이라면?"

"불에 달군 침을 써서 깊은 부위의 고름을 빼 내는 의술이지요."

"그러면 완치가 가능하다는 게지?"

"체질이나 병의 깊이에 따라 다르긴 해도 종기로 해서 사망하는 일은 드뭅니다. 진행 속도를 완화시키면 쉽게 죽는 병은 아닙니다."

"그렇다면 완치되지 않더라도 오래 살 수 있다는 얘기군."

"약도 잘못 쓰면 독이 되는 법입니다. 시기를 잘못 선택하면 화침도 독이 될 수 있지요. 오히려 악화되어 죽음을 앞당기게 됩니다. 음식도 마찬가지지요. 해로운 음식을 취하면 병을 악화시킵니다."

"독이 된다? 게다가 빨리 죽을 수도 있다?"

수양 대군은 혼자 중얼거리듯 말했다.

"사실은 말이네. 내 오늘 전하께 자네를 추천하고 오는 길일세."

"전하 말씀입니까?"

"그렇다네. 그러니 성심을 다해 환후 다스려야 할 게야."

전순의는 순간 과거의 일들이 주마등처럼 스쳐가는 것을 느꼈다. 두 직급이나 강등케 했던 세자빈의 죽음, 서고지기까지 추락하게 한 세종의 죽음, 그것들은 자신의 의지로는 어쩔 수 없는 것이 아니었던가. 하지만 종기라면 자신이 있었다. 환자는 바로 전하. 젊음이 아직 한창인 전하라면 얼마든지 치유할 수 있으리라 믿었다. 다만 부모의 상을 연속해서 치르느라 체력이 고갈되어 등창이 기승을 부릴 뿐이라고 생각했다.

"소인을 어찌 아시고 추천하셨는지요?"

"그대 재주를 내가 익히 알고 있었다지 않나?"

수양 대군은 권람이 추천했다는 말은 하지 않았다.

"몸 둘 바를 모르겠나이다. 나으리."

목이 메어 말이 잘 나오지 않았다. 전순의는 감격에 겨워 손등으로 눈물을 닦았다.

"한 가지 부탁이 있네."

"하명하시옵소서. 나으리의 말씀이라면 죽음으로라도 보답하겠습니다."

"환후를 다스리는 것도 중요하지만 전하의 마음을 사는 것이 우선이네. 명심하게. 전하의 마음을 얻어야 해. 그러고 나서 우리 다시 이야기하세."

수양 대군은 권람이 시키는 대로 전순의에게 아퀴를 지었다.

"네. 하명 받들겠나이다."

전순의는 집으로 돌아가면서 콧노래까지 흥얼거렸다.

권람의 사랑채에 한명회가 또 찾아왔다.

"자준, 경덕궁은 어찌하고 한양에 눌러 앉은 겐가?"

한명회(韓明會)를 두고 말함이었다. 지기지우인 한명회가 백수 신세를 면치 못하고 있어 권람이 추천하여 준 일자리, 그것은 경덕궁 궁지기였다. 태조가 왕위에 오르기 전 잠저 시절에 개경에 살던 집이 경덕궁이었다. 한명회는 그 경덕궁 궁지기를 하고 있었다.

"그만 두기로 했네. 또 백수 신세가 된 게야."

"내가 추천하기는 했다만 나도 마음이 편치는 않았어. 이참에 과거에 도전해 보는 것은 어떨는지?"

"내 팔자에 과거 급제는 없다네. 술값 대 주기 위해 열심히 벼슬살이하는 자네가 있으니 걱정 없지 않겠나?"

집현전 교리를 하고 있는 권람을 두고 한명회가 부러운 듯 말했다.

"다른 일자리라도 있는지 알아보겠네."

한명회는 체념한 듯 고개를 흔들며 말했다.

"전국을 방랑하던 그 시절이 그리우이. 그런 시절이 다시 오려나?"

한명회는 권람의 부모가 이혼을 하던 그 무렵을 떠올렸다. 권람의 부친은 자식들과 부인을 구타하기 일쑤였고 결국 부인마저 내쫓고 말았다. 애첩 때문이었다. 애첩을 들이기 위해 조강지처를 내쫓은 것이다. 마음 붙일 곳 없던 권람은 가출하였고 전국을 방랑했다. 가세가 기운 한명회도 마음 의지할 곳 없기는 마찬가지였다. 수없이 도전한 과거시험, 주위에선 천재라 불렀지만 한명회는 번번이 낙방이었다. 과거에는 인연이 없었다.

권람과 한명회는 책을 싸들고 술을 메고 전국을 방랑했다. 그래도 그 시절이 한명회는 가장 행복했던 시절이라고 생각했다.

"머리를 맞대고 짜낸 계획은 어찌 되었나?"

그 계획은 의관 전순의를 주상 전하의 주치의로 집어넣는 계획을 두고 말함이었다. 권람의 입에서 전순의에 관한 말이 나올 것 같지가 않아 마음 급한 한명회가 먼저 입을 열었다.

"잘 되었을 게야."

"목숨 내 걸고 하는 일인데 자네는 어찌 말이 그리도 태평스러운가?"

"최선을 다해 수양 대군에게 말했으니 나머지는 수양의 몫이지 않나?"

"늙은 여우 김종서가 반대할 수 있지 않을까? 전순의를."

그때 밖에서 인기척 소리가 들렸다.

"쉿!"

권람이 입술에 검지를 대고 지그시 눌렀다.

"나으리, 손님 드셨습니다."

문 밖에서 하인이 고하는 소리가 들렸다.

"누구라고 하시던가?"

"수양 대군이십니다."

권람은 반갑게 수양 대군을 맞이했다. 집현전에서 학문을 함께 논하며 가깝게 지내는 사이였다.

"손님이 계신 줄도 모르고 불쑥 찾아왔으니 불청객 신세구려."

권람이 한명회를 수양 대군에게 소개시키기 위해서 의도적으로 만든 자리였다.

"아니요, 대군. 마침 잘 되었소. 친구 하나 소개하겠소."

권람은 한명회를 가리키며 말했다.

"이 친구는 저와는 동문수학에다가 죽마고우나 다름없는 사이입니다. 인사 올리게."

"한명회라 하옵니다."

한명회는 자리에서 벌떡 일어나 큰 절을 올렸다.

"수양이라 하오. 내 일찍이 소한당(所閑堂)으로부터 많이 들어 잘 알고 있소."

소한당은 권람을 두고 말함이었다.

"말씀 낮추십시오. 대군 나으리."

"그럼 그러리다. 소한당 저 친구도 사석에선 말을 트자고 했는데 그러지 않아 불편하다네."

"만나 뵙는 것만으로도 영광으로 생각하고 있습니다. 나으리."

"소한당 말에 의하면 그대는 자연을 벗 삼아 풍류를 즐길 줄 아는 사람이라지? 시국을 내다보는 안목도 넓다고 들었어."

"과찬이십니다. 나으리. 세상 불평 이야기를 할 뿐 시국이라뇨? 소인 정치와는 문외한입니다."

"문 밖에서 듣자니 김종서 대감이 화제에 오른 것 같던데 계속 말씀해 보시게."

"우리끼리 하는 얘기를 대감께서 들으셨는가 봅니다."

"엿들은 게 아니고 그냥 들리는 걸 귀에 담았을 뿐이야."

"전하께서 환후 깊어지시는 동안 김종서 대감을 중심으로 권력이 집중되고 있다는 불만을 털어놓고 있는 중이었습니다."

권람은 화제를 돌려서 수양의 생각을 찔러 보았다.

"자네들도 그렇게 생각하는가? 사실은 나도 화가 난다네. 종친이라 정치에 끼어들 수도 없는 노릇이고."

"이럴 때일수록 종친에서 무게를 잡아주셔야 하는 것 아닙니까?"

한명회의 흥분된 목소리에 놀란 사람은 수양 대군이었다. 수양 대군은 한명회가 믿음이 가지 않아 경계의 끈을 풀지는 않고 있었다.

"주상 전하께 이 문제에 관해 직언드릴 분은 대군 나으리밖에 없을 듯합니다."

한명회는 자신의 존재를 수양 대군에게 확실히 심어주고 싶어 강한 어조로 말했다.

"입이 열 개라도 할 말이 없네."

수양 대군을 처음 대하는 마당에 한명회의 화법이 너무 강한 것 같아 권람은 화제를 얼른 바꾸었다.

"대감. 제가 추천한 의관은 어찌 되었는지요?"

"전순의 말인가?"

"네."

"열심히 하고 있더군. 전하께서 처음엔 전순의를 탐탁지 않게 여기셨는데 생각이 바뀌신 것 같아."

"호전되셨는가 보군요."

"그 정도는 아니어도 더 악화되지는 않는 모양이야. 정말 다행이지."

"그럼 호전된 건 아니군요?"

"그렇다고 봐야지."

권람은 한명회를 쳐다보면서 고개를 끄덕거리고 있었다. 둘만의 대화가 눈빛으로 오고가는 것 같았다.

수양 대군은 알아들을 수 없는 권람의 말에 눈을 동그랗게 떠 보았으나 이내 머릿속에서 지워버렸다.

수양 대군을 배웅하고 권람은 한명회와 다시 마주 앉았다.

"자준, 자네 말이 맞았어. 수양 대군도 김종서에 대한 감정이 안 좋다는 거. 그 정도면 확인이 된 거야."

"그래서 말인데 빨리 계획을 실행으로 옮기면 어떨까?"

역시 마음이 급한 쪽은 한명회였다.

"그건 나도 동의하네. 전하께서 환후가 쾌차하는 날에는 모두가 도루묵이 아닌가?"

"전순의 그 사람 순순히 따라와 줄까?

"따라오게 만들어야지. 이미 미끼를 물었어. 수양 대군 미끼를 말이야. 내일이라도 만나야겠어."

"소한당, 그 문제는 내가 나서면 안 되겠나? 나도 수양 대군의 장자방이 되고 싶다네."

권람은 이제 자유의 몸이 된 한명회가 수양 대군을 위해 뛰어다니는 것이 훨씬 좋겠다고 생각했다.

"그게 좋겠어. 자네가 나보다 순발력도 뛰어나고 임기응변도 탁월하지. 천재 아닌가, 천재!"

다음 날 한명회는 전순의와 기방에서 마주 앉았다.

"인사 올리겠습니다. 한명회라고 합니다. 수양 대군을 모시는 사람입니다."

수양 대군이라는 말이 떨어지자 전순의는 한명회에게 머리를 몇 번이나 조아렸다.

"전하 환후가 어떠신지 대군께서 많이 궁금해하십니다."

"아직 종기를 다스리지는 않고 있습니다. 종기는 열이 밖으로 나오다가 기가 막혀 생기는 병인지라 지금은 몸속 열을 다스리고 있는 중입니다. 그런 후에 종기를 다스려야……."

전순의의 말이 끝나기도 전에 한명회가 말을 가로챘다.

"그럴 필요 없습니다."

"네?"

가슴이 철렁 내려앉았다. 올 것이 오고야 말았구나. 수양 대군이 더 기다려주지 않는 게야. 이렇게 끝나서는 안 되는데……. 전순의는 맥이 탁 풀렸다.

"전 의관. 내 말 잘 들으시게."

한명회의 말투가 완전히 바뀌어 있었다.

"네. 말씀하십시오."

"자네 출세하고 싶은가?"

"……."

한명회의 의중을 알 수 없어 전순의는 말을 잇지 못했다.

"출세 마다하고 재물 마다할 사람이 누가 있을까? 시키는 대로만 하면 당상관도 보장해 주지. 재물은 자네가 가질 수 있는 것 이상으로 안겨 줄 게야. 할 수 있겠는가?"

"소인 대군 나으리께 약조 드렸습니다. 베풀어 주신 은혜 죽음으로라도 갚겠다고 말입니다."

"만약 말이 새 나가거나 일이 성공되지 못하면 멸문지화를 당할 게야. 무슨 말인지 알겠는가?"

"맹세코 약조 드리겠습니다. 하명만 하십시오."

전순의는 알 수 없는 두려움이 몰려오고 있음을 느꼈다.

죽음의 고비를 두 번이나 넘긴 자신이 아닌가? 죽음보다 더 비참했던 삶. 차라리 죽을지언정 비참한 삶을 더 살고 싶지는 않았다. 정면 돌파를 해 보리라. 부딪혀서 뼈마디가 바스러지는 한이 있더라도 수양 대군이 내린 동아줄을 붙잡아 보리라. 그렇게 마음을 다잡고 나니 전순의는 용기가 솟았다.

"전하의 병세 더 악화시키는 방법을 말해 보시게."

전순의는 당황했다. 치료가 아니라 악화라니.

"무슨 말씀이신지……."

"단도직입적으로 말하겠네. 등창을 악화시켜 전하를 죽여야만 하네. 수양 대군께선 간신들의 손으로 넘어가는 조선을 지키고자 하시네. 자네가 알다시피 전하께선 건강이 좋지 않아 국정을 모두 김종서에게 넘겼다네. 피로써 일군 조선을 간신에게 넘길 수 있겠는가? 이 중대한 일에 자네를 동참시킨 수양 대군께 감사하고 또한 영광으로 생각해야 할 걸세. 조선을 구하게 되면 자네는 1등 공신이 될 거야."

"명령 수행하겠습니다. 내려만 주십시오."

전순의는 무엇이 옳고 무엇이 그른지 알 수 없었다. 다만 조선을 구하는 중대한 과업에 자신을 동참시켜 준 수양 대군에게 감사할 따름이었다. 그는 결연한 의지로 명령을 수행하리라 맹세했다.

"죽음까지 기간은 얼마면 되겠는가?"

사람 목숨 당장이라도 끊을 수 있다. 하지만 내가 죽였노라 하고 티나게 처리할 문제는 아닌 것 같았다. 자연스럽게 그리고 서서히 죽음에 이르게 할 수 있는 기간을 전순의는 생각해 보았다.

"두 달이면 되겠는지요?"

"두 달 후라? 더위가 시작될 무렵이군. 그래, 좋아. 두 달로 정하세."

"네, 알겠습니다."

"차후 내가 전하는 말은 모두 대군 나으리의 말씀이라는 걸 명심하게."

"여부가 있겠습니까?"

"방법은 자네에게 맡기겠네. 귀신도 모르게 해야 할 일이야."

"명심하겠습니다."

가뭄이 심해 땅은 마를 대로 말라 있었다. 관상감에서는 기우제를 올려야 한다고 떠들어 댔다. 하지만 문종의 환후가 염려되어 누구도 고하는 자가 없었다.

소주방으로 향하는 인향이의 발걸음에도 먼지가 풀풀 일었다. 동궁 뒤편에 자리 잡고 있는 소주방은 인향이에겐 눈 감고도 다닐 수 있는 익숙한 길이었다. 그녀는 이 길을 지날 때마다 세자빈 권 씨를 떠올렸다. 생과방에서 다과상을 내 오거나 잔심부름 같은 것을 시킬 때도 세자빈은 인향이에게 시켰었다. 시샘 많은 어느 상궁은 의녀 일이나 똑바로 하라고 눈총을 주곤 했다.

의녀는 바빠서는 안 되는 사람이었다. 아픈 사람이 없어 놀고먹을수록, 의녀 일을 하지 않고 허드렛일이나 할수록 대궐은 평화로워진다.

그런데 요즘 같아선 죽을 맛이었다. 일이 힘들어서가 아니었다. 전하의 용안에 시름이 깊어 가고 있기 때문이었다. 동궁 시절부터 모셔온 전하가 아니신가. 인향이는 아무것도 해 드릴 게 없어 가슴이 아팠다.

그녀는 소주방으로 향하면서 어의 전순의가 한 말을 되새겨 보았다.

"전하께서 드시고 싶다 하셨느니라. 저녁 수라에 올리도록 이 서찰을 소주방에 전하고 오너라."

아무리 되새겨 보아도 인향이는 이해할 수 없었다. 꿩고기 요리라니. 부스럼엔 기름진 음식이 나쁘다는 말, 어렸을 적 수없이 들어온 말이었다.

소주방에 어의의 서찰을 전하고 인향이는 전의감 서고로 곧장 갔다. 의방유취(醫方類聚). 최근에 편찬된 의서를 펼쳐 들었다. 그녀는 손가락으로 한 자 한 자 짚어 가며 읽어 나갔다. 거기에도 닭고기, 쇠고기는 물론 육류는 모두 종기에 금하는 음식으로 적혀 있었다.

인향이는 알 수가 없었다. 어의라면 이런 것쯤이야 모를 리 없었다. 그런데도 꿩고기라니. 그녀는 밝은 날에 전순의 어의에게 물어보아야겠다고 다짐했다.

인향이는 하루 종일 바빴다. 영의정 황보인 우의정 김종서가 병문안을 다녀갔고, 수양 대군도 다녀갔다. 다과상을 차려오느라 생과방을 분주히 오갔다. 상궁이나 나인에게 시켜도 될 일을 문종은 인향이에게 시켰다. 그 아이를 유난히도 아껴주었던 세자빈이 아니었던가? 문종은 그 아이에게서 세자빈의 손길을 느낄 수 있어서 편안했다.

늦은 오후에 경혜공주 내외가 문병을 왔다. 인향이는 정성들여 다과를 준비해서 올렸다.

"인향이도 게 앉거라. 많이 보고 싶었느니라."

예나 지금이나 다정다감하게 대해 주는 공주는 얼굴만큼이나 마음씨도 예쁘다고 생각했다.

"소인도 공주마마를 많이 그리워했답니다."

"우리 가족 모두 너의 손길 닿지 않은 적 없었던 거 잘 알고 있단다. 고뿔이 걸려도 달려오고 투정을 부려도 달려오던 너 아니더냐?"

"재주가 미천하여 온전히 모시지 못했었지요. 천추의 한이 된답니다."

인향이는 세자빈 돌아가실 적 그때를 떠올리며 말했다.

"아바마마께 네가 밤낮으로 정성을 다한다고 들었다. 어마마마가 해야 할 일을, 또한 내가 해야 할 일을 네게 짐 지우게 해서 미안하다."

"공주마마, 그런 말씀 받잡기 민망하옵니다."

"힘든 일이 있으면 내게 말하여라. 내가 다 들어줄 터이니."

"앞으로 생기면 꼭 말씀드리겠습니다."

"그런데 공주마마, 저 아이가 말하고 싶은 게 있어도 전할 방법이 없지 않소? 궁 밖 출입이 자유롭지 않은 몸이니까 말이요."

영양위 정종이 나서며 말했다.

"그건 부마 말이 옳다. 너희들이 보고 싶어서 부르고 싶었는데 그러지 못한 적이 내게도 몇 번 있었단다."

"내관에게 시키지 그랬어요?"

경혜공주가 답답하다는 듯 말했다.

"때로는 속마음을 들키기 싫을 때도 있느니라. 그래서 말인데……."

문종은 잠시 생각에 잠겼다가 대전 내관을 불렀다.

"게 상선 있느냐? 빨리 가서 칠성이를 데리고 오너라."

"아바마마, 칠성이가 누구시온지요?"

"내 그림자이다. 세자 시절부터 아바마마께서 붙여준 무사니라."

"무사라면 무서운 사내가 아닙니까? 코가 크고, 눈은 새우처럼 가늘고, 송곳니 두 개가 입술을 뚫고 나온 그런 사람이 아닐는지요?"

"걱정 말거라. 공주 너보다 예쁘게 생겼느니라."

무사 칠성이 얼굴을 그려보느라 모두 다른 생각에 젖어 있을 때 칠성이가 아뢰었다.

"소인 칠성이옵니다."

남장을 한 여자 아이 같은 사내가 방으로 성큼 들어섰다.

"어서 오너라. 내 오늘은 특별한 사람을 소개하려 하느니라."

"받들겠습니다. 전하."

"이쪽 두 내외는 알고 있겠지? 공주 내외니라."

"알고 있습니다."

"그리고 이쪽은……."

문종이 잠시 머뭇거리는 사이에 칠성이가 말했다.

"내의녀가 아닌지요?"

"다 알고 있었단 말이지?"

"저를 가르친 스승님께서 늘 하신 말씀, 나는 남을 알고 남은 나를 모르게 하는 것이 그림자라 하셨습니다."

"칠성이 너는 앞으로 인향이 말이라면 내 말처럼 받들거라. 그리고 인향이 너는 공주에게 전할 말이 있으면 칠성이를 찾으면 되느니라. 알겠느냐?"

"네. 전하."

인향이와 칠성이는 서로의 얼굴을 눈에 담기 위해 마주 보았다. 인향이는 사내가 경혜공주보다 예쁘진 않아도 자기보다 예쁠 것 같다는 생각을 하고 있었다.

문종은 모처럼 즐거운 오후 시간을 보냈다. 강녕전에 어둠이 내려앉을 무렵 모두 자리를 일어서려는데 문종이 경혜공주 내외를 다시 눌러 앉혔다.

"아바마마, 하고 싶으신 말씀이 있으신 게로군요."

문종이 서안을 열어 두루마기 하나를 공주 앞에 내밀며 말했다.

"황희 정승께서 보낸 글이란다. 누구보다 공주 네 생각이 궁금하구나."

조금은 굳은 표정인 것 같기도 하고 어떻게 보면 세상의 온갖 시름이 내려앉은 듯한 이런 표정을 공주는 한 번도 본 적이 없었다. 불길한 그 무엇이 그녀의 머리를 스치듯 지나갔다. 경혜공주는 떨리는 손으로 두루마기를 펼쳐들었다. 거기에는 아흔을 바라보는 노인답지 않은 힘이 서린 글씨가 빼꼭히 움직이고 있었다.

「전하, 이 늙은이가 죽을 때가 되었나 봅니다. 전하의 성심을 어지럽힐 줄 알면서도 이런 망측한 생각을 전하께 올림은 용기가 아니라 노망임이 분명한 듯합니다. 하오나 쓸데없는 걱정거리인 줄 알면서도 이를 머릿속에서 도려내지 않고서는 눈을 감을 수 없을 듯하여 몇 자 올림을 용서하여 주시옵소서.

십여 년 전, 선왕이신 세종대왕께옵서 왕자들의 태를 성주 선석산 자락으로 모두 옮겨 태실을 조성하셨지요. 그때 원손의 태실도 함께 그곳에 안치하였습니다. 원손이 여러 숙부들의 품에 안겨 사랑받는 형상이라고 칭송이 대단하였습지요. 그런데 소신의 생각은 달랐습니다. 하지만 한 마디 고언도 하지 못했습니다. 선왕께서 이미 결심을 굳히고 계셔서 감히 불충스러운 말을 할 수가 없는 분위기였습니다.

하지만 원손이 이제 장성하여 세자가 되었습니다. 하여 지금이라도 하루 빨리 세자의 태실을 옮겨야 한다고 생각합니다. 이유인즉 열여덟 왕자의 태실은 원래 제 땅에 안치한 것이어서 명당의 기운을 고스란히 받지만 세자의 태실은 그렇지 못합니다. 공간이 부족하여 흙을 쌓아올려 터를 추가로 만들었지요. 하여 그곳은 겉만 명당이지 땅의 기운이 없는 헛 명당이나 다름없습니다. 거기에 세자의 태실이 있어서는 안 된다는 것이 소신의 생각입니다. 그리고 중요한 이유가 또 하나 더 있습니다. 열여덟 숙부의 태실 끝에 세자의 태실이 위치하고 있는데 전하께서 살아계실 동안은 숙부들의 따스한 품에 안겨 있는 형상이 될 수 있을지 몰라도 전하께서 아니 계신 뒤에는 따스한 품이 결코 될 수 없을 것입니다. 오히려 여러 숙부의 기에 눌려 힘을 쓰지 못하는 아주 불길한 풍수가 아닐는지요. 그런 불길한 마음이 오랜 세월 동안 소신의 마음속에 남아있어 이를 전하께 풀어놓아야만 눈을 편히 감을 듯하옵니다.

전하, 깊이 헤아려 주시옵소서.」

글을 모두 읽은 경혜공주가 파르르 손을 떨었다. 공주의 그런 모습을 본 영양위가 얼른 두루마기를 넘겨받았다. 경혜공주는 무엇이 옳고 무엇이 그른지 따져볼 여유도 없이 수양 숙부의 모습을 떠올렸다. 그녀에겐 늘 그랬다. 불길한 순간이 찾아올 때면 늘 수양 숙부가 먼저 떠올랐다. 그래서 영양위가 글을 다 읽을 때까지 떨리는 호흡을 가다듬으며 기다렸다. 그때 문종이 말했다.

"이 문제는 너밖에 상의할 사람이 없었느니라. 그래, 공주는 어찌 생각하느냐?"

"소녀 짧은 생각이지만 황희 대감님의 말씀이 지당하다고 사료됩니다."

"그렇지? 옮기는 게 좋겠지?"

문종은 마치 그 대답을 기다리기라도 한 듯 다그쳐 물었다. 굳었던 표정이 비로소 펴지는 듯하였다.

"소신의 생각도 공주와 같사옵니다."

"부마도 그렇게 생각해 주니 고맙네. 그러면 이 일을 누구에게 시키면 좋을까?"

공주의 눈길이 영양위에게로 옮겨 갔다. 마치 준비된 답이 그의 입에서 나올 것이라 기다리는 눈치였다.

"정인지 대감이 어떨는지요?"

영양위가 정인지를 입에 올리자 문종은 집현전 시절 훈민정음을 창제하면서 생사고락을 함께했던 기억을 떠올리며 말했다.

"이유라도 있는가?"

"그분이라면 집현전 시절 풍수학 제조를 역임하기도 하여 풍수에 해박하신 줄로 아옵니다. 또한 현재 공조판서를 맡고 계시니 태실 공사를 진행하기에도 적임자가 아닐는지요."

문종은 고개를 크게 끄덕거리며 만족한 표정을 지었다.

"좋아! 그렇담 부마가 이 일을 추진해 주게. 가능하면 조용히 진행하였으면 하네."

어명을 받은 정인지는 달을 넘기기 전에 세자의 태실을 가야산 자락으로 옮겼다. 문종은 비로소 무겁던 마음을 털어냈다.

한명회는 전순의를 다시 기방으로 불러냈다.

"일은 잘 진척되어 가고 있는가?"

"네, 나으리."

"경과를 고해 보게."

"우선 꿩고기를 올렸습죠. 꿩은 육류 중에도 화기(火氣)가 가장 으뜸이라 종기를 덧나게 하지요. 속에 화기가 차면 보이지 않게 곪습니다."

"그래서?"

"더욱이 구우면 화기에 화기를 더해 효험이 배가 되지요."

"악화된다 그 말이지?"

"그렇구말구요."

"그다음엔?"

"움직이게 해야 합니다. 움직이면 환부가 덧나지요. 바꿔 말하면 치료의 반대 처방이라 생각하시면 됩니다."

"치료를 하려면 움직이지 않는 것이 좋다. 덧나게 하려면 움직이게 해야 한다 이 말이겠다?"

"예. 맞습니다요."

"움직이게 해야 한다? 구체적으로 예를 들어보게."

"외부 활동을 하게 하시면 된다 이 말씀입니다. 사냥 같은 격렬한 운동이면 더욱 좋구요."

"환자에게 운동을?"

"운동은 아니더라도 야외활동이라도 상관없습니다."

전하에게 적절한 활동이란 어떤 게 있을까? 무엇보다 의심 갖지 않는 활동이어야 한다.

한동안 생각에 잠겨 있던 한명회가 무릎을 치며 말했다.

"활쏘기 시합을 만드는 게야. 전하께 참관을 시키는 게지. 혹시 알겠나? 분위기에 못 이겨 시위를 잡을 수도 있고."

한명회는 활시위를 당기는 전하의 모습을 상상해 보고 있었다.

"참 좋은 생각이십니다. 나으리."

"그 문제는 수양 대군 나으리와 내가 알아서 하겠네. 그리고 다른 부탁이나 어려움이 있으면 말하게."

"조금 걸리는 게 있긴 합니다만……."

"말해 보게."

"데리고 있는 의녀 하나가 꿩고기를 전하께 올려선 안 되는 것 아니냐고 따진 적이 있습니다."

"내의녀 하나 처리하지 못해서야 어디 큰일을 할 수 있겠나? 쥐도 새도 모르게 없애버리면 될 것을."

한명회는 한심하다는 듯 화를 내며 소리를 버럭 질렀다.

"그런 게 아니옵고……."

"그럼 뭔가?"

"그 내의녀는 전하께서 동궁 시절부터 데리고 있던 아이라……."

"알았네. 그 아이가 누군가?"

"인향, 박인향이라는 내의녀입니다."

"내가 나서 봄세. 하지만 조심하고 또 조심해야 할 게야. 벽에도 눈이 있는 곳이 대궐이니까."

한명회를 만난 며칠 뒤 전순의는 인향이가 보이지 않는다는 것을 알았다. 다른 내의녀로 대체되어 있었다. 그는 신바람이 났다. 눈엣가시가 바람처럼 사라지다니 전순의는 새삼 수양 대군의 힘을 느끼는 것 같았다.

"상선. 인향이는 어디 갔는가? 그 아이가 보이지 않아."

수족처럼 부리던 아이가 보이지 않아 문종은 내관을 불러 물어보았다.

"사가에 우환이 있어 잠시 휴가를 낸 것으로 압니다."

사가에 급한 일이 있다니 어쩔 수 없는 일이지 하고 생각하면서도 문종은 한편으론 서운하고 허전한 마음을 숨길 수 없었다.

어제 무리를 했던지 피로가 몰려와 몸을 움직일 수가 없었다.

활쏘기 대회, 이어서 진행된 사냥대회, 모처럼 수양 대군이 마련하여 초대해 준 행사인데 거절하기에는 마땅한 명분이 없었다. 의관도 적당한 운동을 병행하는 게 치유에 도움이 된다고 하여 모처럼 하게 된 나들이였다.

사냥에서 잡아온 꿩 고기를 너무 많이 먹은 탓일까? 속마저 더부룩하여 불편했다. 이럴 때 인향이가 있었더라면 수정과를 먹고 싶다고 말하지 않아도 가져다 놓았을 터였다.

인향이는 궐문을 나서면서 몇 번이고 뒤돌아보았다. 무슨 일 때문일까? 무슨 일로 감찰 상궁이 떠밀다시피 하여 자기를 궐 밖으로 내밀었을까? 휴가는 생각해 본 적이 없었다. 잠시 사가에 가서 쉬었다가 오라고 전하께서 명하셨다니 감읍할 따름이었다. 미천한 의녀에게까지 마음써 주실 만큼 옥체가 편치 않으실 텐데 어째서 이런 광영된 은혜를 베풀어 주셨을까? 인향이는 이해할 수가 없었다.

이제 감찰 상궁도 보이지 않았다. 궐문을 나서 동십자각을 지날 때까지 감찰 상궁이 지켜보고 있었는데 그녀도 사라지고 보이지 않았다. 붙잡고 물어볼걸. 감찰 상궁이라면 자기에게 휴가를 주게 된 연유를 알고 있을지도 모른다는 생각이 들었다. 그러나 감찰 상궁을 찾으러 궁으로 돌아갈 수도 없는 일. 인향이는 숭례문을 빠져나와 만리재 고개를 넘고 있었다. 마포나루에 가서 배를 탈 참이었다.

그때 문득 칠성이 생각이 떠올랐다.

'무슨 일이 있으면 칠성이를 통하면 되느니라.'

전하의 말씀이 떠올랐다. 전하께서 하신 말씀을 빌미삼아 칠성이를 만나보고 싶었던 것도 사실이었다. 자기보다 예쁜 사내, 불이 튈 것 같은 눈빛, 갸름한 턱 선, 날씬한 몸매, 이 모든 모습이 그녀의 가슴속으로 다가올 때마다 용기를 내 보려 했지만 마땅한 빌미가 없었다.

'그래! 바로 이거야! 칠성이를 통하면 알 수 있을지 몰라.'

인향이는 왔던 길로 되돌아섰다. 광교를 지나 양덕방(陽德坊) 쪽으로 방향을 잡았다. 양덕방 동네에서 가장 큰 집이 경혜공주의 집이었다.

"인향아, 어서 오너라."

공주는 마치 인향이가 오기로 약속이 되어 있던 것처럼 반갑게 맞이해 주었다.

"아바마마 심부름이더냐?"

"아니어요."

"그럼 내가 보고 싶어서?"

"사실은 소인 오늘 휴가를 받았답니다. 사가에 내려가기 전에 공주마마 뵙고 가려구요."

인향이는 차마 칠성이를 만나고 싶다는 말을 할 수가 없었다.

"휴가라고? 하루나 이틀 잠깐 사가에 다녀온 적은 있어도 휴가를 낸 적이 없던 너 아니더냐? 집에 무슨 일이 있는 게야? 그래, 며칠이나 휴가를 얻었니?"

"감찰 상궁 말씀으로는 연락 올 때까지 집에서 기다리면 된다고 하셨습니다."

"그런 휴가가 어딨어? 잘렸으면 몰라도. 아냐. 아바마마가 널 얼마나 아끼시는데 자르다니 그건 말이 안 되고……."

"공주마마, 그래서 말인데요. 칠성이를 통해 연유를 알아보면 어떨까 해서요."

"그게 좋겠구나. 당장 부르마."

경혜공주가 아랫것들을 부르기도 전에 영양위 정종이 나서며 말했다.

"아랫것들 시킬 일이 아니니 제가 다녀오지요. 전하께 문후도 드릴 겸 해서요."

말이 끝나자마자 달려간 영양위가 오래지 않아 칠성이와 함께 돌아왔다.

“아바마마께서는 환후 좀 어떠하시던지요?”

“많이 힘들어하시는 것 같았어요. 용안도 밝지 않았답니다.”

“행사에 참여하시고 난 뒤부터 더 심해지신 것 같았습니다.”

영양위의 말에 칠성이가 덧붙였다.

“행사라니?”

“수양 대군께서 마련한 활쏘기대회와 사냥대회였습니다.”

수양 숙부의 이름이 튀어나오자 경혜공주는 짜증이 불쑥 솟아올랐다.

“불편하신 몸으로 어찌? 너는 만류하지도 못했단 말이냐?”

“송구하옵니다. 마마.”

“이런!”

경혜공주가 흥분을 겨우 가라앉히고 이어서 말했다.

“칠성아, 자네가 해 줘야 할 일이 생겼느니라.”

“하명하십시오. 마마.”

“여기 있는 인향이가 휴가를 받았다는구나. 그런데 인향이 본인은 왜 휴가를 가게 되었는지 모른다는 게야. 전하께 알아봐 주련?”

“공주마마. 그러고 보니 이상한 점이 또 한 가지 있습니다.”

인향이는 꿩 고기를 떠올렸다.

“어의께서 소주방 제조상궁에게 서찰을 전하라 하기에 다녀온 적이 있었는데요. 저녁 수라상에 꿩 고기를 올리라는 것이었어요. 소인 생각에도 너무 이상해서 서책을 뒤져보았답니다.”

“그랬더니?”

“예상했던 대로 종기엔 가장 나쁜 음식이라고 적혀 있었어요. 그래서 어의께 물어본 적이 있습니다.”

“어의는 뭐랬는데?”

"의녀 따위가 무슨 참견이냐고 하면서 화를 버럭 내시는 거예요. 이상하잖아요? 민가에서도 종기엔 육고기를 못 먹게 하는데."

가만히 듣고만 있던 영양위가 말했다.

"네 말을 듣고 보니 이상하구나. 꿩 고기도 이상하지만 사냥터까지 전하를 움직이게 한 행위도 미심쩍단 말이다."

영양위가 한참 동안 생각에 잠겼다가 다시 말을 이었다.

"꿩 고기와 사냥대회는 내가 알아볼 것이니라. 그러니 칠성이는 인향이 휴가에 대해 알아보거라."

"네. 알겠습니다."

인향이와 칠성이는 하직 인사를 하고 집을 나섰다.

"어디로 가실 건지요?"

"궁에서 쫓겨났으니 집으로 갈 수밖에요."

"집이 어디신데요?"

칠성이는 보폭을 맞추느라 느린 걸음으로 걸으면서 물었다.

"뭐라고 해야 하나? 아무튼 멀어요."

"자세히 가르쳐 주셔야 찾아갈 수 있잖아요?"

"우리 집엘?"

"그럼 아가씨가 궁으로 올 거요? 휴가에 대해 알면 내가 찾아갈 수밖에."

칠성이는 퉁명스럽게 내뱉었다. 그러지 않으려 애쓰면 애쓸수록 말은 마음과 항상 반대로 놀았다. 이렇게 가까이에서 그것도 둘이서 걸을 수 있는 것만 해도 꿈만 같은데 기분이라도 상했으면 어떡하나 두려웠다. 전하 옆에 다가가기만 하면 언제든지 인향이의 얼굴을 볼 수 있건만 칠성이는 그녀를 늘 멀리서만 바라보았다. 그럴 때마다 자신이 그림자인 것이 싫었다.

"그러실 것까지는 없는데……. 안 오셔도 돼요. 궁으로 돌아가면 내가 알아볼게요."

"나는 명령을 받으면 해야 하는 사람입니다. 빨리 알아보고 알려드리겠습니다."

여자처럼 예쁜 사내는 얼굴과는 어울리지 않게 무척이나 무뚝뚝하다고 생각했다. 인향이는 그런 칠성이가 더욱 믿음직스러웠다.

"마포나루를 건너서 물어보면 쉬워요. 옹기말 동네가 어딨냐고. 나루터에서 십 리쯤 되나? 아무튼 유명해요. 우리 동네에서 구운 옹기가 한양에서 제일 인기가 있거든요."

저 멀리 보이던 광화문이 성큼 눈앞으로 다가섰다. 칠성이는 여기서 헤어져야 하는 것이 못내 아쉬웠다. 옹기말. 그래도 그녀가 사는 동네를 알게 된 것이 얼마나 다행인지 모른다고 생각했다.

무악재 언덕을 오르는 전순의의 발길은 무겁기만 했다. 여름이 시작되려면 한 달이나 남았건만 가뭄으로 땅이 말라 땅에서 솟아오르는 열기에 숨이 턱턱 막힐 지경이었다.

한명회의 집은 생각보다 훨씬 초라했다. 삭정이로 엮은 울타리는 엉성하여 집 안이 훤히 들여다보였다. 딸 아이 네 명이 마당 모퉁이에 놓아둔 평상에 옹기종기 앉아 공기놀이를 하고 있었다.

"여기가 한명회 나으리 댁이냐?"

"네. 맞는데요. 주무시는데 누구라고 전해 드릴까요?"

혈색이 병자처럼 창백한 아이가 물었다.

"전순의라고 하느니라."

창백한 아이가 안방으로 통하는 마루에 올라서기도 전에 문이 벌컥 열렸다.

누추하게 사는 꼴을 보이고 싶지 않아 집을 가르쳐 준 적이 없었다.

그런데도 전순의가 찾아왔다. 급한 일이 아니라면 권람을 통해 연락해도 될 일이 아닌가? 한명회는 불길한 예감이 온몸을 훑고 지나가는 것을 느꼈다.

"얼른 들어오지 않고 뭘 하는 게야. 남의 이목도 있는데."

들어가야 할지 망설이고 있는데 한명회의 다그치는 목소리가 쩌렁 울렸다. 전순의는 머리가 닿지 않도록 허리를 잔뜩 굽혀 방문 안으로 들어갔다. 변변한 세간살이 하나 없는 초라한 방이었다.

"갑자기 찾아와서 죄송합니다."

"무슨 일인가?"

"부마 영양위께서 여기저기 쑤시고 다니는 것 같습니다요."

"정종 말인가?"

부마라면 영양위밖에 없는데도 한명회는 잘못 들은 건 아닐까 의심되어 다시 물어보았다.

"네."

"무슨 일로 쑤시고 다녀?"

"소주방에 와선 꿩 고기를 언제 올렸느냐, 몇 번이나 올렸느냐, 왜 올렸느냐 하면서 죄인 다루듯 캐묻더랍니다."

"꿩 고기 문제는 그 계집년을 쫓아낸 것으로 마무리된 게 아니더냐?"

"아무래도 그 계집년이 영양위 대감에게 고해바친 건 아닐는지요?"

"그럴 리가? 그 계집년 따위가 영양위를 어찌 알아?"

한명회는 감찰 상궁이 전해 준 서찰을 떠올려 보았다.

「시키신 일 잘 마치고 서찰 올립니다. 결론부터 말씀드리자면 박인향은 이상 없이 잘 갔습니다. 광화문에서 헤어지는 척하고 숭례문까지 미행을 했습니다. 그녀가 곧장 숭례문을 나가 만리재 고개

방향으로 길을 잡고 가는 것까지 확인하고 보고 드리는 것입니다.」

한명회는 아무리 머리를 굴려 보아도 짚이는 데가 없었다. 의녀 하나쯤이야 제거하면 그만이었지만 영양위는 그럴 수가 없었다.

"나으리. 그것만이 아닙니다요. 내금위에 나타나 활쏘기 대회가 있던 날 전하의 행차에 관한 기록을 보고 갔답니다."

"이거 큰일 났군!"

"이상한 점이 또 있습니다요."

"이번에는 뭔가?"

한명회는 신경질적으로 물었다.

"전하의 특별호위무사가 한 명 있는데요, 그이가 내게 박인향 내의녀가 휴가를 간 연유가 뭐냐고 묻더라구요."

영양위 하나라도 골치 아픈데 이번에는 호위무사라니? 호위무사가 내의녀에 관해 궁금해야 할 이유는 전혀 없지 않은가? 한명회는 짜증이 가득 묻어나는 목소리로 물었다.

"그래서 뭐라고 했는데?"

"사가에 일이 있어 휴가를 냈다고 했습니다."

한명회는 영양위와 박인향 그리고 호위무사 사이에서 어떤 연결고리라도 있을까 하여 생각에 잠겨 보았으나 어느 것도 명쾌하게 떠오르는 것이 없었다. 오히려 생각에 빠질수록 초조함만 더해 갔다.

"전 의관! 끝내는 날을 언제로 잡았던가?"

"유월 중순으로 잡았습니다."

"날짜를 당길 수 있겠는가?"

"전혀 문제는 없습니다."

"그럼 오월 중순으로 당기세. 불안해서 안 되겠어. 앞으로 보름. 보름 안으로 끝내세."

"네. 알겠습니다."

하직 인사를 하고 떠나는 전순의를 보며 한명회는 이름 모를 불안에 빠져들었다.

영양위는 대궐을 다녀온 이후로 생각이 혼란스러웠다. 전하의 환후가 호전되기는커녕 더 심해지는 것 같은데 전순의는 잘 다스려지고 있는 과정이라고 했다. 어의를 교체하고 싶어도 명분이 없었다. 미심쩍은 점이 있어도 뚜렷한 증좌가 없지 않은가?

전하의 안전을 위해선 인향이가 필요했다. 칠성이는 호위만 맡을 뿐 전하의 수족이 될 수는 없었다. 미심쩍은 전순의를 감시하기 위해서라도 인향이를 다시 입궐시켜야 했다. 생각이 거기까지 미치자 영양위는 마음이 바빠졌다. 내일까지 미뤄둘 일이 아니었다.

영양위는 칠성이를 찾았다.

"빨리 다녀와야 하느니라."

칠성이는 궐을 빠져 나와 쏜살같이 마포나루 쪽으로 달렸다. 옹기말은 어렵지 않게 찾을 수 있었다. 동네 입구에 들어서자 옹기 파편들이 여기저기 흩어져 있었다. 큰 느티나무를 지나자 돌담으로 둘러싸인 조그마한 초가집 하나가 보였다.

사립문을 밀고 들어가지도 못하고 머뭇거리는데 마침 물동이를 이고 들어서는 인향이와 마주쳤다.

"어머, 진짜 오셨네요."

너무 반가운 나머지 꾸벅 인사라도 하고 싶었는데 물동이의 무게에 눌려 눈인사로 대신했다.

칠성이는 하고 싶은 말을 많이 생각해 두었는데 한 마디도 말이 되어 나오지 않았다. 물동이에서 흘러내린 물방울이 그녀의 속눈썹에 매달려 있는 것을 보고서야 칠성이는 얼른 물동이를 받아들고 부엌 쪽으로 갔다. 며칠 지나지도 않았는데 한 달은 못 본 것 같았다.

"안 오실 줄 알았는데……."

귀한 손님을 부엌에 세워둘 수 없어서 그녀는 칠성이의 소매를 끌며 방으로 안내했다. 그러자 칠성이가 고개를 가로저으며 말했다.

"빨리 궁으로 가야 해요. 인향 씨."

인향 씨. 이름을 불러놓고 보니까 얼굴이 화끈 달아올랐다. 그래서 칠성이는 다음 말을 재빠르게 이어서 말했다.

"영양위 대감께서 빨리 데려오라고 하셔서요."

"무슨 일인데요? 급한 일인가요?"

"이럴 시간 없으니 빨리 채비하고 나와요. 가면서 말해 줄게요."

칠성이는 이미 사립문 쪽으로 걸어 나가고 있었다. 얼마나 급하면 저럴까 싶어 인향이는 재빨리 보퉁이에 짐을 꾸려 그의 뒤를 따랐다. 마포 나루를 건너자 칠성이는 애오개 방향으로 길을 잡았다. 인향이는 애오개 길이 싫었다. 그곳엔 많은 무덤들이 여기저기 흩어져 있었는데 모두 애기 무덤들이었다. 작은 애기 무덤을 보면 가슴이 시리고 아팠다. 그래서 애오개를 넘는 것보다 열 배는 더 힘들더라도 인향이는 만리재를 넘어 다녔다.

돈의문을 지나자 칠성이가 말했다.

"인향 씨가 앞장서세요. 공주마마 댁으로 갈 겁니다. 누가 볼지 모르니 내가 멀찍이 떨어져서 따르겠습니다."

"그러지요. 그림자 나으리."

한성으로 들어오는 동안 몇 마디 대화도 나눈 게 없건만 그래도 칠성이가 옆에 있는 것만으로도 인향이는 가슴이 설렜다. 그러나 칠성이는 다시 그림자로 돌아가 버렸다.

양덕방 경혜공주의 집에 도착하니 해가 서쪽 하늘에 한 뼘밖에 남지 않았다.

"그사이 얼굴이 많이 탄 것 같구나. 건강해 보여서 더 좋아."

경혜공주는 여전히 살갑게 맞이해 주었다.

"공주마마께서 밤낮으로 전하 걱정만 하신단다. 네가 없다고 생각하니 마음이 놓이지가 않는 모양이야."

영양위가 조심스럽게 말했다.

"소인이 무슨 도움이 된다구요."

"그렇지가 않아. 내가 너 없는 동안 많이 알아보았단다. 네가 말한 게 모두 사실이었어. 의심스러운 사람은 전순의뿐만 아닌 것 같아."

"그럼 또 있어요?"

경혜공주가 놀란 표정으로 물었다.

"마마께서 걱정할까 염려되어 말 못 했소. 하지만 가능성이 없더라도 우리끼리라면 의구심을 갖고 머리를 맞대야 한다는 결론을 얻었소."

"그래서요?"

"도승지 강맹경이란 사람이 있는데 그 사람 행적에 이해가 가지 않는 점이 있었습니다. 도승지라면 왕명의 출납을 담당하고 여러 부서의 수장을 겸직하고 있습니다. 그중 전의감 부제조도 겸하고 있구요. 만일 전하를 치료하는 일이라면 먼저 의관들의 의사를 의정부에 고하고 그 결정에 따라서 부제조가 시행하면 됩니다. 그런데 요즘 이상한 일이 벌어지고 있어요. 수양 대군에게 먼저 보고한 뒤 의정부에 고한다는 것입니다. 이 점은 김종서 대감께서 확인해 주셨습니다. 김종서 대감도 종친과 관계된 일이라 그러려니 하고 넘겼답니다."

"수양 숙부가 왜 끼어들까요?"

"거기까진 생각해 보지 않았습니다."

잠시 호흡을 가다듬은 영양위가 계속 말했다.

"지난번 활쏘기대회도 그랬더군요. 대회는 수양 대군께서 만들고 진행은 강맹경 도승지가 추진하였습니다. 그날 사냥 대회까지 끝나고 어가는 환궁을 했는데 도승지는 거기 남았다는 거 아닙니까? 남아서 수양 대군과 지인 여러 명과 함께 술을 마시고 늦게까지 유흥을 가졌답니다. 강맹경에겐 전하보다 수양 대군이 먼저인 것처럼 보인단 말입니다."

말이 길어지면서 영양위의 목소리는 분에 찬 목소리로 변해 가고 있었다. 그는 마음을 가라앉히려고 심호흡을 한 뒤 칠성이와 인향이를 보며 말했다.

"그러니 만에 하나라도 의심된다고 느껴진다면 보고를 해 주어야 하네. 전하를 지키는 일은 우리의 몫이니까. 칠성이는 강맹경 뒤를 늘 지켜보고 인향이는 전순의를 감시해 주게. 상대가 눈치 채지 못하게 해야 할 것이야."

"이참에 어의를 교체하는 건 어떨까요?

경혜공주가 나서며 말했다.

"심증만 있을 뿐 물증이 없으니 섣불리 나설 수가 없답니다. 그래서 내일부터라도 의정부 대감님들의 의견을 모아볼 생각도 하고 있습니다."

"물증이야 얼마든지 있지요. 인향이 휴가에 대해서도 밝히면 되지 않겠어요?"

"누군가 잡히겠지요. 하지만 꼬리만 잡힐 수 있답니다. 몸통을 잡지 못하면 우리만 적에게 노출될 게 뻔하니까요. 그렇게 되면 인향이도 감시자 역할을 할 수 없게 됩니다."

"이대로 지켜보기만 하려니 너무 불안해서 그래요."

"너무 걱정 마세요. 내일부터 당장 뛰겠습니다."

먹구름은 비를 품고

지난 이틀 동안 영양위는 부지런히 뛰어다녔다. 첫째 날엔 김종서 대감을 만나 그간의 일들을 말해 주었다. 대감은 매우 적극적이었다. 도승지 강맹경과 전순의로부터 전하의 환후 경과를 매일 의정부에 보고하도록 조치하겠다고 약속해 주었다. 도승지와 어의를 의정부에서 꽉 붙잡아두는 이상 저들이 할 수 있는 일은 별로 없으리라. 영양위는 가장 큰 소득을 얻은 것 같아 뿌듯한 마음으로 하루를 보냈다. 다음 날엔 전순의의 동선을 밟는 일에 하루를 보냈다. 누구와 접촉하는지 퇴청 후엔 무엇을 하는지 알아보고 싶었다. 그러나 전순의는 퇴청하지 않고 강녕전을 떠나지 않아서 별다른 특이점을 발견하지 못했다.

사흘이 지난 뒤 영양위는 궁으로 가지 않고 곧장 의정부로 향했다. 영의정 황보인이 이른 시간인데도 집무실을 지키고 있었다. 오래지 않아 좌의정 남지가 출근했고 곧 이어 김종서가 집무실에 들어서면서 말했다.

"영양위께서 마음이 바쁜가 봅니다."

"전의감에서 보고한 사항이 궁금해서요."

도승지와 어의가 의정부에 매일 경과보고를 하도록 만들겠다던 김종서의 약속을 떠올리며 영양위가 말했다.

“강맹경이 보고하기를 많이 호전되고 있답니다. 워낙 오래된 환후라 겉으로는 드러나지 않지만 속에는 안정을 많이 찾았다고 합니다. 어제는 수라상에 팥죽을 올렸는데 한 그릇 다 비우시고 더 올리라 하셨답니다. 그러니 영양위께서도 마음 졸이지 말고 지켜보도록 합시다.”

“네. 알겠습니다. 그럼 내일 아침에 뵙도록 하겠습니다.”

“그러지 말고 아침 보고는 전순의가 할 텐데 듣고 가시는 건 어떨는지요?”

“아닙니다. 대감을 통해서 듣는 게 더 편합니다.”

영양위는 김종서의 호의를 마다하고 강녕전으로 향했다. 이 시간쯤 전순의가 의정부로 오고 있다면 강녕전을 살필 더없는 기회라고 생각되었다. 눈을 피해 가며 인향이나 칠성이를 만날 필요도 없는 게 아닌가? 바쁜 걸음으로 강녕전을 향했다.

문종은 한눈에 보아도 병색이 완연했다. 간밤엔 미열과 고열이 반복되었다고 했다. 그래서 전순의가 퇴청을 하지 않았는가 보다 그렇게 영양위는 생각했다.

“전순의한테 별다른 징후는 없었는가?”

“전혀 없는 것 같습니다. 휴가를 다녀오기 전보다 오히려 더 적극적으로 치료하시는걸요.”

“어의 말로는 많이 호전되셨다는구나. 사실이더냐? 수라도 잘 드신다고 들었다.”

“더 힘들어하시는 걸 보면 호전인지 소인은 잘 모르겠습니다. 많이 드시긴 하셨는데 설사를 하셨으니 그것도 옳은 것인지 모르겠구요.”

“더 적극적으로 치료한다면서?”

“요즘은 침을 사용한답니다. 종기에 쌓인 고름을 빼야 한다면서 은침을 환부 깊숙이 넣었답니다."

금시초문이었다. 전하께 침을 사용하려면 의정부에 승인을 득한 후라야 한다. 그런데 김종서로부터 그런 말을 들은 적이 없었다.

"침 치료가 언제부터였더냐?"

"휴가 다녀오니 침을 사용하고 있었습니다."

"그 전에도 침을 사용한 적이 있었더냐?"

"아뇨. 전혀 없었습니다."

그렇다면 침을 사용한 것은 이레 정도 전후가 아닐까? 인향이가 궁에서 쫓겨난 것이 이레쯤 전이었으니 그 이후일 가능성이 컸다. 영양위는 자신이 모르는 무언가가 있음을 직감했다. 그는 서둘러 궁을 빠져나와 홍인문을 향했다. 홍인문 밖엔 백정들에게 꽤나 잘 알려진 의원이 있었다.

"최 의원. 날 알아보시겠는가?"

"소인이 어찌 도련님을 몰라보겠습니까?"

도련님이라고 부르는 걸 보니 영양위가 부마인 줄을 모르는 모양이었다.

"십 년도 더 지난 일인걸."

"십 년이 아니라 백 년이 지난들 잊을 수 없지요."

영양위 부친 정충경이 살아생전 한성부윤에 있을 때였다. 억울하게 누명을 쓰고 잡혀 온 최 의원은 죽음을 면키 어려웠다. 침으로 사람을 고의로 죽게 했다는 죄목이었다. 그때 누명을 벗겨 준 은인이 정충경이었다. 그것이 인연이 되어 영양위가 어렸을 적 괴질에 걸려 생사를 넘나들 때 목숨을 구해 낸 이가 바로 최 의원이었다. 그걸 최 의원은 기억하고 있었다.

"오늘은 자네에게 꼭 물어볼 말이 있어서 걸음 하였네."

"말씀하십시오. 도련님."

"날 살려낼 때도 침을 사용했다고 들었네. 하여……."

영양위는 잠시 기억을 더듬는 듯하다가 말을 이었다.

"침으로 종기를 덧나게 하는 방법과 치료하는 방법을 듣고 싶어 왔다네."

"둘을 구분하기란 매우 어려운 일입죠. 상처를 잘못 건드리면 치료가 아니라 죽게 만드니까요. 곪은 종기에 침을 정확히 찔러 넣어 고름을 완전히 짜내야 합니다. 만약 종기가 덜 곪았을 때 찌르면 백발백중 덧나지요. 또한 종기 가장자리를 건드려도 당연히 덧납니다. 거긴 아직 덜 곪은 부위니까요. 그만큼 정확히 침을 놓는다는 것이 어렵다는 결론입니다."

"자네라면 정확히 찌를 수 있겠는가?"

"소인도 자신이 없습니다. 종기란 속으로 썩어 들어가는 병이라 그 깊이를 가늠하기가 어렵지요."

"고마우이. 잘 들었네. 내 조만간 다시 들림세."

집으로 돌아오는 영양위의 발걸음이 너무 무거웠다. 침으로 다스릴 땐 의정부에서 참관하게 되어 있지만 그것도 도승지에게 일임해 버렸다면 고양이 앞에 생선 맡긴 꼴이 된 셈이었다. 그는 절대로 불행한 일은 일어나지 않을 거라고 자신에게 최면을 걸었다. 자기 목숨이 걸렸는데 전하를 해할 생각을 어찌 할 수 있겠는가? 그런 어리석은 사람은 없을 거라고, 자기가 지나친 기우에 빠져 있다고 그렇게 최면을 걸었다.

전순의는 이틀째 퇴청을 하지 않았다. 잠자리에 들기 전에 침 치료를 한 번 더 하기로 일정에 잡혀 있었다. 오늘이 마지막 침 치료가 될지도 모른다. 강녕전 별채에 마련된 임시 처소를 나서니 중천에 뜬 반달이 뜰에 가득 달빛을 내리고 있었다.

전순의가 강녕전에 드니 문종은 면벽을 하고 돌아누워 있었다.

"전하. 시침하실 시간이옵니다."

"이제 그만 하면 안 될까?"

"의정부에서 오늘까지는 치료해야 한다고 일정표를 주셨습니다."

전순의는 슬쩍 돌려 말했다.

"그럼 오늘이 마지막이겠구나. 시침하거라."

"아프시더라도 참으셔야 합니다. 전하."

엎드려 누운 문종의 등 위로 전순의는 긴 장침을 비벼 넣었다. 손끝에 힘을 모아 좌우로 돌려가며 지그시 누르니 침이 점점 깊이를 더하며 들어가기 시작했다. 어제보다 더 깊게 넣어야 했다. 뼈가 마주칠 때까지 넣어야 했다.

달그락. 마침내 침 끝에 뼈마디가 닿는 감촉이 전해져 왔다. 그러자 문종의 몸이 뒤틀렸다. 달그락. 이번엔 이빨 부딪는 소리가 났다. 고통을 참느라 이를 앙다무는 소리였다.

사망(射罔)을 미리 발라 두었던 그 침이었다. 초오(草烏) 뿌리를 달여 낸 즙을 사망이라고 하는데 그걸 화살촉에 발라 사냥에 쓰면 독화살이 되는 것이다. 전순의는 아주 미량만 침에 발라 사용했다. 이제 독이 이삼일을 두고 서서히 뼛속으로 스며들 것이다. 사망을 환부에 바르면 진통 효과를 주지만 몸속으로 주사하면 독이 되는 것이다.

이제 모든 것이 끝났다. 전순의는 이마에 흐르는 땀을 소매로 닦아냈다. 어쩌면 내일까지 진통 효과가 지속될지도 모른다. 오늘 밤이 문종에겐 가장 편안한 밤이 될지도 모른다는 생각을 하며 전순의는 강녕전을 빠져나왔다.

다음 날 문종은 상쾌한 아침을 맞았다. 욱신거리던 통증이 거의 없어 모처럼 깊은 잠을 잤다. 아침 수라를 물리고 경혜공주 내외를 궁으로 불렀다. 세자도 자리를 함께했다.

"아바마마. 용안이 밝아 보여 소녀 마음도 날아갈 것 같습니다."

"늘 찡그린 얼굴을 하고 있으니 너희들 대하기도 거북했느니라."

"충효를 다하지 못한 소신 부끄러움 감출 길 없습니다. 전하."

영양위는 괜한 걱정으로 마음 졸이던 어제까지 일을 떠올리며 말했다.

"엊저녁에 어의가 시침하기 전까지는 죽는 줄만 알았다."

"말씀 받잡기 소자 민망하옵니다."

세자는 울음을 먹음은 듯한 목소리로 문종을 쳐다보며 말했다.

"걱정 말거라 세자. 이렇게 일어나지 않았느냐? 설사 아비가 잘못되더라도 여기 든든한 매형이 있지 않느냐?"

지난 밤 잠들기 전까지 문종은 내내 세자 걱정만 했다. 이대로 죽기라도 하면 세자는 누가 지켜줄 것인가. 어미 품도 느껴보지 못한 저 어린 것이 아비마저 잃는다면 그 마음 누구에게 의지하며 누구에게 위로받겠는가? 쓸데없는 생각인 줄 알면서도 병이 깊어 가니 문종도 점점 자신을 잃어 가고 있었다. 아직 스물을 넘기지 않은 영양위는 힘이 되어 주기에는 너무 어렸다. 결국 충직한 김종서밖에 마땅한 사람은 없다고 생각했다.

문종은 세자의 손을 꼭 잡은 채 영양위를 보며 말했다.

"예쁘게 살아야 하네. 공주는 여인이라 세자에게 무슨 힘이 되겠는가? 그러니 자네가 세자의 힘이 되어야 한다 이 말이네."

"아바마마. 저희들 걱정은 하지 않으셔도 된답니다. 그러니 이제 새 중전을 맞이하셔야 합니다."

혼인하여 출궁하기 전까지는 새 중전을 맞는 문제에 대해 경혜공주는 한 번도 생각해 본 적이 없었다. 그러나 궁을 떠나던 날 아바마마의 뒤가 너무 허전하다는 것을 처음으로 느꼈다. 그날 경혜공주의 가슴은 하루 종일 눈물 속에 잠겨 있었다.

경혜공주는 내친 김에 막힘없이 말을 이었다.

"왕실을 튼실히 하려면 중전마마가 계셔야 합니다. 내명부 기둥이 없으니 종실에서 기웃거리지 않을까 저어됩니다."

수양 대군을 두고 말함이었다. 도승지 강맹경을 자기 수족처럼 가까이 부리고 있는 것이 공주에겐 불쾌하기 이를 데 없었다. 도승지를 사가에 비교하자면 주인을 대신해 집안 살림을 총괄하는 집사와 유사할진대 강맹경은 남의 집 주인을 섬기고 있는 것과 다름없었다.

그뿐만 아니었다. 시누이이자 숙모인 춘성 부부인을 생각하면 수양 대군은 인간의 탈을 쓴 짐승보다 못한 사람이라고 생각했다. 쫓겨난 부인을 잊지 못하여 다시 찾아다니는 영응 숙부도 이해가 가지 않지만, 그들의 재결합을 위해 앞장선 수양 숙부는 더욱 이해가 가지 않는 사람이었다. 경혜공주에겐 수양 숙부에 관한 일이라면 하나에서 열까지 마음에 드는 것이 없었다.

"천천히 생각해 보마."

세종의 삼년상이 끝날 때까지 혼인하지 않겠다는 뜻을 문종은 그렇게 말했다.

그때 인향이가 다과상을 들고 들어왔다. 색깔별로 담겨 있는 송화다식을 보며 경혜공주는 침을 꿀꺽 삼켰다.

"공주마마께서 좋아하시는 거라 담아 왔습니다."

경혜공주는 분홍빛 다식 하나를 입에 넣어 보았다. 꿀에 반죽한 송홧가루를 꽃모양으로 찍어낸 것이 앙증맞도록 예쁘고 향기로웠다.

"말씀 나누시어요."

다과상을 두고 물러나는 인향이에게 문종은 다급하게 불러 세웠다.

"칠성이를 찾아오너라."

오래지 않아 칠성이를 앞세우고 인향이가 들어왔다.

"너희 둘에게 그동안 과인이 너무 무심했느니라. 그래서 선물을 주고 싶었는데 이제껏 미루고 있었다. 하여 어제저녁에 좋은 생각이 나서 지금 불렀느니라."

"소인들에게 선물이라뇨? 가당치도 않습니다. 전하."

"무슨 선물인지 들어보지도 않고 거절부터 하는 것이냐? 그럼 인향이가 답해 보거라. 무슨 선물을 주면 흡족하겠느냐?"

"딱 한 가지 있긴 하옵니다."

"말해 보거라. 다 들어주마."

"전하 환후 완전히 쾌차하심이 소인에겐 가장 큰 선물일 듯하옵니다."

"고것 참, 예쁘게도 말하는구나. 인향아, 네게 줄 선물은 이것이니라."

문종은 팔을 들어 칠성이를 가리키며 말을 이었다.

"칠성이하고 혼인하거라. 내 너희 둘의 눈빛을 익히 보았느니라. 좋은 인연이 될 거라 믿는다."

인향이는 얼굴을 들 수가 없었다. 마음을 전하께 들켜 버린 것 같아 얼굴이 화끈 달아올랐다.

보잘것없고 미천한 의녀 따위에게 이런 은혜를 베풀어 주신 전하의 따뜻한 마음을 가슴에 담으며 인향이는 눈물을 뚝뚝 떨어뜨렸다.

정오 무렵에 경혜공주 내외가 돌아가고 강녕전 침전에는 문종 홀로 남았다. 모처럼 웃음꽃을 피우던 시간, 그 시간을 보내고 홀로 남으니 등이 조금씩 아프기 시작하더니 늦은 오후엔 통증이 이루 말할 수 없었다.

급히 전순의를 불렀다.

"어제보다 더 아프구나. 참을 수가 없어. 그러니 어제 그 침이라도 다시 놓도록 하여라."

전순의는 당황했다. 이럴 땐 어떻게 해야 하나? 진통을 조금이라도 줄이기 위해서라면 사망을 써야 했다. 그러나 그는 미처 사망을 준비해 놓지 못했다.

"전하. 침 치료는 어제까지 마지막이어서 침을 준비하지 않았나이다."

"인향아, 네가 전의감엘 다녀오너라. 한시가 급하니라."

얼굴을 찌푸리며 문종이 재촉했다.

인향이는 자리에서 벌떡 일어섰다. 그러자 전순의가 틈을 주지 않고 말했다.

"소인이 빨리 다녀오도록 하겠나이다."

전순의는 허둥대며 침전에서 사라졌다. 전의감이라면 눈을 감고도 다녀올 수 있는데 굳이 직접 다녀오겠다는 이유를 알 수 없었다.

인향이는 이상한 느낌이 들었다. 허둥대고 당황하는 듯한 그의 행동도 이상했지만 침이 없어 치료할 수 없다니. 그는 어제도 퇴청하지 않고 별채에서 잤다. 그 침통이 사라진 것도 아닌데 침이 없어 전의감까지 가야 한다는 이유를 알 수가 없었다.

인향이는 놓고 간 침통을 가만히 열어 보았다. 그 속에는 작은 침에서부터 대침까지 키 순서대로 많은 침이 꽂혀 있었다. 그중에 유별나게 큰 침이 보였다. 어제 전하의 등을 뚫고 깊이 박혔던 그 침이었다.

인향이는 장침을 뽑아 앞치마 속에 감추었다. 새 침이 왜 필요한지 그 이유를 알고 싶었다. 오래지 않아 전순의가 돌아왔다. 그는 새로 가져온 침통을 인향이에게 넘겨주고 전하의 손목을 들어 진맥부터 했다.

전순의가 환부를 모두 살핀 뒤 오른손을 들어 뒤로 내밀며 말했다.

"장침!"

인향이는 새 침통을 소리 나게 열어 젖혔다. 그 속에 든 새 침을 뽑아 앞치마 속에 숨겼던 침과 얼른 바꿔치기를 했다. 그러고 나서 어제 사용했던 그 침을 엄지와 검지 사이에 잡혀 주었다.

한참 만에 시침이 끝났다.

인향이는 수라간에 다녀온다는 핑계를 대고 칠성이를 찾았다.

"영양위께 이걸 드리고 오셔요."

인향이는 손수건을 그의 앞에 내밀었다.

"이게 뭡니까?"

"전하를 치료한 침인데 아무래도 이상해요. 대감께 전해 주시고 답변도 듣고 오셔야 합니다. 촌각을 다투는 일이니 빨리 다녀오셔요."

그녀는 대충 설명을 한 뒤 등을 떠밀다시피 하여 칠성이를 보내고 강녕전으로 돌아왔다. 이미 어둠이 강녕전 뜰에 내리고 있었다.

"따라오너라."

어둠 속에서 전순의가 기다린 듯이 나타났다. 인향이는 뜰을 지나 별채 임시 처소로 따라갔다.

거기에는 간단한 다과와 음료가 준비되어 있었다. 저녁 식사를 하지 못한 탓인지 시장기가 몰려 왔다.

"쌍화차니라. 다녀올 데가 있으니 이것이라도 마셔 두어라."

전순의는 다과가 담긴 접시를 인향이 쪽으로 밀어 놓았다.

그렇지 않아도 목이 말라 바싹 타 들어가던 참인데 시원한 쌍화차는 그런대로 제격이었다. 인향이는 한 잔을 단숨에 마셨다. 알싸한 향이 혀끝에서 진하게 묻어났다.

"다 마셨으면 따르거라."

전순의는 광화문을 지나 박석고개 쪽으로 방향을 잡았다. 밤길이긴 해도 전의감으로 가는 길은 눈 감고도 갈 수 있는 길이었다. 그런데 인향이는 자꾸만 걸음을 헛디뎠다. 몸을 겨우 가누어 보려 애썼지만 머리가 어지러워 마음같이 몸이 움직여 주질 않았다. 박석고개로 오르지 않고 샛길로 빠지는가 했는데 인향이는 그만 쓰러지고 말았다. 정신은 멀쩡한데 몸이 마비된 것 같았다. 그때 웬 사내들이 우르르 몰려오는 것 같았다.

"몸을 묶고 자루를 씌워라."

전순의의 말이 떨어지자 사내들의 손길은 빨라졌다. 인향이는 꼼짝없이 자루 속에 묶여 버렸다.

"두 번 묻지 않겠다. 살고 싶으면 한 번 만에 답하여라."

전순의는 자루 가까이에 입을 대고 소곤거리듯 말했다.

"침 어디에 감추었느냐?"

"침이라뇨?"

"새로 가져온 침이 없어졌단 말이다."

"소인 모르는 일이옵니다."

"모른다니 두말할 필요가 없겠구나. 독한 년. 쌍화차를 먹였으니 밤을 넘기긴 어려울 게야. 얘들아! 난 갈 테니 깔끔하게 처리해야 하느니라."

인향이는 멀어지는 발소리를 들었다. 소리를 질러보려 애써도 좀처럼 말이 밖으로 나오지 않았다. 혀마저 굳어가는 것일까? 인향이는 발버둥을 쳐 보았다. 그러자 사내는 자루를 어깨에 메고 어둠 속으로 사라졌다.

영양위와 칠성이는 흥인문 밖 약방에서 최 의원과 마주 앉았다.

"도련님. 이 침 끝엔 독이 묻어 있습니다. 초오 뿌리에서 추출한 독인 것 같은데 사냥꾼들이 자주 사용하는 약재입니다. 민가에서는 투구꽃이라 하지요. 이 정도라면 치명적인 양은 아니지만 그래도 알 수 없지요."

"그렇다면 해독할 수 있는 방법은 없나요?"

칠성이가 물었다. 독약이 있다면 해독약도 있느니라. 검술을 배울 때 스승님께서 늘 하시던 말씀이었다.

"있긴 합니다. 감초에 검은콩을 진하게 달여 먹으면 효험을 보긴 합니다. 하지만 그것도 시간이 많이 지나면 효험이 떨어집니다."

영양위는 마음이 급해졌다. 밝은 날까지 기다려서는 안 될 일 같았다. 최 의원에게 인사도 제대로 못 하고 약방을 나왔다. 궁으로 들어갈 참이었다. 홍인문을 지나 박석고개 쪽으로 방향을 잡았다. 작은 숲길이긴 해도 어둠 속 고개는 을씨년스러웠다.

그때 숲길 저쪽에서 검은 그림자가 어지럽게 움직이고 있었다. 칠성이가 몸을 재빠르게 움직여 검은 그림자를 따라잡았다. 가녀린 여인의 비명소리가 언뜻 들리는 것 같았다.

"누구냐?"

칠성이가 검을 바투 잡고 그림자의 앞을 가로막았다. 두 명이었다. 그림자 하나가 메고 있던 자루를 땅에 팽개쳤다. 땅에 떨구어진 자루 속에서 신음소리가 났다.

두 명이 한꺼번에 덤볐다. 몸놀림이 예사가 아니었다. 어둠 속에서 칼이 부딪히는 소리가 날 때마다 예리한 섬광이 빛났다. 이 정도 칼 쓰는 솜씨라면 장안에서 몇 되지 않는 실력임에 틀림이 없었다. 그러나 칠성이에겐 적수가 되지 못했다. 조금씩 밀리던 무사들은 결국 어두운 숲속으로 도망가 버렸다.

칠성이는 그들을 쫓으려다가 그만두고 자루를 풀었다.

"살려… 살려 주세요."

자루 속 여인은 말도 제대로 못 했다. 겁에 질린 탓이라고 생각했다.

"정신 차리세요!"

묶인 손을 풀고 몸을 흔들었다. 숲속 나뭇가지 사이로 뚫고 들어온 푸른 달빛이 여인의 몸을 비추었다. 칠성이는 여인의 옷매무새가 어쩐지 눈에 익은 듯하였다

"여보세요. 여보세요. 제 말이 들리세요?"

여인은 또 낮은 신음소리를 냈다. 빨리 궁으로 가야 하는데 정신을 차리지도 못하는 여인을 이대로 숲속에 두고 갈 수도 없는 노릇이었다.

여인이 들릴 듯 말 듯 작은 소리로 뭐라고 하는 듯했다. 칠성이는 여인의 입 가까이 귀를 대 보았다.

"궁, 궁에 데려다 주세요."

궁이란 말에 놀란 칠성이가 한 줄기 달빛에 얼굴이 보이도록 여인을 옮겨 보았다.

"나으리!"

칠성이가 영양위를 부르는 소리가 어둠속에서 울렸다.

"무슨 일이냐?"

"인향이가! 인향이가!"

"뭐라? 누구라고?"

영양위가 확인할 사이도 없이 칠성이는 인향이를 업고 달렸다.

"어디로 가는 게야?"

"궁으로……."

호흡이 가빠 칠성이는 말을 제대로 하지도 못했다.

"안 된다. 그곳으로 가선 안 돼!"

영양위는 빠르게 머리를 굴려 보았다. 강녕전에 있어야 할 인향이가 여기에 있다니. 그렇다면 강녕전과 끈이 닿는 누군가의 짓이 분명했다. 전순의. 그때 전순의의 얼굴이 영양위의 머리에 스쳐 지나갔다. 그는 사

망을 사용했다. 사망 한두 순갈이면 치명적이라고 하지 않던가. 전하께 독침을 사용했다면 인향이에게도 사용했을 가능성은 충분히 있었다. 그곳으로 인향이를 데려갈 수는 없었다.

"우리 집으로 가자."

칠성이는 방향을 바꾸어 양덕방 쪽으로 달렸다. 다행히 집은 멀지 않은 곳에 있었다. 놀란 경혜공주가 뛰어나왔다.

"무슨 일이예요?"

"자세한 내용은 궁에 다녀와서 말하리다. 그러니 마마께선 이거라도 달여 저 아이에게 먹여 주시오."

영양위는 최 의원이 쥐어준 감초와 검은콩을 경혜공주에게 넘겨주고 궁으로 향했다.

벌써 이경이 넘어 달은 중천에 떠올라 있었다. 건춘문을 지나 강녕전 뜰에 들어서니 사방이 괴괴했다.

마침 번을 서고 있던 입직내관이 영양위를 알아보고 달려 나와 나직이 읊조렸다.

"전하께서 침수 드셨나이다."

"별일 없었는가?"

"저녁 수라 드시고 나서 통증이 너무 심해 어의가 다녀갔습니다."

"어떤 치료를 하던가. 침이었던가?"

"침은 쓰지 않았습니다. 약을 발라 주셨습니다. 그리고 오래지 않아 침수에 드셨습니다."

영양위는 또 한 번 뒤통수를 얻어맞은 느낌이었다. 추측대로라면 강녕전이 발칵 뒤집혀 있어야 옳았다. 하지만 아무 일도 일어나지 않았다.

"칠성아, 넌 전하를 지키거라. 인향이는 내가 어떻게든 해 볼 것이야."

안절부절못하고 있던 칠성이를 강녕전에 남겨 두고 영양위는 집으로 돌아와 초월이 방으로 갔다.

인향이는 혼수상태였다. 경혜공주가 수심이 가득 찬 얼굴로 말했다.

"달인 약은 억지로 다 먹였습니다."

그러나 그들이 할 수 있는 것은 아무것도 없었다. 인향이가 아무 탈 없이 깨어나 주길 기도할 뿐이었다.

새벽에 초월이가 내당으로 급히 달려 나왔다.

"마마. 빨리 나와 보셔요."

경혜공주는 초월이의 목소리만 듣고도 사태가 심각함을 직감했다. 밤늦게까지 인향이를 지켜보느라 새벽녘에 잠깐 눈을 붙이고 있었다. 경혜공주는 초월이 방으로 달려갔다.

"괜찮으냐?"

이불 위에 앉아 있는 그녀를 보고 경혜공주는 적이나 안심이 되어 물었다.

"마마. 눈이…"

"눈이 어떻다는 게야?"

"눈이 보이지 않아요."

"뭐라고? 눈이 안 보여?"

경혜공주는 손을 들어 그녀의 눈앞에 대고 흔들어 보았다. 초점이 없었다.

의관을 갖추어 입느라 영양위가 조금 뒤에 들어왔다. 사고는 강녕전이 아니라 인향이에게서 일어나고 있었다.

"의원을 모시고 오리다."

영양위는 최 의원 집으로 달렸다. 초여름의 새벽 공기가 서늘하게 느껴졌다. 최 의원을 데리고 집으로 돌아오니 이미 아침 해가 떠오르고 있었다.

진맥을 마친 최 의원이 입을 열었다.

"이만 하기 천만 다행입니다. 하마터면 목숨을 잃을 뻔했어요. 하지만 며칠은 절대적으로 안정을 취해야 합니다. 앞이 잘 보이지 않는 건 시신경이 많이 손상됐기 때문입니다. 독이 온몸에 퍼져 있어 당분간 지켜봐야 하구요. 다시 말씀드리지만 안정을 취하지 않으면 완전히 실명할 수도 있으니 조심하여야 합니다."

최 의원이 돌아간 뒤 인향이를 자리에 눕히고 영양위가 물었다.

"누가 널 그랬는지 알겠느냐?"

"어의한테 당했습니다."

"너도 침을 맞았느냐?"

"아닙니다."

"그럼 어떻게 중독된 건지 알겠느냐?"

"쌍화차였던 것 같아요. 임시처소에서 어의가 마시라고 하셨거든요."

"됐느니라. 이제 분명해졌어. 전순의 짓이야."

"그렇담 전순의를 잡아들이셔요."

공주가 기다릴 수 없다는 듯 급하게 나서며 말했다.

"이제 증거도 분명하니 의금부에 넘기도록 하지요."

영양위는 경혜공주를 위해 그렇게 하겠다고 했지만 뒷맛이 개운치 않았다.

먼동이 틀 무렵 전순의는 의관을 정제하고 집을 나섰다. 예상대로라면 오늘 모든 것이 끝나리라. 한명회의 얼굴과 함께 수양 대군의 모습이 떠올랐다. 전순의는 사립문을 밀고 나서면서 누추한 초가삼간 신세도 이제 끝이구나 하는 생각에 콧노래가 절로 났다. 그때 두 사내가 오랜 시간을 기다린 듯 사립문 앞으로 성큼 다가섰다. 지난 밤 일을 시킨 그 사내였다.

"다시 나타나지 말라고 하지 않았더냐?"

"죄송합니다. 나리."

"약속을 어기면 목이 달아난다는 것 잊지 않았겠다?"

"사실은… 저…"

"할 말 있으면 빨리 하고 사라지거라."

"놓쳤습니다요."

전순의는 가슴이 철렁 내려앉았다.

"뭐라? 계집을 놓쳐? 그 계집은 송장이나 다름없었느니라."

"칼 놀리는 솜씨가 그렇게 빠른 놈은 처음이었습니다요. 그래서…"

"계집은 뺏기고 네놈들은 도망쳤다 이 말이지?"

"죽을죄를 지었습니다요."

"꺼져! 꺼지란 말이다!"

슬금슬금 뒷걸음질 치는 놈들을 향해 전순의는 다시 목청을 높였다.

"한양에 나타나기만 해 봐라! 바로 목을 딸 것이야!"

사내들이 사라지는 쪽으로 넋을 잃은 듯 바라보고 있던 전순의는 천천히 궁으로 발길을 옮겼다. 불길함이 온몸을 감싸고 있었다.

문종은 아침 수라를 물리고 난 뒤부터 열이 오르기 시작했다. 오한이 들고 수족이 떨리더니 오후에는 급기야 몸이 굳어가는 증상까지 보이기 시작했다. 세자는 아침 문후를 왔다가 줄곧 침전을 지켰다. 경혜공주 내외도 대전내관으로부터 연락을 받고 부랴부랴 달려 왔다.

"아바마마! 아바마마!"

경혜공주가 흐느끼며 불러도 문종은 낮은 신음소리만 낼 뿐이었다.

증세가 급속도로 악화되자 종친들이 하나둘씩 모여들었다. 막 강녕전 뜰에 들어선 수양 대군이 어의를 찾는 소리가 요란하게 울렸다.

“어의는 어디 있는가?”

침전 문 앞에서 엎드려 있던 전순의가 달려 나오며 머리를 조아렸다. 그 머리 위로 불호령이 떨어졌다.

“청심원(淸心元)은 올렸는가?”

“올리지 못했습니다.”

“뭘 하고 있는 게야! 목이 달아나고 싶은 것이냐?”

“약을 쓰기에는 이미 늦은 줄 아옵니다.”

강녕전 뜰에 엎드려 있던 대신들이 일제히 전순의를 향해 한 소리씩 했다.

“저게 의원이란 자가 할 소린가?”

“당장 죄를 물어야 해!”

“저런 불충한 놈을 봤나?”

화난 대신들의 목소리를 뒤로 하고 수양 대군은 침전으로 들어갔다. 전순의는 수양 대군의 꽁무니에 바짝 붙어서 뒤를 따랐다. 마치 처음부터 수양 대군을 따라다니던 내관의 자세 같았다.

“전하!”

수양 대군은 엎드려 통곡을 했으나 문종은 아무런 반응도 보이지 않았다. 이어서 금성 대군, 영응 대군, 안평 대군, 임영 대군이 들어왔다. 모두 걱정스러운 표정으로 문종을 지켜보고 있었다.

가끔 신음소리만 날 뿐 침전에선 정적만 흐르고 있었다.

경혜공주는 숨이 막힐 것 같았다. 수양 숙부가 옆에 있는 것만으로도 싫은데 침전으로 들어서자마자 통곡을 하는 위선이 가증스러웠다. 그때 공주의 뒤에 앉아 있던 영양위가 대군들을 향해 말했다.

“전하께서 깨어나실 때까지 다들 밖에서 기다리시지요.”

대군들이 침전을 나가자 경혜공주는 문종 옆에 바짝 다가앉았다. 그리고 아바마마의 손을 자기의 무릎 위에 얹어 두 손으로 꼭 감싸 쥐었다. 온기가 전혀 없었다. 옛날, 넓은 손으로 꼭 쥐어 주시던 그런 손이 아니었다. 눈물이 주르르 뺨을 타고 흘렀다.

"누님 고정하셔요. 아바마마께선 곧 일어나실 것입니다."

세자가 떨리는 소리로 말했다. 어린 것이 제 마음은 어떨진대 누나를 챙기는 것일까? 그런 생각을 하니 더 많은 눈물이 쏟아졌다. 얼굴이 보이지 않을 만큼 눈물이 앞을 가로막았다.

그때 문종의 손에 힘이 주어지는 것을 느꼈다. 경혜공주는 잡고 있던 손을 풀어 손등으로 얼른 눈물을 닦았다. 마른 입술이 조금 움직이는 것 같았으나 말이 되어 나오지 못했다. 그때 다시 한번 아바마마의 손이 떨리더니 힘겹게 눈을 뜨고 경혜를 바라보았다.

"경혜야, …세자를 세자를 부탁한다. 세자를 지켜 줄 이 너밖에 없어."

"염려 마셔요, 아바마마! 소녀가 꼭 지켜 드리겠습니다."

공주가 얼른 세자의 손을 끌어 문종에게 잡혀 주며 말했다.

"아바마마. 세자의 손이옵니다. 꼭 잡아 보셔요."

문종의 감긴 눈가에서 눈물 한 방울이 흘러 베갯잇으로 떨어졌다. 그리고 동시에 한동안 세자 손을 잡고 있던 손에서 힘이 빠지면서 문종의 손이 이불 위로 툭 떨어졌다.

"아바마마! 아바마마!"

세자의 울음이 침실에 울려 퍼졌다. 경혜공주가 다급하게 외쳤다.

"어의! 어의는 어디 있느냐?"

대기하고 있던 전순의가 재빠르게 침전으로 들어갔다. 맥이 전혀 없었다. 호흡도 없었다. 그는 세자를 향해 고개를 가로저으며 말했다.

"전하께선 홍(薨)하셨습니다. 소인을 죽여 주시옵소서."

1452년 음력 5월 14일. 노을이 서쪽 하늘을 붉게 물들인 시간에 문종은 숨을 거두었다. 재위 2년 2개월, 39세의 젊은 나이에 백성을 위한 선정을 펼쳐 보지도 못하고 숨을 거두고 말았다.

부엉이 소리가 무서워요

조정 대신들과 종친들이 모두 편전에 모였다. 어의 전순의를 단죄하기 위함이었다.

"전하! 전순의를 극형으로 다스려야 합니다. 전순의는 어의로서 본분을 다하지 못했을 뿐만 아니라 처방 또한 잘못하여 갑작스럽게 승하하신 것이옵니다. 종기 치료에 금기시하는 꿩고기를 사사로이 소주방에 명하여 수라상에 올리게 한 것도 심히 그 저의가 의심되옵니다. 또한 대행대왕께옵서 승하하시기 닷새 전까지만 해도 전순의가 의정부에 보고하길 사나흘만 더 기다리면 병환이 완전히 나을 거라고 했으니 허위보고를 한 저의도 의심되옵니다. 하여 철저히 조사하여야 하며 조정과 임금을 속인 죄 극형으로 다스려야 하옵니다."

영의정 황보인이 흥분을 가라앉히지 못하며 말했다. 그러자 예조판서 이승손이 나섰다.

"옥체가 오늘은 어제보다 나으니 곧 회복되실 거라고 소신도 전순의한테 들은 적이 있습니다. 그것도 승하하시기 사흘 전이었습니다. 저런 무능력한 자를 어의로 발탁한 경위도 아울러 밝혀야 한다고 사료됩니다."

그때까지 입을 다물고 있던 수양 대군이 앞으로 나섰다.

"전순의는 세종께옵서 키운 인재입니다. 하여 대행대왕께서도 그 능력을 인정하여 직접 선발하신 것으로 알고 있습니다만."

궁지에 몰리자 수양 대군의 입에서 거짓말이 저절로 술술 나왔다. 그러자 예조참판은 그 문제를 더 거론하지 않았다. 내친 김에 수양 대군은 영의정을 향해 화살을 날렸다.

"종친의 입장에서 한 말씀 올리겠나이다. 사실 전순의를 무능하다고 탓하기 전에 영상께서도 자숙하여야 하지 않겠습니까? 전의감 도제조를 겸하고 있으니 말입니다. 아무리 형식적인 자리라고 할지라도 수장은 수장이니까요. 그래서 하는 말인데 전순의와 관련된 잘잘못은 종친에서 주관하여 조사해 볼까 합니다. 영상 대감, 그렇게 해도 괜찮겠는지요?"

황보인은 아무 말도 하지 못한 채 쩔쩔 매고 있었다. 그때 우의정 김종서의 목소리가 편전에 쩌렁 울렸다.

"안 될 말씀입니다. 의금부가 있고 형조가 있는데 종친이 나서다니요?"

"의정부에서 전순의의 보고를 매일 받았다면서요? 그러면서도 이 지경이 되도록 내버려 두었단 말입니까? 따지고 보면 영의정은 말할 것도 없고 좌의정 우의정께서도 자유로울 수가 없지요. 고양이 앞에 생선 맡기는 꼴이 되지 않으려면 종친에서 나설 수밖에요."

수양 대군의 언변은 거침이 없었다. 마치 준비된 답변처럼 유창하게 조정 대신들을 한꺼번에 몰아붙였다. 김종서마저 기세가 꺾이자 누구 하나 나서는 사람이 없었다. 수양 대군은 기다린 듯이 어린 단종을 향해 읊조렸다.

"전하. 이 일은 개인적으로 형님 전하와 관련된 일이기도 합니다. 그러니 종친에서 처리하게 허락하여 주시옵소서."

"수양 숙부의 말도 틀리지 않으니 그리하여 주시오."

단종으로부터 윤허가 떨어지자 수양 대군은 전순의에 관한 문제는 일사천리로 진행시켰다. 즉시 의금부에 감금시켜 타인의 접근을 일체 금지

시켰다.

수양 대군은 사태가 이 지경까지 올 줄은 생각지도 못한 일이었다. 권람이 시키는 대로 전순의를 어의로 들이는 일을 주선하기는 했지만, 전순의가 이 정도 무능력하게 대처할 줄은 몰랐다.

만일 전순의가 의금부에서 고문에 못 이겨 모두를 불어 버리기라도 하는 날이면 자신도 죽음을 면키 어려웠을 것이라 생각하니 수양 대군은 현기증이 날 지경이었다.

그런데 수양 대군은 이상한 점이 한두 가지가 아니라는 생각이 들었다. 처음부터 권람이 시키는 대로 하긴 했지만 무능력한 전순의를 소개해 준 것도 이해가 가지 않았다. 노중례 같은 유능한 의관도 많은데 병을 치유하기는커녕 더 악화시킨 전순의를 어째서 어의로 추천하였는지 알 수 없었다. 그리고 오늘 같은 경우를 마치 예상이라도 한 듯 권람은 대처법까지 알려 주었다. 만일 권람이 말해 주지 않았더라면 김종서 일당에게 꼼짝없이 당할 뻔했다. 생각만 해도 끔찍스러웠다.

수양 대군은 수차에 걸쳐 전순의를 중심으로 전의감 의관들을 심문했다. 그러나 심문은 형식적인 것에 지나지 않았다. 책임을 피할 수 없는 의관 두 명은 한두 직급 강등시키고 전순의는 전의감 청지기로 내쫓았다. 그러자 조정 대신들이 처벌 수위가 낮다고 벌떼처럼 들고 일어났다.

"전의감은 전순의가 근무하던 곳이 아닙니까? 그곳 청지기로 보낸들 모두가 동료인데 어찌 잡일을 시키겠습니까? 그러므로 죄인에게 벌을 주는 것이 아니라 도리어 편안하게 해 주는 것입니다. 청컨대 먼 변방을 지키는 병졸로 보내소서."

사헌부에서 올라온 상소를 두고 도승지 강맹경이 말했다.

"전의감에 남겨 천한 일이라도 시켜서 의술을 잃지 않게 선처하여 준다면 장차 환자를 돌보는 일에 여생을 바칠 수 있을 것입니다."

그러나 강경하게 처벌해야 한다는 주장이 더 큰 목소리를 내고 있었다. 그럴 때마다 전순의를 더 조사하게 되면 조정 대신들에게까지 조사를 확대할 수밖에 없다고 수양 대군은 으름장을 놓았다.

전순의가 청지기로 쫓겨났다는 소식을 전해들은 칠성이는 분을 이기지 못해 매일같이 가슴앓이를 했다.

문종이 승하하자 그림자일 뿐이었던 칠성이는 아무도 모르게 그림자처럼 대궐을 나올 수밖에 없었다. 영양위는 어린 전하께서 머지않아 찾을 것이니 그때까지 기다리자고 했다. 하지만 칠성이는 기다릴 수가 없었다. 사인을 제대로 밝히지 못하고 가신 문종을 위해서라도 전순의를 그냥 둘 수가 없었다. 더욱이 인향이를 볼 때마다 칠성이는 가슴이 아팠다.

그날 이후로 인향이는 시력을 회복하지 못했다. 명암은 겨우 느낄 수 있었는데 이젠 그것마저 보이지 않았다. 영양위 내외의 주선으로 정화수 한 그릇을 떠놓고 혼인식을 마치고 칠성이는 인향이를 데리고 동대문 밖 언덕에 있는 작은 초가집으로 거처를 옮겼다. 별당 아래채에 방이 많으니 신혼 방을 꾸미자는 경혜공주의 호의를 뿌리치고 칠성이는 이사를 했다.

이사한 다음 날 아침 그는 인향이의 손을 꼭 잡고 말했다.

"앞이 보일 때까지 당신의 눈이 되어 주리다. 그러고 나서 전순의, 그자에게 복수할 것이오. 당신이 받은 고통 열 배는 더 크게 돌려주겠소. 당신이 할 수 없는 일 내가 다 할 테니 부디 건강을 회복하는 데만 마음 써 주시오."

"소첩 서방님이 옆에 있는 것만으로도 행복하답니다. 그러니 소첩에 대해서는 괘념치 마셔요. 서방님은 앞으로 할 일이 많으실 겁니다. 영양위 대감의 뜻을 잘 받들어 큰일을 도모하셔야 해요. 그러시면 결국엔 소첩의 원한도 풀릴 것입니다."

"알겠소. 다녀오리다."

방을 나서는데 어깨 너머로 인향이 목소리가 들려 왔다.

"공주님께 이사 잘 했다고 전해 주셔야 해요."

경혜공주 집에 머무를 땐 초월이가 인향이 곁에 있어 주어 신경이 별로 쓰이지 않았다. 그런데 인향이를 혼자 두고 가려니 영 발걸음을 뗄 수가 없었다. 밥상도 손닿는 곳에 차려 놓았고 요강도 구석진 곳에 놓아두었다. 하지만 아무리 신경을 쓴들 갑자기 실명한 뒤의 불편함이야 오죽하랴 싶었다. 그런 생각에 빠질수록 칠성이는 전순의를 용서할 수 없다고 생각했다.

"인향이를 혼자 두고 왔는가?"

출근하자마자 경혜공주가 칠성이에게 나무라듯 말했다.

"네. 마마."

"어째 혼자 두고 왔느냐 이 말이다. 다른 환자라면 말을 안 해! 앞도 못 보는 아이가 아니냐? 청지기 일이야 며칠 비운다고 해서 하늘이 무너지는 것도 아니지 않냐 이 말이다."

청지기 일을 시작한 지 벌써 석 달을 넘어서고 있었다. 집 안 관리는 최 서방이 알아서 하고 있으니 칠성이가 하는 일이라곤 손님을 맞이하는 일이거나 아니면 영양위 대감의 심부름을 하는 일이 전부였다. 그런 칠성이를 두고 경혜공주는 마뜩잖아했다.

"영특한 사람이라 걱정하시지 않으셔도 됩니다. 마마."

"내가 걱정하지 않게 하려면 우리 집으로 다시 들어오게."

"저희 부부 많이 생각하고 내린 결정이옵니다. 마마."

"고집을 피우겠다면 할 수 없네. 하지만 내일부터 우리 집 하인 하나를 보낼 테니 그리 알게."

경혜공주는 말을 마치자마자 방문을 닫고 들어가 버렸다.

칠성이는 눈물이 핑 돌았다. 보잘것없고 미천한 것을 거두어주는 것만 해도 은혜를 갚을 길 없는데 이렇게 마음을 써 주는 고운 마음씨에 칠성이는 눈물밖에 나지 않았다.

전순의 문제로 갈등을 일으킨 이후 한동안 잠잠하던 조정에 다시 전운이 감돌기 시작했다. 편전에 먼저 도착한 김종서는 안평 대군과 환담을 나누고 있었는데 늦게 도착한 수양 대군은 표정이 굳어 있었다.

단종이 앳된 목소리로 입을 열었다.

"명나라로부터 과인의 즉위를 승인한다는 고명이 도착하였소. 그러니 조선에서도 감사의 인사를 해야 하지 않겠소. 누가 사은사(謝恩使)로 가면 좋을지 경들의 의견을 듣고 싶소. 우선 수양 숙부의 뜻은 어떠하오?"

"고명 사은사는 큰일 중에서도 중차대한 일입니다. 삼정승 중에서 한 분이 다녀오심이 마땅하오나 영의정 황보인 대감께선 지난번에도 다녀오셔서 힘드실 테고, 김종서 대감은 연로하셔서 다녀오심이 무리가 될 것입니다. 또한 좌의정 남지 대감께선 병 중이시라 불가합니다. 하여 소신이 종친을 대표하여 기꺼이 다녀오도록 하지요."

수양 대군은 한명회가 시키는 대로 말했다. 사실 수양 대군은 결코 사은사로 가고 싶은 마음이 없었다. 주변 사람들 모두 사은사로 가는 것을 반대했기 때문이 아니었다. 김종서 일당들이 어린 임금을 허수아비로 만들고 권력을 독점해 버리는 꼴을 볼 수가 없기 때문이었다. 그러나 한명회만이 주장을 꺾지 않았다. 대군이 조선을 지탱할 가장 훌륭한 인재임을 명나라에 심어주고 와야 차후 정치적 입지가 높아지지 않겠느냐는 주장이었다.

그때 영의정 황보인이 나서서 원로대신답게 차분히 말했다.

"소신 생각으론 안평 대군이 적임자가 아닐까 아룁니다. 수양 대군께선 종친의 대표로서 넉 달이나 자리를 비울 수 없는 위치가 아닌지요? 더군다나 안평 대군께선 그림과 글씨가 너무나 유명하여 명나라에서도 그 이름을 떨치고 있지요. 그래서 대군께서 사은사로 가시면 황제께서도 쾌히 반기실 것입니다."

영의정의 말이 끝나자마자 이조판서 조극관이 나섰다.

"소신도 안평 대군이 적임자라고 사료되옵니다."

그러자 줄지어 선 대신들 모두가 고개를 끄덕거리며 동의하는 분위기로 흐르고 있었다.

수양 대군은 마지막 승부수를 던졌다.

"소신이 듣기론 안평이 사은사 가기를 희망하여 그의 수하인 이현로를 시켜서 뇌물을 돌렸다지요? 영상 대감 가족뿐만 아니라 여러 대신들에게도 모두 돌렸다고 들었습니다. 명색이 선물이지 뇌물이랑 진배가 없지요. 나라를 위해 일하겠다는 사람이 선물까지 돌리니 그 저의가 심히 의심스럽습니다. 이는 제사보다 잿밥에 더 관심이 있는 것과 무엇이 다르겠습니까?"

수양 대군의 폭탄 발언으로 편전은 물을 끼얹은 듯 조용했다. 기세가 오른 수양이 여러 대신들을 향해 다시 입을 열었다.

"전하. 소신은 조정에 은혜를 많이 입어 밤낮으로 보답하기를 기원하였는데 그 뜻을 이루지 못하였나이다. 이제 먼 길을 달려가서 전하의 마음을 전하고 오겠나이다. 윤허하여 주시옵소서."

"경들은 수양 숙부의 말씀을 어떻게 생각하시오?"

아무도 이의를 제기하는 사람이 없었다.

"수양 숙부. 그럼 먼 길 조심하여 잘 다녀오도록 하세요."

수양 대군은 편전을 나오면서 안도의 숨을 길게 내쉬었다. 쉽지 않은 싸움이 되리라 생각했는데 의외로 싱겁게 끝나 버렸다.

한명회. 상황이 불리하면 안평이 선물을 뿌렸다고 둘러대라 하지 않았던가. 안평이 사람 사귀기를 좋아하여 재물을 뿌리고 다닌다는 것은 세상이 다 아는 사실이었다. 그런데 한명회는 그것을 사은사가 되기 위해 사전 공작을 꾸민 것으로 둔갑시켜 버렸다. 그 조그마한 체구에서, 볼품없는 외모에서, 어찌 그런 엄청난 생각을 해 낼 수 있는 것인지 수양 대군은 놀랄 뿐이었다.

문득 유방의 책사 장자방이 떠올랐다. 한나라 고조가 장자방을 얻지 못하였다면 어찌 천하를 통일할 수 있었겠는가? 수양 대군은 집으로 돌아오면서 내내 한명회만 생각했다.

사은사 준비에 여념이 없던 어느 날 수양 대군은 한명회와 자리를 함께했다.

"자준."

수양 대군은 여느 때보다 정감어린 목소리로 한명회를 불렀다.

"자네 시키는 대로 사은사로 결정되기는 했다만 여러 가지로 마음이 편치 않다네."

"잘 알고 있습니다. 명나라에 다녀오는 동안 김종서 일당이 권력을 완전히 장악해 버리면 어떡하나 나으리께선 그걸 두려워하고 계신 것이지요."

"그걸 알면서 사은사를 고집했던 겐가?"

"소인에게 다 생각이 있기 때문입니다."

까닭도 없이 사은사를 고집할 리 없을 것이라는 사실을 알면서도 수양 대군은 일부러 퉁명스럽게 말했다.

"그럼 자네 생각을 들어보겠네."

"두 가지만 말씀드리겠습니다. 먼저 서장관(書狀官)으로 신숙주를 데려 가십시오. 그의 재능이 나으리의 길잡이가 될 것입니다."

"이번 기회에 내 사람으로 만들라는 청이로군."

"네. 그렇습니다. 또한 김종서의 아들 김승규와 황보인의 아들 황석도 데리고 가십시오. 좋은 인질이 될 것입니다."

한명회가 제시한 절묘한 방책에 수양 대군은 적이 놀라면서도 애써 표정을 감추며 말했다.

"그렇게 함세. 그리고 두 번째는 뭔가?"

"장능(長陵)에 꼭 다녀오셔야 합니다. 명나라 황제 영락제(永樂帝)가 묻힌 곳이지요. 반드시 신숙주와 함께 가셔야 합니다."

영락제는 명나라 태조의 넷째 아들이었다. 태조 주원장은 황태자가 일찍 죽자 적통 계승의 법칙을 세우기 위해 장손자인 건문제에게 왕위를 물려주었다. 그러나 영락제가 반란을 일으켰다. 그는 조카를 몰아내고 스스로 황제에 오른 인물이었다.

비록 백성으로부터 패륜이라는 손가락질을 받았지만 명나라 초기의 어지러운 국력을 튼튼히 만든 황제였다. 그런 역사적 의미를 신숙주에게 심어주어야겠다고 한명회는 생각하고 있었다.

"명심하겠네."

"그럼 부디 몸조심하시고 잘 다녀오십시오."

사은사 일행이 북경을 향해 떠나고 며칠이 지나지 않아 이른 추위가 몰려 왔다. 해가 서산마루에 걸릴 무렵 한명회는 귀가하려고 무악재 쪽을 향해 걷고 있었다. 늦가을인데도 매서운 바람이 뺨을 때릴 때마다 살을 에듯 시렸다.

"더럽다, 더러워! 에이 퉤!"

건장한 사내가 주막을 나서며 사정없이 침을 뱉으며 소리쳤다. 그는 이미 취해 걸음이 온전치 못했다. 마침 지나가던 한명회가 피할 겨를도 없이 침 벼락을 맞고 말았다.

한명회가 사내의 얼굴을 흘긋 쳐다보며 인상을 찌푸렸다.

"뭘 그렇게 째려보는 거야?"

반말로 시비를 거는 꼴을 보고 한명회는 버르장머리라도 고쳐 주고 싶은 오기가 생겼다.

"처먹어도 곱게 처먹을 일이지 이게 무슨 행패야?"

"처먹어? 행패? 너, 나한테 반말한 거지?"

사내는 두꺼비 같은 손으로 우악스럽게 한명회의 멱살을 거머잡았다.

한명회는 자기보다 두 뼘이나 더 커 보이는 사내에게 처음부터 싸움의 상대가 되지 못했다.

"켁! 켁! 사람, 사람 살려!"

한명회는 숨을 제대로 쉴 수가 없었다. 그때 주모가 달려 나와 싸움을 말렸다.

"나리, 이러시면 안 돼요. 지나가는 양반에게 이 무슨 시비를…… 얼른 댁으로 가셔요."

주모는 사내의 등을 떠밀었지만 그는 꿈쩍도 하지 않았다.

"안 가! 한 잔 더 하고 갈 거야."

사내는 주막으로 다시 들어갔다.

"잘려서 마음이 상해 그런다우. 그러니 손님께서 이해해 주시구려."

주모는 미안한 듯한 표정을 애써 지으며 총총히 들어가 버렸다. 그때 사내가 평상에 걸터앉아 한명회를 향해 소리쳤다.

"야, 너! 이리 안 와?"

그는 다시 달려 나와 멱살을 잡을 기세였다. 한명회는 완전히 기가 꺾여 꼼짝없이 그의 곁으로 다가가 앉았다. 그때 주모가 술상을 들고 나왔다.

사내는 잔에 술이 넘치도록 따라서 한명회에게 건네며 말했다.

"미안혀. 내가 속이 좀 상해서 그랬응께. 나 달손이라 하오. 홍달손."

그가 손을 내밀었다. 한명회는 그의 손을 잡는 대신 술잔을 잡았다. 추운 날씨에 목구멍으로 넘어가는 막걸리는 목에 걸려 팍팍했다. 그때 주모가 안주를 가져다 놓고 말했다.

"이래봬도 이 양반 한때 날린 사람이라고 합디다. 종3품 첨사까지 했다지 아마. 첨사가 뭔지 몰라도 아무튼 북쪽 오랑캐 놈들이 이 양반만 보면 꽁무니를 빼고 도망가기 바빴답니다."

"쓸데없는 소리."

사내가 힘없는 목소리로 말했다. 조금 전에 호탕하게 내지르던 고함소리는 온데간데없었다.

"종3품이면 뭐 하겠소? 잘려버린 것을. 죽은 자식 불알 만지기지."

주모는 사내의 염장이라도 지르려는 듯이 빈정댔다.

한명회는 사내의 얼굴을 곁눈질로 흘겨보았다. 멱살을 잡혔을 때 그의 모습은 저승사자 같았는데 조금도 그런 모습을 찾아볼 수 없었다. 빈 술잔에 술을 채우며 한명회가 말했다.

"사연이 많은 것 같은데 들려줄 수 없겠소?"

"통성명이라도 다시 합니다. 을미(乙未)생이오."

그는 다시 손을 내밀었다. 한명회는 기꺼이 그의 손을 잡았다.

"을미생이라? 서른아홉 살? 나하고 동갑이네. 한명회라 합니다."

"그럴 줄 알고 처음부터 말을 깠다니까. 생일은 언제시오. 나는 시월 보름 생이오."

한명회는 시월 스무닷새라고 말하고 싶지 않았다.

“시월 초열흘이오.”

“나보다 닷새 빠르구먼. 우리 말이라도 트세.”

그는 처음부터 반말이었으니 새삼 말을 트자고 동의를 구할 필요도 없었다. 한명회는 대답 대신 술잔을 들어 건배를 청했다.

“첨사까지 지낸 분이 어찌 술주정뱅이가 되었는가?”

“주모 말처럼 잘렸지. …빌어먹을… 그렇다고 잘라? 더러운 세상.”

“김종서 세상인 걸.”

한명회는 슬쩍 시국 상황을 던져 보았다.

“그러고 보니 자네도 나와 통하는 데가 많으이. 나도 그 영감 싫어해. 그런데 처음엔 무지 존경했었지. 그땐 나도 내금위장을 하고 있을 때였으니 그분이야말로 선망의 대상이 아니었겠나. 그런데 의주도첨절제사(義州道僉節制使)로 부임하면서 내 인생이 꼬여 버렸어.”

그는 잠시 말을 끊고 술잔을 비웠다.

“어느 날 조정으로부터 의주성을 보수하라는 명령이 내려왔어. 마침 농번기라 공사 속도를 낼 수가 없었지. 당연히 공사가 지연될 수밖에. 그런데 놈들은 공사가 부진하고 업무도 태만하다는 이유로 나를 파직해 버렸어. 제기랄. 이런 세상이 어디 있어?”

그의 목소리는 분노로 바뀌어 있었다.

“김종서 위세가 임금보다 높지 않나? 그러니 한쪽에선 썩을 수밖에.”

홍달손은 세상을 원망하고 술로 마음을 달래며 살아왔다. 적어도 지난 두 달 동안은 그렇게 살았다. 억울함을 누구에게도 털어놓을 데가 없었다. 그런데 오늘은 이상했다. 한명회. 처음 보는 사람임에도 불구하고 그에게 속엣말을 모두 쏟아내고 말았다.

둘은 늦도록 술을 마셨다. 언제 멱살잡이를 하였느냐는 듯 헤어질 땐 어깨동무를 하고 길을 걸었다.

홍달손. 그는 여러 번 한명회와 만나는 동안 그와 뜻을 함께하기로 결의했다. 수양 대군에게 힘이 되기 위해서는 무사를 모아 힘을 길러야 했다. 그는 백방으로 쫓아다니면서 쓸 만한 무사 30여 명을 모았다. 내금위에서 근무하던 시절에 친하게 지내던 양정, 유수도 끌어들였다.

북한산 자락이 남서쪽으로 흐르다가 우뚝 멈춰 깊은 골짜기를 이룬 곳에 훈련장을 잡았다. 검터골. 병풍처럼 사면을 둘러싼 검터골은 천혜의 요새나 다름없었다. 오르는 길이 험난해 외부로부터 완전히 차단된 오지 같은 곳이었다.

유난히도 추웠던 겨울도 물러가고 봄이 되어서야 사은사로 갔던 일행이 돌아왔다. 수양 대군은 북경을 다녀오자마자 한명회를 따라 검터골을 찾았다. 그동안 갈고닦은 병사들의 무예 솜씨는 일당백의 기백이 넘쳐나고 있었다. 수양 대군은 홍달손의 손을 굳게 잡았다. 거친 손마디에서 겨우내 흘린 땀을 짐작하고도 남을 것 같았다.

"그대만 믿겠소."

홍달손은 얼른 무릎을 꿇고 읊조렸다.

"명령만 내려주십시오."

그러자 한명회가 짧게 덧붙였다.

"오래 기다리게 하지 않을 걸세."

멀리서 산비둘기 소리가 처연하게 들려 왔다. 돌아오는 길에 수양 대군은 김종서 일당을 제거할 날이 정말 오래지 않을 것 같다는 생각을 하고 있었다.

영양위는 칠성이를 데리고 창의문 고개를 넘었다. 영락없는 나무꾼의 행색이었다. 얼굴엔 흙을 묻혀 꾀죄죄하게 했고 옷은 헝겊으로 덧대어 남루해 보이도록 했다. 짚신은 뒤축이 헐은 것으로 골라 신었다. 험한 산길에서도 벗어지지 않게 삼으로 삼은 새끼줄로 단단히 묶어 감발을 했다. 빈 지게 위엔 톱과 낫을 얹었다. 검터골을 찾아내려면 나무꾼으로 변장하여 잠입할 수밖에 없었다.

가시덤불을 헤치고 일부러 험한 동쪽 비탈로 전진했다. 칠성이가 앞서서 길을 만들며 나아갔다. 그런데도 영양위는 좀처럼 따라가지 못했다.

그때 앞서 가던 칠성이가 재빨리 몸을 숨기라고 손짓했다. 그가 가리키는 곳으로 시선을 향하자 골짜기 속에서 분주히 움직이는 사내들의 모습이 눈에 들어왔다. 엉금엉금 기다시피 하여 좀 더 가까이 다가갔다. 몇 채의 군막이 숲 사이로 지붕을 내밀고 있었다. 숲속에다가 군막을 설치한 것인지 군막을 설치하고 그 앞에 큰 나무를 옮겨 심은 것인지 알 수가 없었다. 철저히 위장하려 애쓴 흔적이 느껴졌다.

사내들은 열심히 무술을 단련하고 있었다. 궁술이나 창술을 연마한 흔적은 보이지 않았다. 볏짚을 묶어 만든 허수아비가 곳곳에 세워져 있고 사내 몇은 그 앞에 서서 검을 휘두르고 있었다. 한결같이 몸놀림이 민첩했다. 다른 한쪽에선 두 명이 한 조를 이루어 격검을 하고 있었다. 일대일로 맞붙어 검을 휘두르는 격검은 실전을 방불케 했다. 팔짱을 끼고 느긋하게 지켜보고 있는 사내는 키가 다른 사내에 비해 두 뼘은 더 커 보였다. 영양위는 소름이 돋았다. 수양 대군 진영에서 무사를 모으고 다닌다는 정보를 들었을 때까지만 하더라도 그들의 역심을 믿지 않았다. 그러나 바람을 가르는 사내들의 칼솜씨, 번뜩이는 눈빛, 내지르는 고함소리, 이 모두는 그들의 역심을 읽기에 충분한 것이었다.

그때 고라니 한 마리가 제풀에 놀라 펄쩍 뛰었다. 그 바람에 사내들이 일제히 숲 쪽으로 향했다. 앞쪽에 엎드려 있던 칠성이가 그들에게 들켜 버렸다.

칠성이는 지게를 팽개치고 지게 작대기를 휘둘렀다. 비록 작대기이긴 하지만 사내들이 휘두르는 칼도 칠성이의 적수가 되지 못했다. 다행히 숲속이라 도망하기에도 편했고 몸을 숨기기에도 쉬웠다.

어둠이 산속에 내려앉아 사위가 분별키 어려울 무렵까지 숨어 있다가 검터골을 빠져나왔다. 내친 김에 영양위는 안평 대군의 사저로 향했다.

가쁜 숨을 가눌 겨를도 없이 영양위가 말했다.

"대감 큰일 났습니다."

행색이 남루하기 이를 데 없는 영양위를 보자 놀란 쪽은 안평 대군이었다.

"영양위 대감, 무슨 일인가? 몰라볼 뻔했어."

"수양이, 수양이 아무래도 수상합니다."

"수상하다니? 알아듣기 쉽게 말씀해 보시구려."

"글쎄 수양이 말입니다. 검터골에서 사병 수십 명을 기르고 있습니다. 이 두 눈으로 똑똑히 보고 오는 길입니다."

영양위는 나무꾼으로 변장하여 검터골로 잠입하게 된 경위를 설명했다.

"사병이라면 태종께옵서 법으로 금지한 일 아닌가?"

"그러니 숨어서 훈련하는 것이 아니겠습니까?"

"그 정도라면 전하께 위협이 되기에 충분하지 않나? 이거 큰일이군. 가만히 앉아서 당할 수도 있겠어."

"여기서 지척인 거리에 있습니다. 십 리도 안 되지요."

"영양위께선 저들의 저의가 무엇이라고 생각하는가?"

"검터골에서 경복궁으로 향하려면 이 근처를 지나가게 되지요. 유사시에 대감을 치고 경복궁으로 진격할 수도 있지 않겠습니까?"

안평 대군의 사저는 창의문을 넘어 인왕산 자락이 북으로 끝나는 지

점에 있었다.

"그렇담 뒤집어 생각해 보세. 이곳을 잘 지키면 저들이 어찌 경복궁으로 향하겠는가?"

"창의문을 지키는 관군 몇을 제외하면 군사가 없지 않습니까?"

"나도 사병을 기르면 되지 않겠나?"

"그건 안 되지요."

영양위는 강하게 반대하고 나섰다. 대군들이 사병을 갖는다는 것은 왕권에 대한 심각한 도전이었다. 그렇게 된다면 안평 대군도 수양 대군 못지않게 위험한 인물이 될 수밖에 없다고 생각했다.

영양위는 맥이 빠졌다. 목숨을 내걸고 잠입해서 얻은 정보인데 오히려 안평 대군을 무장시키는 꼴이 되고 만 셈이었다.

"이건 좀 다른 얘기이긴 하지만……."

영양위는 안평 대군에게 값싼 경각심이라도 만들어 주기 위해 준비되지 않은 말을 끄집어내려 하고 있었다. 그러나 그것도 관심이 없다는 듯한 표정이었다. 그래서 영양위는 첫마디에 맘껏 힘을 실어서 말하기 시작했다.

"전순의, 그 사람 말입니다. 문종대왕 전하를 시해한 그놈 말입니다. 그놈이 수양 대군의 수하란 말입니다. 이쯤 되면 그림이 그려지지 않나요?"

영양위는 지금까지의 일들을 안평 대군에게 들려주기 시작했다. 전순의가 누구와 손이 닿아 있는지, 무슨 이유로 시해 사건에 가담하게 되었는지, 무슨 독약을 어떤 방법으로 썼는지 영양위는 신들린 것처럼 털어놓았다. 안평 대군은 듣는 동안 여러 번 고개를 갸웃거리기도 했다.

"그런 허무맹랑한 얘기를 지금에 와서야 들려주는 목적이 무엇인가?"

"막아보자는 것 아닙니까? 모든 게 그들 손으로 넘어가기 전에! 그리고 복수도 해야지요. 억울하게 돌아가신 전하를 위해!"

"괜한 기우야! 영양위가 그런 과민반응을 보이는 것, 나는 우국충정이 넘쳐흘러서 그러는 것으로 알겠네."

한순간에 맥이 빠져 버렸다. 실망도 여간 큰 것이 아니었다. 그러나 돌려 생각해 보면 쓴웃음이 났다. 그에게 있어서 사병은 신변 보호를 위한 방어용이지 권력을 잡으려는 공격용 무기가 아니라는 생각이 들었다.

홍달손은 예감이 불길했다. 불청객 나무꾼의 침입 때문이었다. 행색이 나무꾼일 뿐 막대기를 휘두르는 솜씨가 보통의 검객이 아니었다. 검터골 수하들도 무예 솜씨가 보통이 아닌 자들이었다. 그중의 몇은 자신이 직접 무예를 가르친 무사였다. 그런데도 나무꾼이 휘두르는 막대기에 힘 한 번 제대로 쓰지 못한 채 당하고 만 것이었다.

그는 말을 몰아 한명회에게로 달려갔다. 검터골을 찾은 지 하루도 지나지 않아 가쁜 숨을 몰아쉬고 달려온 홍달손을 보고 한명회는 놀라 물었다.

"무슨 일인가?"

"검터골에 침입자가 있었다네."

"뭐라? 어떤 놈이야?"

"놓쳤어. 칼솜씨가 신출귀몰한 놈이어서 그만……."

홍달손은 나무꾼의 솜씨를 거짓말 하나 보태지 않고 있는 그대로 말했다. 한명회는 넋을 잃은 듯 한동안 말이 없다가 입을 열었다.

"상대는 우리를 꿰뚫어 보고 있는 게야. 관군이라도 몰려오면 우린 도망갈 곳이 없지 않는가? 한시가 급하네. 달손이 자네는 이 길로 곧장 돌아가 흔적을 없애 버리게. 그리고 야음을 틈타 군막을 옮겨야 하겠네."

"어디로?"

"자네가 처음에 훈련장으로 추천했던 곳 있지 않는가? 검터골보다 조금 멀다는 이유로 내가 반대했던 그곳 말이네."

"알겠네."

홍달손을 보내고 마음이 바빠진 한명회는 권람의 사랑채에 모여 앉았다. 수양 대군이 먼저 달려 왔고 이어서 권람, 홍윤성, 신숙주가 함께 왔다. 계양군 이증(李璔)이 마지막으로 왔다.

계양군은 세종의 후궁 신빈 김 씨의 소생이었다. 그의 어머니는 본래 내자시(內資市)의 노비였는데 세종 비 소헌왕후의 지밀나인이 되었다가 세종의 성은을 입어 계양군을 낳았다. 그는 출생이 미천하여 늘 수양 대군을 따라다녔다.

"형님, 늦어서 죄송합니다."

"어서 오시게. 계양군."

인사가 끝나자마자 마음이 급한 한명회가 홍달손으로부터 보고받은 내용을 수양 대군에게 아뢰었다.

"그 정도 무술이라면 김종서 수하가 분명해."

수양 대군이 난감한 표정으로 말했다.

"일단 군막을 옮기라고 하긴 했지만 그걸 구실로 군사라도 동원하는 날이면 큰일입니다."

이런 일로 김종서가 군사를 동원할 리는 없지만 한명회는 생각해 둔 바가 있어 모두를 긴장시키는 말을 입에 올렸다. 성질이 급한 홍윤성이 나직한 목소리로 말했다.

"그렇담 우리가 당하기 전에 먼저 움직입시다."

그러자 한명회가 권람에게 물었다.

"소한당, 자네 생각은 어떤가?"

"우리 모두의 목숨이 김종서에게 달려 있네. 가만히 앉아서 당할 수는 없지 않는가? 가능하면 빠를수록 좋다고 생각하네."

"우리는 겨우 30여 명밖에 없지 않나? 그 병력으로 김종서를 어찌 대적한단 말인가? 그 늙은이가 조선의 병권을 모두 장악하고 있네. 계란으로 바위 치기지."

신숙주는 집현전 학사답게 신중해야 한다고 말했다. 그러자 여진족 토벌에 많은 공을 세운 홍윤성이 무장답게 말했다.

"싸움은 숫자 놀음이 아니야. 김종서 한 사람 목만 먼저 따 버리면 될 것 아닌가?"

김종서는 백전노장이었다. 함길도관찰사 부임 시절 두만강을 호령하며 여진족들을 내쫓았고, 그리하여 6진을 개척하였다. 백성들은 비로소 약탈로부터 해방되어 평화스러운 삶을 누렸다. 그래서 백성들은 그를 칭송하여 대호(大虎)라고 불렀다. 더군다나 세종의 고명대신이 되어 모든 병권을 쥐고 있었다. 그런 대호를 때려잡기란 홍윤성의 말처럼 쉬운 일은 아니었다.

다음 날 한명회는 계양군을 따로 불러 상소를 올리게 하였다. 대호사냥을 하기 위해 며칠만이라도 시간을 벌 필요가 있었다. 저들이 먼저 움직이지 못하도록 하기 위함이었다.

영양위는 며칠 동안 경혜공주와 마주 앉아 수양 대군과 안평 대군의 일을 되짚어 보면서 고민을 했다. 고래 싸움에 새우등 터진다고 했던가. 어느 쪽도 믿을 사람이 없었다. 수양 대군은 그들에게 처음부터 원수나 다름없었다. 쫓겨난 영응 대군의 첫 부인 송 씨와 영응 대군을 재결합시켜 영양위의 누님인 춘성부부인을 청상과부로 만들어 버린 장본인이 수양이 아니었던가. 결코 영양위 부부와는 한 배를 탈 수 없는 원수나 다름없었다. 거기다가 사병을 숨겨 놓고 기회를 노리고 있다는 사실을 알고부터 전하께 가장 위험한 인물이라고 판단했다.

그런데 안평 대군 역시 위험하긴 마찬가지라고 생각했다. 전하를 위해 나서기보다 자기 세력을 지키기에 급급한 인물일 뿐이었다. 적어도 영양위에겐 그렇게 보였다.

경혜공주는 여섯째 숙부인 금성 대군을 떠올렸다.

"제가 금성 숙부를 찾아가 보면 어떨까요?"

금성 대군은 누구보다 문종을 잘 따르던 동생이었다. 유난히 경혜공주를 예뻐해서 말에 태워 도성 구경을 자주 시켜 주었던 사람도 금성 대군이었다.

그러나 금성 대군에겐 힘이 없었다. 지금 전하에겐 힘 있는 사람이 필요했다. 결국 영양위 부부는 김종서 대감에게 의지할 수밖에 없다고 생각했다.

영양위는 김종서 대감을 찾았다. 그간에 있었던 사실을 말하자 김종서는 담담하게 말했다.

"백 명도 안 되는 무사들을 데리고 무엇을 하겠소? 만일 거병을 한다면 그건 안평을 치기 위함일 게요. 둘이 맞붙게 된다면 우리로선 그보다 더 좋은 일이 없지요. 안평은 정치에는 뜻이 없는 사람이라 우리 원로들이 모두 안평을 지지하고 있는 게 아니겠소. 전하께 큰 위험이 될 만한 인물이 아니라는 뜻이오. 그러나 수양이 이긴다면 그땐 사병을 양성한 죄를 물어 수양을 제거하면 될 것이오."

김종서의 논리는 명쾌했다.

"대감님만 믿겠습니다."

"이 늙은이 한 목숨 무에 아까운 게 있겠소? 전하를 위해 죽을 수만 있다면 그게 행복이지요. 하지만 오늘 전하를 위해 걱정하는 영양위를 보니 내 마음도 든든합니다. 그리고 영양위께서 걱정 안 하시게 수일 내로 조치를 취하겠습니다. 평안도관찰사 조수량, 충청도관찰사 안완경, 함길도관찰사 이징옥에게 유사시를 대비해 군마를 정비해 두라고 하겠소."

영양위는 그제야 적이 마음이 놓였다.

그때 김승규가 방에 들어와 김종서에게 고했다. 그는 김종서의 장남답게 위엄이 있어 보였다.

"밖에 손님이 오셔서 기다린 지 오래됩니다."

"누구라고 하던가?"

"집현전 교리 권람이라 하였습니다."

"권람이라면 수양 대군 사람이 아닌지요?"

영양위가 고개를 갸우뚱거리며 물었다.

"나한테 무슨 볼일일꼬?"

"손님이 기다린다니 저는 이만 물러가겠습니다."

영양위는 자리에서 일어섰다.

집으로 돌아오는 발걸음이 한결 가벼웠다. 경혜공주에게 이 믿음직스러운 소식을 전하면 얼마나 기뻐할까 생각하니 콧노래가 절로 나왔다.

부엉이가 경복궁 여기저기에 나타나 울었던 지난 밤 단종은 잠을 제대로 이룰 수 없어 다음 날 밤엔 혜빈 양 씨의 처소를 찾았다. 혜빈은 세종의 후궁이었는데 현덕왕후가 단종을 낳고 바로 세상을 떠나자 세종은 혜빈 양 씨를 단종의 양모(養母)로 지명하였다. 어린 단종은 할머니 품에서 젖을 먹고 자랐지만 그런 할머니가 어머니나 다름없었다.

성장한 후에도 단종은 혜빈의 처소에서 잠자기를 즐겨하였다.

"할마마마, 소손 무서워서 왔습니다."

"왜요? 부엉이 때문인가요?"

혜빈은 며칠 전부터 부엉이가 나타났다는 소리를 들어온 터였다.

"무섭고 불안해요. 할마마마."

단종은 부엉 부엉 하고 부엉이 울음소리를 흉내 냈다.

부음(訃音)~ 부음(訃音)~

속절없이 죽음을 부르는 소리처럼 들렸다.

혜빈은 태종 때의 일을 떠올렸다. 50년도 더 지난 이야기였지만 오늘처럼 생생하게 떠오른 적은 없었다.

태종은 왕권을 지키기 위해 이복동생인 방번과 방석 형제를 모두 죽였다. 두 아들의 원통한 죽음을 지하에서 지켜본 태종의 계모인 신덕왕후는 원통해서 피눈물을 흘릴 지경이었다. 그래서 그녀의 원혼이 부엉이에게 깃들어 밤마다 태종의 침실에서 울었다.

부음(訃音)~ 부음(訃音)~

태종은 밤마다 부엉이 울음소리에 시달려 부엉이가 없는 곳에 살고 싶었다. 그래서 경복궁에서 개성으로 거처를 옮기기도 하고 다시 경복궁으로 돌아왔다가 창덕궁으로 옮기기도 했다. 그러나 결코 부엉이를 피할 수는 없었다.

그런 부엉이가 또 나타난 것이다. 50년이 더 지났는데도 경복궁 사람들은 여전히 부엉이 울음소리만 들으면 불안해했다.

"전하. 미물의 울음소리에 불과할 뿐입니다."

말은 그렇게 했지만 혜빈 역시 불안하기는 마찬가지였다.

"제가 지켜드릴 테니 염려치 마시고 주무세요."

한 이불 속에서 잠들기는 오랜만이었다. 단종은 오래지 않아 잠들었다. 이불을 여미어 주면서 혜빈은 빨리 중전을 맞이해야겠다고 생각했다.

혜빈의 품에서 단종은 모처럼 포근한 잠을 잤다. 부엉이 울음소리는 까맣게 잊어버렸다. 혜빈궁 뜰에는 벌써 단풍이 발갛게 물들어 가고 있었다. 문득 경혜 누님 생각이 떠올랐다.

몇 해 전이었던가? 그날도 하늘이 유난히 푸른 가을날이었다. 아미산 동산에 노랗게 발갛게 나뭇잎이 물들어 가던 날 경혜는 단풍 속에 동생을 앉혀 놓고 그림을 그렸다. 엉덩이가 아파도 그림 그리는 누님의 얼굴이 너무 예뻐서 홍위는 자세를 고쳐 앉지도 않았다. 그날, 어린 홍위는 누님의 얼굴에서 어마마마의 얼굴을 그려 보았고, 경혜공주는 동생과 함께 가을을 그렸다.

단종은 지난 추억을 더듬으며 아미산 쪽으로 발길을 옮겼다. 오늘은 반드시 누님을 불러 가을을 그려 달라고 졸라야겠다는 생각을 하면서 걸었다. 그때 도승지가 상소문을 들고 와서 다급하게 고했다.

"전하! 계양군께서 올린 상소이옵니다."

"무슨 일이길래 그리 급하오?"

"역모이옵니다."

단종은 역모라는 말에 가슴이 철렁 내려앉았다.

지난 밤 행복했던 잠자리의 여운도 달아나 버리는 순간이었다. 누님에 대한 그리움도 한순간에 달아나 버렸다.

두루마기를 펼쳐 들고 천천히 읽어나가는 단종의 손은 떨리고 있었다.

「전하. 국가의 안위가 위태로워 삼가 소인의 목숨을 내걸고 아뢰옵니다.

안평 대군이 요즘 들어 많은 무뢰배들을 사저에 모아두고 역모를 꾀하고 있습니다. 특히 무계정사에 수십 명의 무사들을 상주시켜 놓고 출동 명령만 기다리고 있다 합니다. 일전에 김보명이라는 지관이 무계정사 터를 두고 왕이 일어날 명당 터라고 하였답니다. 이는 장차 안평 대군이 왕위에 오른다는 뜻이 아니겠습니까? 김종서와 같은 많은 대신들이 붕당을 지어 안평 대군에게 이르기를 맹주라고 하며 자신들은 맹약을 다짐한 늙은이라는 뜻으로 맹로(盟老)라 부른답니다. 이 어찌 역모가 아니겠습니까? 하물며 영의정 황보인 대감은 안평 대군에게 뇌물을 바치니 나머지 조정 신료들이야 말해 무엇 하겠나이까? 안평 대군에게 줄을 서야 벼슬길에 오를 수 있다고 하여 무계정사에는 문전성시를 이룬답니다.

전하. 관련자들을 당장 잡아들여 국문을 하셔야 합니다. 소신의 충정을 굽어 살피시어 부디 정사를 바로잡으시옵소서.」

"도승지! 당장 영양위 사저로 갈 것이니 길을 잡으시오."

"아니 되옵니다, 전하. 편전으로 가셔야 하옵니다."

"누님께 먼저 물어볼 것이 있느니라."

"편전에서 수양 대군이 기다리고 계십니다."

"수양 숙부께서?"

"그러하옵니다."

"그럼 편전으로 가자. 수양 숙부라면 안심할 수 있어!"

편전에는 대신들이 두 편으로 나뉘어 사병 문제로 이미 설전을 벌이고 있었다. 생사가 달려 있는 전쟁터나 다름이 없었다. 그러나 어느 쪽도 결정적인 근거를 제시하지 못했다. 무계정사에는 훈련장은 물론이고 흔하디흔한 병장기 한 점 없었다. 그러니 무사들은 시조 한 수만 읊조리는 척하여도 무사가 아니라 시인 묵객인 것처럼 보였다. 검터골 훈련장도 근거가 없기는 마찬가지였다. 이미 흔적도 없이 군막을 옮겨 버렸으니 화제에 올릴 수조차 없었다.

단종이 도승지를 앞세우고 편전으로 들어와 상소문을 다시 읽게 하였다. 도승지가 읽는 도중에 여기저기서 고성이 터져 나왔다. 그럴 때마다 계속 읽지 못하고 도승지는 호흡을 끊어 읽었다.

수양 대군은 아무런 표정도 없이 그저 지켜만 보고 있었다. 싸움이 어느 한쪽으로 기울지 않길 바랄 뿐이었다. 안평 대군을 역모로 엮어 끝이 없는 소모전에 저들의 시선을 묶어 두는 것이 수양 대군의 속셈이었다. 대호 사냥을 준비하는 데 필요한 시간을 그렇게 해서 벌어야 했다.

이틀 뒤 대호 사냥을 위해 모두 한 자리에 모였다.

"대군 나으리. 생각해 두신 날짜라도 있으신지요?"

거사일을 두고 한명회가 수양 대군에게 의중을 물었다.

"자네 머릿속에 있지 않은가? 전적으로 자네 의견에 따르겠네."

"앞으로 닷새를 넘기지 않았으면 합니다. 일단 거사가 시작되면 여러 분들께서는 중요한 일을 하셔야 합니다. 보안 유지를 위해 각자 하셔야 할 일은 여기서 말씀드리지 않고 개별적으로 말씀드리겠습니다."

사공이 많으면 배가 산으로 올라갈 수도 있을 것이다. 그래서 한명회는 보안 유지를 구실로 의견을 말하지 못하도록 차단해 버렸다. 그러나 병력을 움직이는 문제에 관해선 홍달손의 의견을 듣고 싶었다.

"달손이 자네는 언제쯤이 좋겠는가? 수하를 움직이려면 자네 의사가 가장 중요하다고 생각되는데……."

"대군께서 명령만 내리시면 언제든지 치고 들어갈 수 있어."

홍달손은 주먹을 불끈 쥐고 당장이라도 달려갈 듯한 자세를 취했다. 그는 무언가 생각난 듯 한명회를 향해 다시 말을 이었다.

"오늘이 시월 초엿새니까 나흘 뒤는 어떻겠나?"

"시월 초열흘? 자네가 좋다면 이 날로 정하도록 하지. 그런데 특별히 이유라도 있는가?"

"자준! 자네 귀빠진 날이 아닌가? 같은 값이면 다홍치마라고 생일잔치는 자네 집에서 하는 게 어때?"

홍달손을 주막에서 처음 만나던 날 그는 자기가 시월 보름 생이라고 소개한 적이 있었다. 그때 한명회는 홍달손에게 지고 싶지 않아 시월 초열흘 생이라고 했는데 의미 없는 그 말을 홍달손이 기억하고 있었던 것이다.

"자네는 쓸데없는 것까지 다 기억하고 있군."

겸연쩍은 표정을 하고 있는 한명회를 향해 수양 대군이 덧붙였다.

"쌍십절! 좋은 날에 태어났군. 좋은 날이야. 그러면 거사는 쌍십절로 결정하겠네. 작전명은… 작전명은 생일잔치. 생일잔치가 좋겠어. 생일잔치에 대호를 잡아 조선을 바로세우겠네."

일제히 박수를 쳤다. 모두는 한결같이 굳은 표정으로 충성을 맹약했다.

생일잔치를 이틀 앞두고 신숙주는 성삼문을 집으로 불렀다.

"집현전에서 보면 될 텐데 웬일로 초대까지 해 주셨는가?"

"긴히 할 말이 있어 집으로 불렀네."

눈빛만 보아도 마음을 읽을 수 있는 사이였다. 15년이나 집현전에서 한솥밥을 먹고 지낸 사이였다.

"자네 오늘따라 이상하네그려. 영영 멀리 떠날 사람같이 보여."

"자네 마음을 꼭 알고 싶은 게 있어서 불렀네."

"말해 보게. 뜸들이지 말고."

"매죽헌. 자네는 왕권(王權)과 신권(臣權)에 대해 어떻게 생각하는가?"

권력에 관한 학문을 논쟁하려면 집현전이 더 어울릴 법한데 집으로 초대해 놓고 난데없이 정치 이야기를 끄집어내는 이유를 성삼문은 이해할 수 없었다.

"우리 유학자들이라면 당연히 신권을 중시하지 않겠나? 태종처럼 왕권을 강화하기 위해 육조직계제(六曹直啓制)를 쓴다면 자네 같은 인재는 별 쓸모없는 존재가 되는 셈이지."

육조직계제란 실무 행정 부서인 육조에서 임금에게 직접 보고하는 행정 체계를 두고 말함이었다. 태종처럼 의정부의 권한을 축소하고 왕권을 강화할 때 쓰던 정책이었다. 그러나 세종은 의정부를 거치게 하였다. 의정부에서 중요하다고 판단되는 사안만 임금에게 보고하도록 하고 나머지는 의정부에서 직접 처리하도록 하였다. 이른바 의정부서사제(議政府署事制)였다.

"그렇담 김종서에 대해선 어찌 생각하는가?"

"세종이나 문종께옵선 신권과 왕권의 절묘한 조화를 이룬 분이시지. 그런데 지금은 김종서 세상이 아닌가? 신권이 너무 강해 권력이 한쪽으로 쏠려 버렸어. 부패해질 걸세. 황표정사만 봐도 알 수 있지 않겠나?"

원로대신들이 결정하고자 하는 정책이나 인물에 누런 표시를 하여 임금이 표시된 대로 결정하는 것을 황표정사라고 했다. 김종서는 어린 임금께서 업무 능력이 부족하다는 이유로 황표정사를 펼치고 있었다.

"그렇지? 그래서 말인데 자네 수양 대군 편으로 들어오면 어떻겠나?"

신숙주는 며칠 동안 입에 담고 있던 말을 기어이 꺼냈다.

"아닐세. 내 정치적 견해가 그렇다는 것이지 누구 편을 들고 할 생각은 없네."

신숙주는 애가 탔다. 한때는 멀고 먼 요동 땅을 헤매고 다니면서 생사고락을 함께한 동지가 아니었던가? 훈민정음을 창제할 그 무렵이었다. 우리 음운을 연구하고 조사하기 위해 열 번도 넘게 요동 땅을 넘나들었다. 그런 벗을 잃고 싶지 않았다.

"한 번만 더 생각해 보세. 죽을 수도 있단 말이네."

신숙주는 거의 울먹이는 듯한 목소리로 애걸했다.

"범옹. 난 말일세. 김종서가 비록 권력을 남용하고 있어 많은 사람의 원성을 사고 있지만 임금 자리를 노리지는 않는다고 생각하네. 일흔 노인인데 무슨 야망이 더 있겠나? 만일 수양 대군이 임금 자리를 노리지 않는다면 나도 기꺼이 수양의 편에 서고 싶다네. 그러나 그게 아니라면 자네도 거기서 나오게. 변절하여 부귀영화를 누리면 무엇 하겠나? 난 차라리 봉래산 제일봉의 낙락장송(落落長松)으로 살겠네."

변절자. 신숙주는 변절이란 말에 얼굴을 파묻고 싶었다. 가슴 깊이 묻어 두었던 할아버지 신포시(申包翅)에 대한 기억 때문이었다. 과거를 준비하던 시절, 아무도 말해 주지 않았던 할아버지의 삶을 신숙주는 책에서 우연히 보고야 말았다.

고려 말, 신포시는 과거에 급제하여 벼슬길에 나아갔다. 그러나 이성계가 조선을 개국하자 고려의 신하들은 충절을 꺾지 않고 개성 인근의 두문동(杜門洞) 골짜기로 들어가 버렸다. 이성계는 이들을 회유하려 하였으나 회유를 거부하고 두문불출(杜門不出)하였다. 이에 분개한 이성계는 두문동에 불을 질러 모두 태워 죽였다. 모두 72명이 충절을 꺾지 않고 타서 죽었다. 그러나 신포시는 전날 야음을 틈타 탈출하여 변절하였다.

그런 할아버지의 행적이 다시는 머릿속에 떠오르지 못하도록 감춰두었는데 그만 성삼문의 말 한마디에 되살아나고 말았다.

"범옹. 그대는 나의 둘도 없는 벗이 아닌가? 그래서 말인데 수양 대군을 부탁하네. 수양 대군이 선을 넘지 않도록 붙잡아 줄 사람은 자네밖에 없다고 생각하네."

신숙주는 성삼문을 보내고 잠을 이루지 못했다. 변절의 멍에를 쓰는 것도 싫었고 벗을 잃는 것도 싫었다.

생일잔치는 무르익어 가고

10월 10일. 이른 아침에 수양 대군은 한명회, 권람, 홍달손을 집으로 불렀다.

"오늘은 요망한 도적을 소탕하여 종사를 편안히 하겠다. 임운을 데리고 가서 선 자리에서 김종서를 베고 올 것이니라."

임운은 수양 대군의 수하였다. 운종가에서 놀던 시정잡배였는데 힘이 장사인데다가 싸움질을 잘해서 수양 대군이 거두어 키운 하인이었다. 특히 철퇴를 휘두르는 솜씨가 일품이어서 웬만한 칼잡이는 당해 내지를 못하였다. 수양 대군이 그 아이만 데리고 가겠다는 것이었다. 한명회가 걱정스러운 목소리로 말했다.

"몇 명 더 데리고 가시죠."

"많을수록 의심을 할 게야. 저쪽은 움직임이 전혀 없어. 며칠 전에 권람이 김종서 집에 가서 염탐해 보았거든."

"여기는 소인이 알아서 할 터이니 잘 다녀오십시오."

"자네들만 믿겠네. 그리고 달손이 자네는 무사들을 모두 내 집에 모아 주게. 거사는 어두워지면 시작할 게야. 그러니 각자 돌아가 맡은 바 임무를 챙기고 점검하시게."

모두 돌아간 뒤 가을 아침의 뜰엔 늦은 단풍잎만이 쓸쓸히 매달려 바람에 흔들거렸다. 수양 대군은 아무도 들어오지 못하게 하고 사랑채에 앉아 생각에 잠겨 있었다.

시간이 얼마나 지났을까. 바깥이 소란스러웠다. 홍달손이 훈련시킨 무사들이 뒤뜰에 모여들고 있었다. 운명의 시간이 다가오고 있었다.

수양 대군은 안채로 나와 가족들을 모두 불러 앉혔다. 큰아들 내외, 차남, 딸, 그리고 군부인이 차례로 앉았다. 무거운 분위기를 깨고 수양 대군이 입을 열었다.

"오늘 나는 역적을 잡아 조선을 바로잡으려 한다. 태조께서 이룩하신 이 나라가 풍전등화 앞에 놓여 내가 나서지 않을 수 없었느니라. 하여 만에 하나 일이 잘못되기라도 한다면 우리집은 멸문지화를 당할 것이야. 당당하게 죽을지언정 비굴해지지 말아야 한다. 비정한 아버지이고 남편이지만 사랑했기에 행복했단다. 이제 곧 내가 떠나면 뒷일은 부인에게 맡길 테니 너희들은 어머니 말씀에 따르거라."

말을 마치자 군부인이 갑옷을 가져와 수양 대군에게 입혔다.

"집안 걱정은 마시고 잘 다녀오셔요."

수양 대군은 뒤뜰로 나와 무사들을 불러 모았다. 갑옷을 입고 나타난 수양 대군을 보고 분위기가 숙연해졌다.

"내 한 몸에 조선의 흥망이 달렸으니 운명은 이제 하늘에 맡긴다. 장부가 죽으면 오직 종묘사직을 위해 죽을 뿐이다. 그대들 모두 나를 따르겠는가?"

함성이 뜰에 가득 울려 퍼졌다. 수양 대군은 무사들에게 술과 음식을 마음껏 먹도록 지시하고 집을 나섰다. 몰려오는 어둠이 그의 뒤를 따르고 있었다.

수양 대군의 뒤를 따르던 어둠이 강녕전에도 깃들 무렵이었다. 단종은 누님이 보고 싶다는 생각이 들었다.

"오늘은 과인이 누님 댁에서 잘 것이니라. 번거롭게 하지 말고 채비를 간소히 차리도록 하여라."

임금의 한 마디에 대궐은 온통 정신없도록 바쁘게 움직이고 있었다. 간소히 채비하라는 어명을 받긴 했지만 도승지로선 갖출 건 다 갖추어야 했다. 작은 왕궁이 옮겨 가는 일이었다.

영양위 집에 임시로 시좌소를 설치했다. 호위를 맡는 내금위 병사를 운용하는 일은 입직승지 최항에게 맡기고 시중을 들 내시부 일은 환관 전균에게 맡겼다.

어둠이 깃들 무렵 어가가 시좌소에 도착했다. 경혜공주가 환하게 웃으며 맞이했다.

"전하. 이렇게 자주 뵐 수 있어 한없이 기쁘옵니다."

두 팔을 벌린 경혜공주의 품에 단종은 어린아이처럼 달려들어 안겼다. 예전에 없었던 행동이었다. 놀란 공주가 품에서 단종을 밀어내며 말했다.

"체통을 지키셔야 합니다. 보는 눈이 많아요."

"잠깐, 잠깐이면 돼요."

단종은 공주의 귀에 대고 소곤대는 소리로 이어 말했다.

"어마마마의 품이 이랬을까요? 이렇게 포근했을까요?"

경혜공주는 단종을 안은 두 팔에 가만히 힘을 주어 끌어안았다. 눈물이 핑 돌았다. 한 번도 이런 적이 없었다. 얼마나 외로웠으면, 얼마나 힘이 들었으면 이럴까 하는 생각이 들자 경혜공주는 가슴이 에일 듯 아팠다.

단종은 끌어안았던 팔을 풀어 공주의 얼굴을 빤히 들여다보며 말했다. 공주의 눈에 눈물이 가득 고여 있었다.

"누님이 어마마마를 꼭 빼닮았다면서요? 혜빈께서 그러셨어요. 어마마마가 보고 싶으면 공주님의 얼굴을 보면 된다구요."

"어마마마가 그리우신 게로군요."

단종은 공주의 눈가에 맺힌 눈물을 손가락으로 훔쳐냈다.

공주가 단종의 손을 이끌어 자리에 앉혔다.

"며칠 전 아미산에 단풍이 물들은 날이었어요. 문득 옛날 생각이 났답니다. 단풍 속에 절 앉혀 놓고 누님께서 그림을 그려주던 옛날을요. 그런데 저 대신 누님 얼굴이 그려졌으면 얼마나 좋을까 하는 생각이 들었답니다. 어마마마가 보고 싶으면 그 그림을 보면 되니까요."

"내 얼굴을 내가 그릴 수 없으니 어떡한다?"

경혜공주는 난처한 표정을 지으며 말했다.

"안평 숙부께 부탁하면 안 될까요? 천하에 제일 화가가 아니신지요?"

"그래요. 내일 당장 가서 졸라 볼게요."

어마마마 얼굴을 그리워하는 동생의 가련한 마음을 공주는 외면할 수 없었다. 날이 밝으면 안평 숙부께 부탁을 해 보리라 경혜공주는 생각했다.

수양 대군이 어둠 속으로 사라진 뒤 한명회는 불안했다. 임운이 힘깨나 쓴다고 하지만 혼자만으로 불가항력일 상황이 생길 수도 있었다. 만일을 대비해 양정에게 날랜 무사 둘을 붙여 수양 대군을 뒤쫓아 가게 했다. 또한 군사를 풀어 돈의문 경비를 강화하였다. 김종서의 집이 돈의문에서 지척인 거리에 있기 때문이었다.

돈의문을 나서자 사위는 괴괴하고 막 솟아오른 달이 늦가을의 밤을 푸르게 비추고 있었다.

사내 셋이 솟을대문 앞에서 귀엣말로 속닥거리고 있었다.

"좌상 대감을 뵈러 왔느니라."

"누구라고 말씀드릴까요?"

김승규가 묻자 수양 대군이 성큼 다가섰다. 대문을 지키고 있던 병사들은 동시에 칼집에 손을 올려놓았다. 품속에 감추어둔 칼에 온 신경을 집중한 채 양정이 수양 대군 앞으로 나서며 말했다.

"이분은 수양 대군 나으리시니라. 얼른 고하여라."

"잠깐만 기다려 주십시오. 아버님께 여쭈고 오겠습니다."

김승규가 사랑채로 나아가 김종서에게 아뢰었다.

"뫼시어라."

김승규가 방을 나가자 김종서는 칼을 뽑아 손이 잘 닿을 수 있는 곳에 걸어 두었다.

김승규가 다시 대문에 나와 말했다.

"안으로 모시랍니다."

"들어가세."

수양 대군이 김승규를 따라 움직이자 임운이 수양 대군 뒤를 바짝 붙어서 따랐다. 그러자 문을 지키던 병사가 임운을 제지했다.

"대감 혼자만 들어가실 수 있습니다."

수양 대군이 발길을 멈추었다.

절체절명의 위기였다. 임운을 데려가지 못하면 김종서를 죽이기는커녕 오히려 자기가 잡힐 수 있을지도 모른다는 생각이 들었다. 그렇다고 들어가지 않는 것도 이상했다.

수양 대군은 눈을 감고 심호흡을 크게 했다. 혼자 들어가 독 안에 든 쥐 꼴이 될 수는 없었다. 김종서를 대문 밖으로 유인하지 못하면 거사는 실패할 수밖에 없지 않은가. 죽음이 눈앞에 다가서는 것 같았다. 등에서 식은땀이 등골을 타고 주르르 흘러 내렸다.

"대감. 드시지 않고서요?"

김승규가 재촉했다.

"미안하네. 생각해 보니 들어가서는 안 될 것 같네."

"무슨 연유라도 있으신지요?"

"지금 상가에 다녀오는 길이네. 불결한 몸으로 대감 댁에 들 수 없지 않는가? 해서 말인데 잠시만 뵙고 가면 되니 자네가 대감을 모셔 나오면 안 되겠나?"

"그렇게 여쭈어 보지요."

어둠 속으로 사라지는 김승규를 보며 수양 대군은 가슴을 쓸어내렸다. 먼 산에서 부엉이 울음소리가 처량히 들려왔다. 그 소리에 놀랐는지 개 짖는 소리가 얹혀서 들려왔다.

시간이 흐를수록 임운의 손엔 땀이 흥건히 고였다. 그는 품속에 감추고 온 철퇴를 꼭 잡고 있었다.

양정은 긴장감을 감추지 못해 가만히 서 있지를 못했다. 이리저리 옮기는 발걸음이 몹시 흔들렸다. 수양 대군은 침착하라고 작은 소리로 말했다.

그때 김종서가 김승규를 앞세우고 나타났다.

"대군께서 이 밤에 어인 일이신지요?"

"대감께 도움을 청할 일이 생겨서 부랴부랴 달려왔습니다."

"문 앞에 서서 대군을 모시기가 민망합니다. 급한 말씀이 아니라면 밝은 날 제가 다시 모시도록 하지요."

"국사에 다망하신 대감께 자꾸 폐를 끼치고 싶지 않습니다. 괜찮으시다면 여기서 말씀드리고 가겠습니다."

"말씀해 보시지요?"

죽이기 위해 온 마당에 무슨 할 말이 있겠는가. 그러나 김종서의 옆에 김승규가 붙어 있고 그림자처럼 병사 두 명이 곁을 떠나지 않아 철퇴를 내리칠 기회가 주어지지 않았다.

수양 대군은 준비되지 않은 말을 두서없이 말했다.

"안평 대군 쪽 움직임이 요즘 심상치 않습니다."

김종서가 수양 대군의 말을 가로채서 아퀴를 지었다.

"그 일이라면 얼마 전에 편전에서 다루지 않았소? 증좌라도 생기면 편전에서 다시 논하도록 합시다."

"사실 오늘 우리 집에 침투한 간자 한 명을 잡았답니다. 그 간자가 서찰을 가지고 있었는데 한번 보시지요."

"어디 한 번 봅시다."

"주위를 물려주시지요. 워낙 중한 일인지라……."

"그러지요."

김종서가 눈짓을 하자 김승규가 병사 둘을 데리고 어둠 저편으로 물러났다. 그러자 수양 대군이 임운을 불렀다.

"운아, 서찰 가져오너라."

임운이 다가와 품에서 서찰 한 장을 꺼내 주었다. 그러나 그 서찰에는 아무 것도 적혀 있지 않은 백지였다.

서찰을 펼쳐든 김종서는 아무 것도 보이지 않았다. 눈도 침침하고 어둡기도 하여 안 보이는가 하고 생각했다. 그래서 서찰을 들어 시선을 모으고 달빛에 비춰 보았다.

그때 임운이 철퇴를 휘둘렀다. 철퇴가 둔탁한 소리를 내며 등에 꽂혔다. 김종서는 비명을 지르며 쓰러졌다. 모로 쓰러지는 그 위로 다시 철퇴가 날아들었다.

멀찍이 떨어져 있던 김승규가 달려 왔다. 그는 김종서를 보호하기 위하여 쓰러진 그 위로 몸을 덮었다. 그때 양정의 칼날이 푸른 달빛을 가르며 김승규를 베었다. 김승규의 피가 김종서를 붉게 물들였다.

"시좌소로 가자."

수양 대군은 경복궁 쪽으로 말을 몰아 밤길을 달렸다. 돈의문을 통과하자 권람이 배치해 둔 병사들은 문을 굳게 닫았다. 이어서 서소문이 닫혔고 남대문까지 닫혔다.

요란한 말발굽소리가 광화문을 지나 시좌소 앞에서 멈추었다. 기다리고 있던 한명회가 홍달손을 데리고 수양 대군을 맞이하였다. 시좌소에 배치된 호위 군사들은 양정의 수하인 유수, 유하가 이끄는 내금위 군사로 배치되어 있었다.

"안에 들어가 입직 승지를 불러내 주게."

문을 지키고 있던 내금위 병사는 재빨리 들어가 입직을 서고 있던 좌부승지 최항을 불러냈다.

"좌부승지. 내가 역적의 목을 베었다네. 그러니 전하께 고하여 주게. 내가 긴히 역모에 관해 보고하겠네."

잠시 뒤 다시 나온 최항의 뒤를 따라 수양 대군은 대문 안으로 들어섰다. 겉에 겹쳐 입은 두루마기를 벗어버리니 달빛에 갑옷이 번뜩였다.

밤중에 갑옷을 입고 나타난 수양 대군을 보자 단종은 간이 오그라드는 것 같았다. 단종 곁에 앉아 있던 경혜공주가 근엄한 목소리로 꾸짖듯 수양 대군을 향해 말했다.

"수양 숙부. 이 한밤중에 이게 얼마나 무례한 일인지 알기나 하시는지요?"

"종사가 위태로워 부득불 이리 하였습니다. 용서해 주십시오. 전하."

"얼른 말해 보세요. 숙부."

"역모이옵니다. 김종서 일당이 안평 대군과 손잡고 역모를 일으키려

하였습니다."

"그 일이라면 얼마 전에 계양군이 발고했던 일이 아니오? 새삼스러운 일도 아니니 내일 편전에서 말씀해 주세요."

"전하! 밤을 넘길 일이 아니옵니다. 지금 함길도 절제사 이징옥, 경성 부사 이경유, 평안도 관찰사 조수량, 충청도 관찰사 안완경이 한패가 되어 역모를 획책하고 있습니다. 특히 경성 부사 이경유는 병장기를 몰래 한성으로 들여와 숨겨두고 만반의 준비를 마쳤다고 합니다. 하여 아뢸 겨를도 없이 형세가 위급하여 수괴 김종서 부자를 먼저 베었습니다."

"뭐라구요? 김종서 대감을 베었다구요? 전하의 어명도 없이?"

경혜공주는 주먹을 옹송그려 쥐었다. 촛불에 흔들린 그녀의 표정은 놀라움을 넘어 분노에 가까웠다.

"화급을 다투는 일이라 어쩔 수 없었나이다. 하오니 그 나머지 잔당들도 모두 토벌하고자 하오니 윤허하여 주시옵소서."

김종서를 베었다면 전하마저 안전하지 못할 터였다. 어떻게 해서든지 시간을 벌어야겠다고 경혜공주는 생각했다.

"내일 편전에서 밝히겠다는 전하의 말씀 못 들으셨는지요?"

"아니 되옵니다. 내일까지 기다릴 여유가 없나이다. 조정 신료를 당장 불러주십시오. 전하."

수양 대군의 목소리는 협박에 가까웠다. 그러나 경혜공주는 여기서 물러서서는 안 된다고 생각했다.

"숙부께서는 어찌 이리 무도한지요?"

"이대로 밤을 넘길 수는 없습니다. 시좌소를 네 겹으로 지키게 조치하였지만 적당들에게 언제 뚫릴지 모릅니다."

"네 겹으로 포위하고 있다는 말씀이군요."

사태를 지켜보기만 하던 영양위가 빈정대는 투로 말했다.

"무슨 그런 서운한 말을 하십니까? 포위가 아니라 호위입니다."

"그게 그 소리 아닙니까. 김종서 대감까지 베었다면 바깥에 있는 군사는 모두 대감의 군사가 아니오? 그렇담 포위인 게지."

"종사를 지키려는 소신의 충정입니다. 헤아려 주시옵소서. 전하."

"물러가세요. 수양 숙부."

"그럼 윤허하신 걸로 알고 물러가옵니다."

물러나는 수양 대군의 등 뒤에 경혜공주의 떨리는 목소리가 날아왔다.

"무례하도다!"

수양 대군이 대문 밖에 모습을 보이자마자 한명회는 대기하고 있던 병사들에게 명령을 내렸다. 병사들은 어명을 전달하기 위해 어둠을 뚫고 말을 달렸다. 깊어가는 가을 밤, 도성 안에는 말발굽소리로 요란했다.

홍달손은 경복궁 주위와 시좌소 주위에 내금위 병사를 풀어 지키게 하고 검터골에서 키운 정예병 30명을 이끌고 무계정사로 향했다.

대호를 잡았으니 이젠 안평 대군만 잡으면 끝이었다. 홍달손은 휘파람을 불며 말을 몰았다. 생일잔치가 눈앞에 아른거렸다.

자하문 고개를 단숨에 넘어 무계정사로 곧장 쳐들어갔다.

"역적을 사로잡아야 한다!"

무사들은 흩어져 보이는 대로 베었다. 몇 사병이 홍달손을 향해 달려들었지만 그들은 적수가 되지 못했다. 무계정사는 아비규환이었다. 행랑채에서 막 잠자리에 들려던 하인들은 이불을 뒤집어쓰고 얼굴을 내밀지 않았다.

"역적이 보이지 않습니다."

상현달이 서쪽으로 많이 기울어져 있었다. 홍달손은 푸른 달빛을 받아 더욱 창백해 보였다.

"그럴 리가 없다. 다시 뒤져 보아라."

거친 목소리가 많이 떨렸다.

"도망가거든 목을 베어도 좋다."

무계정사를 내달리는 그림자는 모두 홍달손의 병사들뿐이었다. 얼마나 시간이 흘렀을까?

정신없이 뛰어다니던 병사들이 칼을 늘어뜨리고 하나둘씩 힘없이 홍달손 앞으로 모여 들었다.

"놓친 것 같습니다."

홍달손은 일부 병사를 무계정사에 남겨두고 시좌소로 바람처럼 달렸다.

김종서는 움직일 수가 없었다. 철퇴를 두 번이나 맞은 것 같은데 아픈 곳을 느낄 수가 없었다. 다만 천근같은 무게에 눌려 숨을 쉴 수가 없었다. 몸을 움직여 보려 해도 말을 듣지 않았다. 눈을 떠 보려 해도 핏물이 눈에 엉겨 붙어 앞이 보이지도 않았다. 움직일 수 있는 것은 팔뿐이었다. 몸을 덮치고 있는 것을 겨우 밀어내고 몸을 비틀었다.

"대감마님께서 살아계신다!"

누군가 소리치자 하인들이 우르르 달려 왔다.

"승규를 불러 오너라."

겨우 정신을 차린 김종서는 아들을 찾았다.

"여기에… 도련님이…"

하인은 반쯤 돌아누운 시신을 가리키며 말을 제대로 잇지 못했다.

그제야 김종서는 어렴풋이 기억이 되살아났다. 수양 대군이 데리고 온 사내가 철퇴를 내리칠 때 승규가 자기 몸을 덮친 것까지 되살아났다.

"가마를 대령해라. 입궐할 것이니라."

"이 몸으론 안 되옵니다. 마님."

"한시가 급하다. 여인네 옷도 가져와야 하느니라."

김종서는 여인의 옷으로 바꾸어 입고 가마에 올랐다. 영락없는 양반네 아녀자의 나들이 모양새였다.

"경복궁으로 가자."

가마는 빠른 걸음으로 달렸다. 가마가 돈의문에 이르자 문이 굳게 닫혀 들어갈 수가 없었다.

"서소문으로 가마를 돌려라."

서소문도 굳게 닫혀 있었다. 남대문까지 갔으나 닫혀 있기는 마찬가지였다.

김종서는 사태가 심각한 것을 느꼈다. 도성 안으로 들어갈 수 있는 문이 모두 잠겼다면 대궐은 이미 수양 대군의 수중에 떨어진 것이나 다름없다고 생각했다.

날이 밝기를 기다릴 수밖에 없었다. 도성을 지키는 5군영 군사라면 자기의 손안에 있는 것이나 다름없는데 군이 북방의 병력을 이동하지 않더라도 수양 대군을 잡는 데는 전혀 문제가 없을 거라고 생각했다.

문제는 시간이었다. 날이 밝기까지 수양 대군이 무슨 짓을 할지 알 수 없는 노릇이었다. 김종서는 시간을 벌어야겠다고 생각했다. 그는 가마를 돌려 둘째 아들 김승벽의 처갓집으로 몸을 숨겼다.

어명을 받은 조정 대신들이 하나둘씩 입궐을 하고 있었다. 이경이 지날 무렵 달은 이미 서산으로 넘어가고 있었다. 경복궁 제3문을 지키던 양정은 수하들에게 말했다.

"실수 없도록 해야 한다. 정확하게 내려쳐서 단번에 명줄을 끊어야 할 것이야."

양정은 한명회에게서 넘겨받은 살생부를 횃불에 비춰 보며 마지막 점검을 하고 있었다.

그때 병조판서 조극관이 제일 먼저 들어왔다. 군권을 쥐고 있는 병조판서를 잡는 일이 무엇보다 중요하다고 강조하던 한명회의 말을 떠올리며 양정은 묘한 웃음을 흘렸다.

조극관이 제3문으로 들어서자 병사 하나가 문을 재빨리 닫았다. 양정이 칼을 뽑아 달빛을 가르자 그것을 신호로 하여 다른 병사가 철퇴를 휘둘렀다. 조극관은 고목 쓰러지듯 힘없이 쓰러졌다. 비명소리도 내지 못하고 쓰러졌다. 그 곁으로 양정이 다가와 긴 칼을 가슴 깊숙이 찔러 넣었다.

이어서 영의정 황보인이 죽었고, 우찬성 이양이 죽었다. 많은 대신이 오는 순서대로 죽었다. 피범벅이 된 시신은 한쪽 구석으로 몰아 쌓아두었다. 죽이고 또 죽였다. 미처 등청하지 못한 대신들은 집으로 자객을 보내어 죽였다.

한명회는 밤새 한잠도 자지 못했다. 병사들을 풀어 안평 대군을 찾았지만 오리무중이었다. 게다가 자시가 넘을 무렵 김종서가 살아있다는 보고까지 날아들었다.

믿을 수 없는 일이었다. 임운의 철퇴를 연속으로 얻어맞고 살아남을 장사는 없었다. 양정이 마무리를 하고 오겠다고 달려 나갔지만 여태 소식이 오지 않았다.

홍달손은 안평 대군을 잡기 위해 이리저리 말을 몰아 장안을 뒤졌지만 행방을 찾아내지 못했다. 안평 대군과 가까이 지내는 금성 대군 사저까지 쳐들어가 뒤졌다. 그러나 그곳에도 없었다. 새벽에 난리를 부리고 나간 홍달손의 행패를 보고 금성 대군은 간밤에 변고가 일어났음을 눈치 채고 말았다.

금성 대군은 아침 식사도 하지 않고 성녕 대군 집으로 향했다. 성녕 대군은 태종의 넷째 아들이었다. 세종의 바로 아래 동생이니 금성 대군에게는 숙부가 되는 셈이었다. 그러나 성녕 대군은 일찍이 14살에 홍역을 앓다가 죽었다. 군부인 성 씨에게 한 점 혈육도 남기지 못하고 죽고 말았다. 가장 사랑했던 막내아들과 홀로 남은 군부인을 위해 태종은 안평 대군을 양자로 세워 주었다.

사실 성녕 대군의 양자 자리는 수양 대군에게 돌아가야 옳았다. 종친에서도 세종의 셋째 아들인 안평 대군보다 둘째인 수양 대군이 더 좋다는 쪽으로 의견이 모아지고 있었다. 그러나 태종의 생각은 달랐다. 가장 사랑했던 막내아들을 위해 가장 똑똑한 손자를 양자로 세워주고 싶었다. 그래서 안평 대군을 선택했던 것이다.

수양 대군은 그때부터 안평 대군에 대해 감정이 좋지 못했다. 막대한 상속 재산이 걸린 양자 자리를 차지하지 못했기 때문만이 아니었다. 할아버지인 태종으로부터 인정을 받지 못했다는 열등감이 더 큰 상처로 남아 있었다.

그런 기억을 떠올리며 금성 대군은 성녕 숙모님 댁으로 바쁜 걸음을 옮기고 있었다. 홀로 되신 양어머니를 위해 형님이 자주 숙모님 댁을 찾는다는 사실을 금성 대군은 알고 있었다.

안평 대군은 거기에 있었다.

"금성! 네가 웬 일인가?"

"형님! 큰일 났습니다. 병사들이 형님을 잡으려 도성에 쫙 깔렸습니다."

"누구 짓이더냐?"

"모르긴 해도 분위기로 보아 수양 형님 패거리가 아닌가 합니다."

"그렇다면 여기 오지 말았어야지. 너까지 다칠 수 있다는 걸 왜 모르느냐 말이다. 싸움은 나 하나로 충분하다. 그러니 없었던 일처럼 어서 돌아가거라. 어서."

안평 대군은 위급한 상황에서도 동생 걱정을 먼저 했다. 금성 대군은 그런 형님을 둔 자신이 정말 행복하다고 생각했다.

"조심하셔야 합니다. 형님."

금성 대군이 돌아간 뒤 안평 대군은 집으로 돌아가기 위해 의관을 갖추어 입었다.

"안 된다. 가서는 절대로 안 된다. 금성 아우의 말을 듣지 않았느냐? 모르긴 해도 금성 대군 집까지 뒤졌다면 너의 집도 온전하지 않을 게야. 그러니 여기 숨어 있거라. 어쩌면 여기가 가장 안전할지도 모른다."

"저 한 몸 살고자 어찌 숨어 있겠습니까? 그럼 전하는 어찌하구요. 전하는 누가 지켜 줍니까?"

안평 대군의 목소리는 애원에 가까웠다.

"가겠습니다. 어머님. 설마 형님이 저를 죽이기야 하겠습니까?"

"네가 가겠다고 고집을 부리면 내 어찌할 수 있겠느냐. 어떻게 해서든지 우직이를 부를 테니 우직이가 올 때까지 만이라도 기다려 다오."

이우직은 안평 대군의 장남을 두고 말함이었다.

날쌘 하인 한 명을 무계정사로 보냈다. 하인은 오래지 않아 우직이를 데리고 왔다.

"김종서 대감은 연락이 없느냐?"

안평 대군이 기댈 곳이라곤 김종서밖에 없었다.

"그게……."

"답답하다. 어서 말하여라."

"철퇴를 맞아 죽었다고 말하는 이도 있고, 부상을 크게 입고 어디론가 숨어 버렸다고 말하는 사람도 있습니다."

"그 정보는 어디서 얻은 것이냐?"

"병사들이 하는 소리를 들은 것입니다."

"어디 병사를 말하는 것이냐?"

"우리 집을 뒤지던 병사들이 저희끼리 하는 말을 들었습니다."

이우직의 말이 끝나기도 전에 방문이 확 열리며 날랜 사내들이 달려들었다. 아침 햇살을 받아 칼날이 빛을 뿜더니 안평 대군과 이우직의 목을 겨누었다.

"순순히 오라를 받아라."

이우직을 미행해 온 홍달손은 삽시간에 안평 대군 부자를 잡았다.

아침에 일어나니 김종서는 온몸이 바스러질 듯했다. 마음먹은 대로 움직여지는 것이라곤 아무것도 없었다. 할 수 없이 작은 아들 김승벽을 불러 받아 적게 했다.

「전하.

아뢰옵기 황송하오나 소신이 불충하여 전하를 모시지 못하고 이렇게 몇 자 적어 올리는 무례를 용서하여 주시옵소서.

지난 밤 역도 수양에게 피습을 당하여 목숨은 붙어 있으나 움직일 수조차 없나이다. 의원을 불러 응급조치를 하는 대로 이 늙은 몸 기꺼이 전하를 위해 이끌고 가서 역도를 처단하고 종사를 바로 잡겠나이다.」

김승벽은 서찰을 접어 품에 넣으며 말했다.

"소자가 궁에 다녀오겠습니다."

"아니다. 너도 입궐하기 전에 내 꼴이 되느니라. 그러니 금성 대군에게 전해 주거라."

김승벽이 금성 대군의 집에 도착했을 때 금성 대군은 입궐을 하기 위해 막 대문을 나서고 있는 중이었다. 그는 사랑채에 들지도 못하고 선 채로 서찰을 전하며 간밤에 일어난 변고를 자세히 말했다.

그 시각 양정은 김종서를 찾아내기 위해 혈안이 되어 있었다. 돈의문 문지기나 서소문 남대문 병사들의 진술에 의하면 김종서는 가마를 타고 있었고 피를 많이 흘리고 있는 듯했다. 김종서의 가마를 보았다는 사람의 진술을 참고로 하여 추적해 나갔다. 길가에 몇 방울의 피가 흘러 있었다. 그러나 그 핏자국도 염천교 다리 근처에서 흔적이 끊어졌다.

양정은 포기할 수 없었다. 김종서를 잡지 못한다면 거사는 실패할 것이고 뜻을 함께한 이들에겐 죽음만 있을 뿐이었다. 그는 마지막 희망으로 동네 의원을 모두 뒤져보기로 했다. 그만한 부상을 입었으면 목숨이 붙어 있다고 해도 치료를 받지 않으면 죽은 목숨이나 다름없으리라 생각했다. 핏자국이 끊긴 염천교 주변부터 찾고 있었다.

그때 요란한 말발굽 소리가 바람처럼 염천교를 지나고 있었다. 양정 일행은 한쪽으로 비켜섰다. 병사 중에 누군가가 외쳤다.

"김종서 아들이다! 김승벽이다!"

사라진 김승벽의 뒤를 쫓아 양정은 말을 몰았다. 김승벽은 큰길을 지나 골목으로 들어서더니 솟을대문 안으로 사라져 버렸다. 그의 처갓집이었다.

양정은 뒤따라온 병사들에게 집을 포위하도록 지시해 놓고 담을 넘었다. 무사 셋도 뒤따라 담을 넘었다.

사랑채에서 김종서의 목소리가 들렸다. 양정이 눈으로 신호를 보내자 무사가 눈 깜짝할 사이에 방으로 뛰어들었다.

"웬 놈들이냐?"

채 말이 끝나기도 전에 무사들의 칼이 김종서의 목을 겨누었다.

김종서는 모든 걸 체념한 듯 말했다.

"내 발로 갈 것이니 수레를 준비하여라. 이 몸으로 걸어갈 수가 없지 않느냐?"

김종서는 비틀거리는 몸을 겨우 가누고 뜰로 내려섰다.

뒤따르던 양정이 가만히 칼을 뽑았다. 한 걸음조차 내딛는 것이 힘겨워 보였다. 김종서가 걸음을 멈췄다. 그때 양정은 저항할 틈도 주지 않고 순식간에 김종서를 베었다. 비명도 지르지 못하고 쓰러졌다. 한때 북방을 호령하던 대호는 그렇게 쓰러졌다. 평안도와 함길도를 넘나들며 여진족을 몰아내고 백성을 지키던 장수는 등 뒤에서 내려친 양정의 칼을 맞고 그 자리에 쓰러지고 말았다.

대호사냥이 끝났다는 보고를 받은 수양 대군은 시좌소로 향했다. 수양 대군은 단종에게 조서를 올리며 겁박하듯 말했다.

"전하. 역모에 가담한 자들입니다. 모두 소탕하였으니 국법대로 시행하게 윤허하여 주시옵소서."

조서를 펼쳐든 단종은 손이 떨려 제대로 읽을 수 없었다.

"안평 숙부를 강화로 유배시키라구요?"

"역당의 수괴입니다."

"과인의 손으로 귀양을 보낼 순 없어요."

"종사를 보존하는 일이옵니다."

"그렇게 하려면 수양 숙부께서 마음대로 하셔요. 난 못 합니다."

"그럼 윤허하신 것으로 알고 조치하겠습니다."

그때 금성 대군이 허겁지겁 달려왔다.

"안평 형님을 귀양 보낸다구요? 죄가 있다면 형님을 말리지 못한 죄 말고 무엇이 있습니까? 형님의 욕심이 동생의 목숨보다 중요하단 말입니까? 우리 형제 여덟 중에 세 분이 가시고 이제 다섯 남았어요. 안평 형님을 잡고 나면 저도 잡겠네요."

"네가 뭘 안다고 그러느냐?"

"제가 모른다구요? 제가 형님의 욕심을 모른다구요? 다 안다구요. 세상이 다 아는데 왜 모르겠어요?"

"무례하구나!"

"안평 형님은 어제저녁 숙모님 댁에서 주무셨어요. 그런데 역모를 도모했다구요? 숙모님 댁 개가 웃겠어요."

"당장 나가지 못하겠느냐?"

"안평 형님을 잡으시려거든 저도 잡으세요. 새벽에 저도 숙모님 댁에 있었으니까요."

"밖에 누구 없느냐? 금성을 사저로 모시거라."

수양 대군이 밖을 향해 버럭 소리를 지르자 홍윤성이 들어와 금성 대군을 끌고 나갔다.

"수양 숙부. 너무 하십니다."

단종을 모시고 있던 경혜공주가 파르르 떨리는 목소리로 말했다.

"전하를 다치게 하지 않으려면 공주도 가만히 있어야 할 게야."

겁박에 가까운 말을 남기고 수양 대군은 밖으로 나가 버렸다. 경혜공주가 할 수 있는 일이라곤 동생의 손을 꼭 잡아주는 것밖에 없었다.

문밖으로 나온 수양 대군은 경혜공주가 들으라는 듯 큰 목소리로 외쳤다.

"어명을 전할 것이니 모두 편전으로 들게 하여라."

편전에 나온 신료들은 고개를 제대로 들 수가 없었다. 지금이라도 고개를 들면 목이 달아날 것 같아 목을 움츠리고 있었다. 늦가을의 찬바람이 편전을 휩쓸고 지나간 것처럼 싸늘했다.

수양 대군은 도승지가 들고 나온 교지를 직접 읽었다.

"역도의 수괴 안평과 그의 아들 이우직은 강화로 유배시키고 김종서, 김승규, 황보인, 조극관, 민신, 이양, 이명민, 원구, 윤처공, 조번은 저자에 효수하라. 또한 이들의 재산을 적몰하고 16세가 넘은 아들은 교형에 처하라. 만일 16세가 되지 않은 아들이 있다면 그 아들은 어미를 따라 자라게 하였다가 성년이 된 뒤에 제주, 거제, 남해, 진도의 관노로 보내 영원히 그 섬에서 나오지 못하도록 하여라."

이어서 수양 대군은 다른 교서를 펼쳐들고 잠시 뜸을 들였다가 천천히 읽었다.

"역모에 가담한 자들의 벼슬을 거두었으니 그 자리를 한시라도 비워둘 수가 없다. 하여 수양 대군을 영의정으로 삼고 좌의정에 정인지 우의정에 한확을 삼으니 어지러운 정국이 빨리 안정될 수 있도록 성심을 다하도록 하여라."

수양 대군은 전례에 없는 권력을 손에 쥐었다. 영의정뿐만 아니라 임금의 교육을 담당하는 경연(經筵)과 집현전(集賢殿) 영수를 겸하였으며, 예문(藝文), 춘추관(春秋館), 서운관사(領經筵書雲觀事)의 수장을 겸임하고, 인사권과 병권을 실질적으로 움직일 수 있는 겸판이병조사(兼判吏兵曹事)와 중외병마도통사(中外兵馬都統使)를 아울러 겸하였다.

수양 대군은 교지를 전하고 비현각으로 자리를 옮겨 연회를 베풀었다. 비현각은 문종이 동궁 시절 집무실로 사용한 이후로 거의 비워둔 전각이나 다름없었다. 목숨을 걸었던 지난밤의 긴장감은 바람처럼 사라지고 모두가 생일잔치에서 세운 공로에 따라 내려질 공신 품계에 관심이 쏠려 있었다. 술이 몇 순배 돌고 흥이 오를 무렵 수양 대군은 1등 정난공신 명단을 발표했다. 수양 대군을 포함하여 한명회 등 모두 12명이었다. 이어서 2등 공신 11명, 3등 공신 20명도 발표했다. 각 등급에 따라 벼슬이 내려지고 하사품도 두둑하게 내려졌다.

비록 공신 등급에는 들지 못했지만 김종서를 철퇴로 내려친 임운에게는 영의정 황보인의 집을 하사품으로 내려 주었다. 신숙주는 성균관 진사 조완규의 처와 딸을 노비로 데려갔으며, 정인지는 김종서의 장남 김승규의 처와 딸을, 홍윤성은 김종서의 차남 김승벽의 처를, 권람은 안평대군의 장남 이우직의 처를, 한명회는 이명민의 처를, 양정은 병조판서 조극관의 아내를 노비로 나누어 가졌다.

정난공신들이 연회를 즐기고 있을 때 의금부 앞 한길에는 이미 죽은 자의 시체가 즐비하게 끌려나왔다. 김종서 부자를 포함해 황보인 조극관 등 정난에 희생된 자들의 시신이었다. 그들의 목은 다시 잘리어 긴 장대 끝에 매달렸다. 눈을 감지 못하고 죽은 자들이 대부분이었다. 땅을 내려다보고 있는 수급도 있고 허공을 바라보는 수급도 있었다. 김종서의 수급은 경복궁 쪽을 향하고 있었다. 이를 지켜보고 있던 한 사내는 죽어서도 임금을 걱정하여 경복궁을 보고 있는 것이라며 눈물지었다.

싸늘한 가을 달빛이 장대에 매달린 수급의 그림자를 길게 만들 무렵 경혜공주는 칠성이만 데리고 바쁜 걸음으로 의금부에 들어섰다. 사방이 괴괴하여 을씨년스럽기까지 했다. 칠성이가 미리 줄을 놓은 탓으로 나이가 지긋해 보이는 나장이 공주 앞으로 다가와 머리를 깊이 숙여 인사를 한 뒤 길을 잡았다. 의금부 뜰을 지나 긴 회랑을 끼고 돌자 횃불을 밝혀 놓은 건물이 나타났다. 나졸 몇 명이 번을 서고 있는 것으로 보아 감옥인 듯했다.

나장은 나졸들과 몇 마디를 나누더니 멀찍이 서 있던 공주를 향해 손짓을 했다. 나장은 가장 깊숙한 곳에 위치한 방 앞에 공주를 안내했다. 가부좌를 틀고 기도를 드리는 모습으로 앉아 있던 안평 대군은 단번에 공주를 알아보고 자리에서 벌떡 일어섰다.

"공주! 여기가 어디라고 걸음 하였느냐?"

"걱정이 돼서요. 몸은 상한 데 없으셔요?"

"괜찮다. 전하께 무슨 일이 있는 것은 아니겠지?"

"네."

"그럼 되었느니라. 앞으로 나 같은 사람에겐 신경 쓰지 말도록 하여라. 조만간 죽게 될 몸이니라. 수양 형님이 살려두지 않을 게야."

"숙부님! 어찌 그런 나약한 말씀을 하시는지요?"

"너희들에게도 불똥이 튈까 두렵구나. 아녀자의 몸으로 무슨 힘이 있겠느냐마는 전하께는 이제 공주밖에 없어. 그러니 정신 바짝 차리고 지켜 드려야 하느니라. 알겠느냐? 공주!"

"숙부님, 그런 말씀 마시고 저와 함께 나가셔요. 칠성아, 뭐하느냐? 옥문을 파하지 않고!"

칠성이가 검을 뽑아들자 경혜공주가 멀찍이 옥문으로부터 물러섰다.

"안 된다! 이러면 안 돼!"

안평 대군이 손사래를 치며 근엄하게 꾸짖었다.

"숙부님은 제게 숙부님이기 이전에 스승님이시기도 합니다. 그리고 영양위 대감을 소녀의 지아비로 엮어주신 은인이기도 하구요. 소녀는 숙부님을 보낼 수가 없어요. 제발 살아서 전하를 지켜 주셔요. 전하의 곁에 남아서 무뢰배들을 척결해 주셔요. 이 제자가 간곡히 청하옵니다."

"공주! 가벼이 움직여서는 안 돼! 도리어 저들에게 빌미만 제공할 뿐이야. 그러니 기다려야 하느니라. 전하께서 장성하여 성군이 될 때까지 기다려야 해."

"숙부님은 어떡하구요? 죽을지도 모른다면서요? 그러면서 저더러 기다리라구요? 전 숙부님이 필요해요. 지금 당장 숙부님이 필요하단 말이에요! 칠성아! 뭘 하고 섰는 게야!"

"안 될 말이다. 설사 여길 탈출한다고 하더라도 내가 숨을 곳은 없느니라. 그래서 난 목숨을 걸고 맞서려 한다. 그러니 이번에는 내 뜻을 따라 다오."

"숙부님……."

"칠성아, 칼을 거두고 이리 가까이 다가오너라. 너에게 꼭 전해 주고 싶은 것이 있느니라."

"예, 대감."

칠성이가 바짝 옥문 앞에 다가서자 안평 대군은 창살 사이로 손을 내밀어 칠성이의 도포 자락을 잡았다. 그리고 무명지를 깨물어 옷자락 안쪽 면에다가 혈서를 쓰기 시작했다. 어떤 획을 그을 때는 피가 나오지 않아 글씨가 가늘어지기도 하고, 피가 많이 나올 때는 글씨가 뭉개지기도 했다. 그래도 혈서는 흔들리는 횃불 밑에서 살아 움직이는 것 같았다. 안평다운 힘이 실려 있는 글씨였다.

噬臍莫及

서제막급이라고 썼다. 일이 그릇된 뒤에는 후회해도 소용없는 일. 칠성이는 도포 자락을 가만히 훔치며 의미를 새겨 보았다. 그런데 이상했다. 죽음을 불사하고 수양 대군에게 맞서겠다고 하신 분인데 그런 굳은 의지는 온데간데없고 후회의 넋두리만 글 속에 남겼으니 칠성이는 이해할 수 없었다. 혹시나 다른 뜻이 숨어 있는 것은 아닐까? 사람에게 잡힌 사향노루가 자신의 배꼽에서 나는 향기 때문에 잡히게 되었다고 뒤늦은 후회를 하며 제 배꼽을 물어뜯었다는 고사를 아무리 되새겨 보았건만 후회하는 마음 그 이상 생각해 낼 수 있는 의미는 아무것도 없었다.

그런데 이상한 점은 이것뿐만이 아니지 않는가? 후회 따위나 하는 하잘것없는 말이라면 굳이 혈서까지 쓸 필요가 없지 않는가? 그렇다고 안평 대군에게 물어볼 수도 없는 일. 칠성이는 다음에 다시 생각해 보기로 마음 먹었다.

칠성이가 생각에 빠져 있는 사이 안평 대군이 호흡을 몇 번 가다듬더니 꾸짖듯 칠성이를 향해 말했다.

"시간이 너무 지체되었다. 빨리 공주를 모시고 이곳을 빠져 나가거라."

안평 대군이 말을 마치자 벽을 향해 돌아 앉아 버렸다. 경혜공주는 그런 안평 대군의 뒷모습을 멀거니 쳐다보고 있었다.

"마마! 빨리 나가셔야 합니다."

칠성이는 경혜공주를 끌다시피 하여 감옥을 나왔다. 차가운 밤바람이 훅 하고 스쳐 지나갔다. 그 바람에 실려 멀리 비현각 쪽에서 풍악소리가 들려왔다. 밤 깊어 가는 줄 모르고 노니는 승자들의 향연 소리였다.

떠나가는 사람들

강화로 유배간 안평 대군은 교동으로 옮겨졌다가 이레 뒤에 장남 이우직과 함께 사사되었다. 그가 죽은 뒤 수양 대군은 안평 대군의 흔적을 모두 지워 버렸다. 그가 즐겨 찾았던 별장은 신숙주에게 하사되었고, 무계정사는 불을 질러 모두 태워버렸다. 그가 남긴 작품들, 그가 모은 1만여 권의 서적, 일본 송나라 원나라 명품 200여 점도 잿더미로 변해 바람에 날려가 버렸다. 그의 양어머니는 군부인에서 폐위되어 경주로 귀양을 보내 버렸다.

안평 대군이 사사되었다는 말을 전해들은 금성 대군은 밤낮으로 술에 취해 있었다. 역모에다가 패륜이라는 터무니없는 죄목까지 덧붙여서 안평 대군을 죽였으니 권력에 눈이 먼 수양 대군이 사람으로 보이지 않았다. 하늘이 부끄러워 맨 정신으로 하루를 버티기가 힘들었다.

그는 호리병에 술을 담아 들고 비틀거리며 궁으로 향했다. 이미 취해 몸을 가누지를 못했다. 광화문을 지나 근정문 앞 영제교 다리 위에 걸터앉아 또 술을 마셨다. 목구멍으로 넘어가는 술보다 목덜미를 타고 흐르는 술이 더 많았다.

"패륜이라고? 안평 형님이 패륜이라고?"

그는 허공을 향해 소리를 질렀고, 영제교 다리 밑에 흐르는 냇물을 향해 소리를 질렀다. 그러다가 지나가던 초병을 향해 또 소리를 질렀다.

"수양을 데리고 오라니까!"

초병은 매일 보는 풍경이라 놀라지도 않았다. 그러다가 지치면 쓰러질 것이고 쓰러지면 업고 가서 초병들이 쓰는 방에 재우면 그만이었다.

"술 더 가져와!"

금성 대군은 텅 빈 호리병을 세차게 흔들며 외쳤다. 대궐 안이라 숨어서 지켜보는 눈이 한둘이 아닐 텐데 나서는 사람은 아무도 없었다. 지쳐서 쓰러지기만을 기다리는 것 같았다.

금성 대군은 발길을 광화문 쪽으로 돌렸다. 수양 대군이 나타날 때까지 한 발자국도 물러나지 않겠다고 고집을 부리다가 제풀에 지쳐 쓰러지던 여느 때와는 달리 제 발로 궐을 나가고 있었다.

그는 광화문을 지나 운종가 거리로 나왔다. 영락없이 실성한 사람의 차림새였다.

"세상 사람들, 내 말 좀 들어보소!"

그러나 혀끝이 말려 발음이 제대로 되지 않는 그의 말을 귀담아 들으려 하는 사람은 아무도 없었다. 그는 사람이 비교적 많은 곳에서 또 소리쳤다.

"안평이 역적이요? 수양이 역적이요?"

그러자 모두의 시선이 금성 대군에게로 향했다. 역적모의를 했다는 자들의 목이 저자에 걸린 지 며칠이 지나지도 않았는데 감히 입에 담을 수 없는 말을 대놓고 지껄이는 금성 대군을 두고 실성한 사람이라고 수군거렸다. 어떤 아낙은 안 들은 것처럼 귀를 막는 흉내를 내기도 했다.

"난 말이요, 금성이요. 수양 형님의 동생이고, 안평 형님의 동생이오."

주위는 다시 술렁거렸다. 대군의 모습과는 전혀 연상이 되지 않는 행색을 두고 미친놈이라고 손가락질하는 사람들도 있었다.

"그런데 말이요. 수양이 안평을 죽였지 뭡니까? 역모를 일으켰다나? 게다가 간통죄까지 덧씌워서 말이오. 양어머니를 간통한 천하의 패륜아라나?"

수양 대군은 안평 대군을 사사하면서 죄목으로 10가지를 제시했다. 그 첫 번째가 역모요, 두 번째가 성녕 대군의 부인인 성 씨를 간통했다는 죄목이었다. 양어머니를 간통한 패륜 죄였다.

금성 대군은 술도 없는 호리병을 입에 갖다 대어 보지만 한 방울의 술도 남아 있지 않음을 알고 입을 쩍쩍 다시면서 말했다.

"안평이 패륜이요? 수양이 패륜이요?"

그때 얼굴을 알아볼 수 없을 만큼 갓을 눌러쓴 자가 나직이 말했다.

"말조심하셔야죠."

금성 대군은 사내를 향해 물었다.

"패륜이 무언지 아시오? 동생을 역모로 몰아 죽이는 사람이 패륜이오? 아니면 양어머니를 친어머니처럼 모시는 사람이 패륜이오?"

"조용히 따르십시오."

갓을 쓴 사내가 금성 대군의 소매를 끌었다.

"자네가 수양 끄나풀이지? 맞지?"

사내는 갓을 더 눌러쓰고 금성 대군을 무리들로부터 밀어냈다. 금성 대군은 밀려나지 않으려는 듯 다리를 버티고 서서 뒤를 돌아보며 무리를 향해 소리쳤다.

"수양을 믿지 마시오! 수양은 살인자요!"

아침 일찍 경혜공주는 꿀물을 쟁반에 받쳐 들고 사랑채로 향했다.

"기침하셨는지요?"

아무런 대답이 없었다. 경혜공주는 곁방을 향해 큰 소리로 불렀다.

"칠성아, 게 있느냐?"

곁방에서 눈을 비비며 칠성이가 나왔다.

"마마, 부르셨는지요?"

"자네가 대감 시중드니라 종일 고생했구나."

대낮부터 만취한 금성 대군을 운종가에서 모시고 온 칠성이를 두고 경혜공주가 치하하는 말로 인사를 건넸다.

그때 영양위가 방문을 벌컥 열며 말했다.

"들어오시지 않구요?"

"기침하시기 전이라……."

경혜공주가 방에 들어서자 금성 대군이 몸을 뒤척거리다가 겨우 일어나 앉았다.

"드시지요. 꿀물입니다."

"이런 모습 보여 공주께 면목이 없구려."

"이러시면 전하는 누가 지켜드리나요? 이제 전하 곁에는 금성 숙부밖에 없어요."

경혜공주는 울먹이는 듯한 목소리로 말했다.

"미안하네, 공주."

"전하를 지켜 주세요. 주위에선 김종서가 권력을 잡고 있는 것보다 종친인 수양 대군이 전하의 곁에 있는 것이 더 안전하지 않겠냐고 말하지만 전 알아요. 수양 숙부가 얼마나 음흉한 마음을 품고 있는지 말예요. 영응 숙부 일만 해도 그래요."

경혜공주는 영응 대군의 첫 부인 송 씨에 관한 일을 또 떠올렸다. 이혼하고 쫓겨난 송 씨를 수양 대군이 그녀의 오라비인 송현수 집을 드나들며 그녀와 영응 대군을 재결합시키기에 앞장섰던 그 일이라면 경혜공주는 죽어서도 잊을 수 없는 일이었다.

"그래서 드리는 말씀인데요, 약주는 그만 드시고 전하 곁에 붙어 있어 주셔요."

"내 생각이 짧았네. 안평 형님의 억울한 죽음만 생각했지 전하의 안위마저 위험하다는 건 생각지도 못했으니……. 걱정 말게. 혜빈 마마께서 전하 곁에 계시고 공주가 이렇게 염려해 주시니 수양 형님도 마음대로 할 수는 없을 거야."

말은 그렇게 했지만 금성 대군에게도 앞이 보이지 않기는 마찬가지였다. 혜빈이 전하 옆에 있긴 하지만 그녀는 세종의 후궁일 뿐이었다. 양모의 역할일 뿐 그 이상도 이하도 아니었다. 그녀에겐 아무런 힘이 없었다. 경혜공주 역시 출가외인이어서 아무런 힘이 없기는 마찬가지였다.

그때 영양위가 말했다.

"새 중전을 빨리 맞이하는 건 어때요?"

혼사 이야기가 나오자 공주가 화들짝 놀라 말했다.

"안 되죠. 아바마마 3년 탈상까지 아직 1년 반이 더 남았어요."

꿀물을 다 비운 그릇을 내려놓으며 금성 대군이 공주를 향해 말했다.

"공주, 영양위의 말이 잘못된 것만은 아닌 것 같다. 상 중에 하는 혼인은 불효임이 분명해. 하지만 왕권을 온전히 지키지 못하는 것보다 차라리 성인이 될 때까지 처가의 힘을 빌려 왕권을 지키는 일이 더 중요하지 않을까?"

"그래도 괜찮을까요?"

"최선책이 없다면 차선책이라도 써 볼 필요가 있지 않을까?"

"숙부님께서 괜찮다고 생각하시면 추진해 주셔요. 가능하면 빨리요."

다음 날부터 금성 대군은 매일 같이 입궐했다. 단종이 편전에서 정사를 돌볼 때가 아니면 그는 단종 곁에 붙어 있었다.

계유년 한 해도 저물고 갑술년 새해가 밝았다. 유난히도 가뭄으로 시달렸던 지난 해, 거북 등처럼 갈라진 대지에는 억울하게 죽은 충신들의 피로 붉게 물들었던 한 해였다. 흉흉한 소문은 꼬리에 꼬리를 물고 퍼져 나갔고, 민심은 수양 대군으로부터 멀어져 가고 있었다. 급기야 조정에선 유언비어를 날조한 자나 이를 퍼뜨린 자는 중죄로 다스릴 것이며, 역심을 보이는 자를 고변하는 자에겐 많은 재물로 포상하겠다고 발표했다.

그러나 민심은 누른다고 죽는 것이 아니었다. 수양 대군이 어린 조카를 몰아내고 왕이 될 거라는 소문도 나돌았고, 세종의 총애를 입은 충신들이 힘을 모아 수양 대군을 잡아 죽였다는 소문도 나돌았다.

급기야 수양 대군은 단종의 혼사를 서둘렀다. 중궁이 들어서고 내명부가 안정을 찾을수록 자신의 정치적 입지가 줄어든다는 것을 모르는 바 아니었다. 하지만 무서운 소문을 잠재우기 위해서는 자기가 누구보다도 임금에게 충성을 다하고 있다는 점을 드러낼 필요가 있었다.

새해에 들어 단종의 혼사는 빠르게 진행되었다. 중궁 자리를 두고 수양 대군 측과 금성 대군 측이 첨예하게 대립하기도 했다. 수양 대군은 친구인 송현수의 여식을 밀었고 금성 대군은 처족인 최도일의 여식을 밀었다. 그러나 종친의 어른인 효령 대군의 주장대로 송현수의 여식으로 결정되었다. 효령 대군은 이미 수양 대군과 뜻을 함께하는 사람이었다.

경혜공주는 다른 사람은 다 좋아도 송현수 집안만은 불가하다고 고집을 피웠다. 수양 대군이 정난을 일으켜 권력을 잡은 지 한 달 만에 영응 대군의 부인인 춘성부부인을 폐출시켜 버리고 송현수의 동생인 송 씨를 다시 부부인으로 맞아들였다. 모두가 송현수와 영응 대군을 자기편으로 끌어들이기 위한 수양 대군의 음흉한 계략이었다. 이제 송현수는 영응 대군의 처남이 될 것이고 단종을 사위로 두게 될 것이다. 그것을 경혜공주는 두고 볼 수가 없었다.

그러나 영양위의 생각은 달랐다. 비록 누이인 춘성부부인을 쫓아낸 원수나 다름없는 집안이었지만 수양 대군과 견줄 수 있는 힘을 지닌 송현수야 말로 전하의 안위를 위해서라면 더 좋을지 모른다고 생각했다. 송현수가 부원군이 된다면 그와 절친한 사이인 수양 대군이 더 큰 권력을 휘두를 수 있을지언정 왕위를 넘볼 수는 없지 않겠느냐는 계산이었다. 게다가 종친의 어른인 효령 대군은 영양위에겐 사적으로 고모부였다. 왕권이 김종서에게 심각할 정도로 위협을 받고 있다고 생각한 효령 대군은 수양 대군을 지지하긴 했지만 왕권을 넘본다면 상대가 누구이더라도 가만있지 않을 거라고 생각했다.

정월 22일 드디어 단종은 여산 송 씨를 왕비로 맞이했다. 단종은 힘이 되어 줄 동반자를 얻은 대신 어머니 품처럼 따뜻했던 혜빈 양 씨를 내쳐야만 했다. 어떻게 해서든지 출궁을 막아 보려 했지만 수양 대군의 힘 앞에서는 무기력했다.

"수양 숙부, 과인이 할마마마를 다시는 만나지 않을 테니 궐에서 내쫓지는 말아 주세요."

"전하, 선왕이 돌아가시면 그 후궁은 궐을 떠나는 게 당연한 처사입니다. 그런데도 혜빈은 전하의 그늘을 등에 업고 여태 궁에 머물러 있었나이다. 새 중전도 들어오셨으니 이참에 나가야 합니다."

수양 대군에겐 혜빈 양 씨보다 그의 세 아들이 더 마음에 거슬렸다. 병약한 둘째 아들 수춘군을 제외하면 첫째인 한남군이나 셋째인 영풍군은 눈엣가시나 다름없었다. 그들은 혜빈에게 문안을 한다는 핑계로 수시로 궐을 드나들었고, 금성 대군과 어울려 수양 대군에게 덤벼들기를 밥 먹는 듯이 하였다.

단종은 애원하기도 했고 빌어도 보았다. 혜빈을 지킬 수만 있다면 차라리 왕위를 수양 대군에게 넘겨주고 싶었다. 그러나 단종에겐 뜻대로 할 수 있는 것이 하나도 없었다.

혜빈을 출궁시키고 금성 대군과 경혜공주마저 대궐 출입을 제한하였다. 단종은 이제 고립무원이나 다름없었다.

단종을 핍박하고 수양 대군이 무소불위의 권력을 휘두른다는 소문은 순식간에 퍼져나갔다. 임금 위에 군림하는 수양 대군에게 조정의 신료들은 줄지어 따라다니며 아첨을 했다.

수양 대군의 사가에서 연회가 베풀어지기라도 하면 신료들은 편전을 버리고 사가로 달려갔다. 임금도 중전과 함께 불려 나가 자리를 빛내 주어야 하는 어처구니없는 일이 자주 벌어졌다.

김종서의 권력을 견제하기 위해 수양 대군을 지지했거나 중립을 지키던 일부 세력들도 수양 대군으로부터 이탈하여 금성 대군 주위로 모여들기 시작했다. 금성 대군을 아들처럼 키운 태종의 후궁 의빈 김 씨, 단종을 키운 세종의 후궁 혜빈 양 씨와 그의 아들들은 모두 수양 대군과는 가까워질 수 없는 사이였다. 세종은 일찍이 집현전 학사의 으뜸인 박팽년과 사돈을 맺었다. 혜빈 양 씨와의 사이에서 태어난 셋째 아들 영풍군을 박팽년의 딸과 짝을 지어 사돈의 인연을 맺은 터라 박팽년 또한 수양 대군과 한 배를 탈 수 없는 사이었다.

사실 수양 대군은 인재를 모으기 위해 집현전 학사 출신들에게 많은 공을 들였다. 권람, 신숙주, 최항은 정난의 공신에 오를 만큼 수양 대군의 편이 되었다. 그러나 성삼문, 박팽년, 하위지, 유성원, 이개 등은 쉽게 다가오지 않았다. 성삼문을 정난공신 명단에 올려 환심을 사려고 노력을 기울이기도 했다. 그래도 이들의 마음을 얻지 못하자 관직을 높여 주었다. 박팽년을 좌부승지(左副承旨), 성삼문을 사간원 우사간(司諫院 右司諫), 하위지를 사간원 좌사간(司諫院 左司諫), 이개를 수사헌 집의(守司憲 執義)에 제수하였다.

그러나 이들은 세종의 총애를 많이 받은 사람들이었다. 한때 김종서로부터 단종을 지키기 위해 수양 대군을 지지했지만 무소불위의 권력을 휘두르는 수양 대군의 본모습을 보고 지지의 대상이 아니라 경계해야 할 대상으로 생각하게 되었다.

대부분의 내관들도 권력을 휘두르는 수양 대군으로부터 멀어져 갔다. 세종을 모신 이후 줄곧 내관으로 잔뼈가 굵은 엄자치는 이날도 몸살을 핑계로 일찍 퇴청했다. 궁을 나와 내의원에 들러 약첩을 받아들고 운종가로 나와 사람들 속으로 묻혔다. 곳곳에 심어둔 수양 대군의 감시 눈을 피하기 위해서였다. 청계천을 돌아 나오다가 적당한 곳에 들고 다니던 약첩을 버리고 나니 두 팔이 한결 자유로워졌다.

엄자치는 한때 계유정난 2등 공신에 책봉될 만큼 수양 대군 쪽 사람이었다. 김종서를 몰아내는 일이라면 누구보다 앞장서서 일했다. 그런데 그들은 자기들과 뜻이 다르다고 하여 직위 고하를 막론하고 많은 사람들을 죽였다. 세종 이래 문종 단종에 이르기까지 세 임금을 모셨지만 이렇게 무자비한 살육은 일찍이 본 적이 없었다. 임금이 있는 곳으로 신하가 오는 것이 아니라 수양 대군이 있는 곳으로 임금이 가야 했다. 그곳이 경회루건 창덕궁이건 가리지 않았다.

지금쯤 경회루에서는 한창 술잔치가 벌어지고 있을 것이다. 수양 대군이 베푸는 연회였다. 금성 대군 사저에 다녀오라는 밀명을 받지 않았다면 속절없이 자기가 전하를 모시고 경회루 나들이를 했을 것이라 생각하니 쓴웃음만 났다.

엄자치가 금성 대군의 사저에 도착했을 땐 막 사연(射宴)이 시작되고 있었다. 60여 명은 넘어 보이는 많은 무사들로 문전성시를 이루고 있었다. 활쏘기라면 지고 싶지 않은 실력을 가진 무사들이었다. 그중에는 정4품 호군(護軍)에서 정5품 사직(司直)의 무관 관직에 몸을 담고 있는 무사들도 많았다.

영양위도 있었고, 한남군과 영풍군도 보였다. 그러고 보니 무사들만 참석한 것이 아니었다. 엄자치는 가만히 금성 대군 곁으로 다가가 나지막한 소리로 말했다.

"전하께옵서 함께 자리하진 못하지만 멀리서나마 격려를 아끼지 않는다 하셨습니다."

"알겠네."

"이건 저희 환관들의 뜻을 모은 것입니다."

엄자치는 품속에서 서류를 꺼내 금성 대군에게 내밀며 이어서 말했다.

"수양 대군을 몰아내는 데 목숨을 내놓겠다는 자들의 명단이옵니다."

"모두 환관들인가?"

"그러하옵니다. 모두 46명입니다."

"내 그대들의 충심을 절대로 잊지 않겠네."

"안에서는 저희들이 전하를 보호할 것입니다. 그러니 전하의 안위는 걱정 마시고 수양 대군 일당을 타진하는 일에만 전념하십시오."

"알겠네."

"그럼 이목이 많으니 저는 이만 물러나겠습니다."

엄자치가 사라지는 것을 바라보며 금성 대군은 영양위의 손을 굳게 잡았다. 더 이상 말이 필요하지 않았다. 뜨거운 손에서 전해지는 열정을 고스란히 느낄 수가 있었다.

첫 모임에 이렇게 많이 동참하리라곤 아무도 예상하지 못했다. 안평 대군을 따르던 사람들과 김종서를 따르던 사람들도 많이 보였다. 특히 무관 관직에 있는 사람들은 한때 김종서와 인연을 맺었던 사람들이 대부분이었다.

압록강을 중심으로 4군을 개척한 최윤덕 장군의 아들 최숙손, 최영손 형제도 참석했으며 판중추원사를 지낸 홍약 장군도 참석하였다. 그들은 군사를 움직일 힘까지 갖고 있었다.

활쏘기 대회는 잘 마무리되었다. 현직 무관의 지위에 있는 자들은 각자의 위치로 돌아가 거사일이 잡힐 때까지 병사들을 훈련시키는 일에 매진했다. 금성 대군의 사병들은 칠성이가 직접 훈련을 시켰다.

초여름이 눈앞에 성큼 다가서고 있었다. 칠성이는 사냥을 가기 위해 이른 아침부터 분주히 행장을 꾸리고 있었다. 흥얼거리는 콧노래가 제법 구성지게 들렸다. 예전에 볼 수 없던 모습이었다.

금성 대군이 사냥을 구실로 두 번째 모임을 갖기로 한 날이었다. 사냥도 기대되거니와 더욱이 칠성이를 들뜨게 만든 것은 아내 인향이 때문이었다. 거의 실명하다시피 했던 아내가 남의 도움을 받지 않아도 될 만큼 호전되었기 때문이었다. 흥인문 밖 최 의원의 도움이 컸다. 침술과 탕약으로 꾸준히 치료한 결과였다. 요즘 칠성이의 입가에는 웃음기가 떠나질 않았다.

칠성이가 영양위를 모시고 막 대문을 나서려는데 검암참(지금의 구파발)에 소속되어 있는 역졸 하나가 숨 가쁘게 말을 몰아 행차 앞으로 달려 왔다. 그가 심어 둔 수하였다.

"이른 시간에 자네가 웬 일인가?"

"큰일 났습니다요. 검암참 주위에 군사가 쫙 깔려 검문을 요란스럽게 하고 있습니다요."

"어디 군사라고 하던가?"

"도진무(都鎭撫) 이행검(李行儉)의 군사라고 하였습니다."

이행검이라면 이징옥 반군을 진압한 사람이었다. 계유정난 직후 김종서와 가까웠던 함길도 절제사 이징옥이 반란을 일으키자 이행검이 출정하여 이징옥 삼부자를 죽이고 반란을 진압한 일등 공신이었다. 그가 도성에서 북쪽으로 가는 길목을 차단하고 있었다.

"그렇다면 큰일이 아닙니까?"

"수양 대군이 낌새를 챈 게 틀림없어. 안 되겠다. 금성 대군 사저로 가자."

영양위가 금성 대군의 사저에 도착했을 땐 이미 금성 대군은 사냥터로 출발한 뒤였다.

"짐이 많아 빨리 가지는 못했을 게다."

영양위는 말머리를 돌려 바삐 북쪽으로 말을 몰았다. 이행검에게 체포되기 전에 금성 대군을 따라잡아야 했다.

무악재를 넘어 내리막길에서 한 마장쯤 지났을 무렵 영양위는 금성 대군 일행을 만났다. 그는 한 호흡도 가누지 못하고 아뢰었다.

"행사를 다음으로 미루어야 하겠습니다."

자초지종을 듣고 난 금성 대군은 단호히 말했다.

"수양 형님은 계유정난을 일으키기 전에 사냥대회와 활쏘기대회를 수없이 열지 않았는가? 만약 문제를 삼는다면 형님이 했던 대회들도 불법이 아니었냐고 따져 물을 걸세."

"안평 대군께서도 사사되셨습니다. 정치적 견해가 다르다고 역모라는 대역죄를 씌워 죽이는 무리들이 아닙니까? 그러니 대군께서도 예외가 될 수 없습니다. 우린 아직 대회를 열지도 않았으니 심증은 있어도 꼬투리 잡을 증좌는 없지요. 그러니 대회를 연기하시고 후일을 도모하시지요."

"그렇다고 해서 그만두면 나를 따르는 저 많은 사람들은 어떻게 하라는 겐가? 설령 내가 끌려가는 한이 있어도 저들을 팽개칠 수는 없다네. 기회는 다시 만들면 되지만 한번 떠나버린 마음을 돌리는 건 정말 어렵다네. 그러니 자네는 여기서 기다렸다가 우리 동지들이 오면 돌려보내게. 나는 사냥터에 가서 수습하겠네."

금성 대군은 짐꾼들과 영양위를 남겨 두고 재촉해서 말을 몰았다. 그러나 녹번이고개를 지나 검암참에 이르러 이행검의 군사에게 잡히고 말았다. 그는 내금위로 압송되었다. 내금위는 금성 대군의 힘이 닿지 않는 유일한 곳이었다. 그곳은 한 명도 예외 없이 수양 대군 측 사람들로 가득했다.

계유정난이 있기 전에 조정에서는 내금위의 편제를 조정하려는 계획을 세우고 있었다. 신변에 불안을 느낀 내금위의 대부분은 계유정난이 일어나던 날 수양 대군 측에 동조해 버렸다. 그래서 안평 대군이나 금성 대군 편이 된 내금위 사람은 아무도 없었다.

많은 동지가 내금위에 투옥되었다. 고문에 못 이겨 지르는 비명이 여기저기에서 들려 왔다. 그리고 다음 날은 더 많은 사람이 잡혀 들어왔다.

영양위도 감금되었다. 뒷일을 칠성이에게 부탁하긴 했지만 공주를 생각하면 마음이 편치 못했다. 마음이 여린 공주가 아니던가. 계유정난이 일어나던 날 밤에도 바들바들 떨고 있는 공주의 손을 놓을 수가 없어 수양 대군에게 큰소리 한번 내지 못했다. 무례함이 극에 달한 수양 대군을 향해 쓴소리 한 마디 하지 못했다. 참고 견디는 것만이 공주를 지키고 전하를 지키는 방안이라고 생각했다.

세월을 이기는 장사는 없다고 하지 않았던가. 세월이 흘러 전하께서 온전한 왕권을 회복할 때까지 수양 대군의 개 노릇이라도 기꺼이 해야 한다고 영양위는 마음을 다잡았다.

안평 대군이 사사되고 난 한 달쯤 지난 어느 날이었던가. 안평 대군의 막내 처남 정효전이 영양위를 찾아왔다. 그는 장차 수양 대군을 제거해야겠다며 거사에 함께해 주었으면 한다고 했다. 영양위에겐 천군만마를 얻은 것보다 더 반가웠다. 그러나 승산이 거의 없는 거사에 몸을 던질 수는 없었다. 자신이 공주와 전하에게 마지막 보루가 되어 주어야만 했다. 자신이 무너지면 공주와 전하를 누가 지켜 줄 것인가.

영양위는 수양 대군에게 찾아가 정효전 일당의 역모를 고변해 버렸다. 수양 대군의 개로 위장하기 위해서였다. 정효전이 귀양을 떠나던 날 영양위는 한없이 울었다. 정효전의 소원을 언젠가 대신 갚아 주겠노라고 마음속으로 다짐하며 용서를 빌었다. 수양 대군이 영양위에게 성록대부(成祿大夫)로 벼슬을 높여 치하해 주었건만 조금도 기쁘지 않았다.

수양 대군이 김종서를 몰아낸 뒤, 온전한 신하의 자리로 충성스러운 숙부의 자리로 남겠다는 그의 약속은 점점 퇴색되어 갔다. 권세는 하늘을 찌를 듯 높아만 갔고 그럴수록 영양위의 가슴은 멍들어 갔다.

금성 대군과 손을 잡고 거사를 준비하는 동안 영양위는 모처럼 마음의 평안을 찾았다. 임금을 위하여 기꺼이 한 목숨 바칠 충신들이 이렇게 많은 것을 보며 그는 행복해했다. 수양 대군이 김종서 한 명만 제대로 제거해도 권력을 잡을 수 있었듯이 수양 대군 목만 베면 저들도 모래성처럼 허물어지리라 믿었다. 그의 목이 저자에 내걸리는 날 많은 원혼들의 넋이 비로소 편히 잠들 수 있으리라 믿었다.

그러나 거사를 실행해 보지도 못하고 갇히는 신세가 되어 버렸다. 끝이 보이지 않은 어둠만이 그를 향해 다가오고 있었다.

당상관들이 편전으로 향하지 않고 모두 빈청(賓廳)에 모였다. 엄자치는 전하를 모시고 빈청으로 갈 수밖에 없었다. 오라면 오고 가라면 가야 하는 초라한 처지지만 편전을 두고 굳이 빈청으로 오라는 이유를 알 수 없었다.

좌의정 정인지는 지난 밤 마신 술이 아직 깨지 않은 듯 몸이 흔들리고 있었다. 금성 대군 일당이 일으킨 역모를 다스리는 자리이었지만, 모두의 표정에는 조금도 긴장감을 찾을 수 없었다.

우의정 한확이 나서서 말했다.

"전하, 이번엔 금성 대군 일당이 역모를 일으켰나이다. 고양현감의 말에 의하면 금성 대군이 사냥대회를 구실로 군사를 집결시켰다고 합니다. 다행히 부승지 한명회가 역모 계획을 사전에 알고 대처하였기에망정이지 그렇지 않았다면 전하의 안위마저 위험할 뻔했습니다. 통촉컨대 일벌백계하시어 다시는 이런 일이 일어나지 않게 해야 할 줄 아옵니다."

"수양 숙부는 어떻게 생각하세요?"

단종은 늘 하던 버릇처럼 수양 대군의 의중을 먼저 물었다.

수양 대군은 오늘만큼은 나서지 않으려 마음먹고 있었다. 장애물은 제거해야 마땅하다고 생각했지만 동생의 목숨이 걸린 문제였다. 안평 대군을 죽인 이후 수양 대군은 목에 걸린 가시처럼 마음이 늘 불편했다. 그런데 이번엔 금성 대군 차례라니. 금성 대군의 목숨을 전하의 몫으로 돌리고 자기는 뒤로 빠지리라 다짐하고 있었다.

"소신은 전하의 뜻에 따르겠나이다. 마땅한 죄로 다스려 주시옵소서."

단종은 얼굴이 후끈 달아오르는 것을 느꼈다. 뜻대로 하라니. 그는 수양 대군의 배려에 새삼 용기가 나는 것 같았다.

"과인의 부덕한 소치로 불미스러운 일이 자꾸 일어나는 것 같아 마음이 편치 못하오. 이번 역모는 비록 가담자가 백여 명이 넘는다고 하지만 실행에 옮기지도 않았으니 이 점 고려해 나라에 봉사할 기회를 주고자 하오. 하여 단순히 가담한 자는 변방의 병졸로 편입시켜 나라를 지키는 일을 하게 하고, 환관들 46명은 출궁시켜 귀향 조치하겠소. 또한 금성 대군과 혜빈 양 씨, 그리고 그의 아들 한남군과 영풍군은 왕족이면서 행동을 가벼이 한 죄가 큽니다. 하지만 계유정난으로 돌아가신 안평 대군 일로 백성들의 사이에 여론이 좋지 못하오. 하여 이들에게 주어진 모든 관직을 거두는 것으로 마무리하겠소. 마지막으로 영양위 정종은 역모에 함께 자리하지 않고 중간에 집으로 돌아갔으니 죄를 더 묻지 않았으면 하오."

"아니 되옵니다!"

"저자에 효수해야 하옵니다."

"귀양 보내야 합니다."

여기저기에서 고성이 일었다. 수양 대군은 아무 반응도 보이지 않고 고개만 숙이고 있었다.

단종은 때를 놓치지 않고 아퀴를 지었다.

"수양 숙부. 많은 목숨을 구하게 해 주셔서 정말 감사드려요. 은혜는 잊지 않겠습니다."

금성 대군의 역모 사건은 그렇게 하여 마무리되었다. 그런데 날이 갈수록 상소가 끊임없이 날아들었다. 종실에선 계양군이 앞장서서 금성대군의 탄핵을 요구하였고 조정에서는 사간원, 대사간에서 중심이 되어 역모 사건을 중죄로 다스려야 한다고 목소리를 높였다.

가만히 앉아 있기만 해도 땀이 줄줄 흐르는 윤유월. 단종은 경혜공주를 대궐로 불렀다. 계유정난이 있고 난 이후 처음 있는 일이었다.

"전하, 어인 일이옵니까?"

"보고 싶어서 불렀어요."

"무슨 일이 있으신 게지요? 이 누이 예감이 이렇게 좋지 않은 적이 없었답니다."

"사실은 우의정에게 사정을 했습니다. 우의정 한확이라면 수양 숙부와 사돈이니 우의정의 청을 거절할 수 없을 거라 믿었지요. 숙부께서 바라는 것 모두 들어드릴 테니 누님을 만나게 해 달라고요."

"본론부터 말하세요. 누이에게 하고픈 말을……."

"금성 숙부랑 모두를 구명해야 하는데 이제 버틸 힘이 없어요. 그래서 말인데 귀양을 보내되 안평 숙부처럼 죽이지는 말고 목숨만은 보전해 달라고 약속을 받을까 합니다."

"저들을 믿어서는 안 된답니다. 전하, 저는 수양 숙부 말이라면 콩으로 메주를 쑨다고 해도 믿지 못해요. 그러니 굳건히 버티셔야 합니다."

"이젠 자형까지 죽이라고 해요. 모두를 살리는 방법은 수양 숙부께 이 자리를 넘겨주는 길밖에 없는 것 같아요."

"안 됩니다. 절대로. 그렇게 해서 구명한다고 금성 숙부나 자형이 좋아할 것 같은가요? 전하! 제발 굳건하게 버티셔요. 그 길만이 모두를 살리는 길이에요."

경혜공주는 단호히 힘주어 말했다. 그러나 이처럼 맥없는 전하의 모습을 본 적이 없었다.

"겪어 보지 않으면 모를 거예요. 저들이 얼마나 오만방자하게 구는지. 이 자리를 수양 대군에게 맡기지 않으면 더 많은 사람이 다치게 된다고 떠들고 있어요."

"그렇다고 용상을 내놓으면 전하께서는 온전할까요?"

"상왕으로 물러나 있는데 어찌 하겠어요? 정종 할아버지, 태종 할아버지께서도 상왕으로 물러나 사셨지 않습니까?"

"전하는 그분들과 다르다는 걸 왜 모르세요? 결코 내버려두지 않을 겁니다."

"살려만 준다면 무슨 일이든 하고 싶어요."

"제발, 제발 수양 숙부를 믿지 마세요."

"솔직히 숙부가 무서워요."

경혜공주는 단종에게 다가가 동생을 끌어 품에 안았다. 여린 가슴이 파르르 떨리고 있었다. 눈물이 주르르 볼을 타고 흘러내렸다. 어머니 품도 모르고 자란 아이가 아니던가. 겨우 이 못난 누이의 품밖에 모르고 자란 아이가 아니던가. 경혜공주는 힘주어 동생을 끌어안았다. 어린 동생의 손을 자기의 손에 꼭 쥐어주고 눈을 감으신 어마마마의 마지막 모습이 눈에 떠올랐다.

어마마마, 어떻게 해요? 홍위가 저렇게 괴로워하는데 해 줄 수 있는 게 아무것도 없어요. 힘겨워하는 아이에게 아무 도움도 주지 못하고 무조건 버티라고만 하는 건 너무 잔인하잖아요? 죄송해요, 어마마마. 홍위를 지켜 주지 못해 정말 죄송해요. 홍위가 눈에 밟혀 눈도 제대로 감지 못했을 어마마마의 마지막 모습이 눈에 선한데 제겐 동생을 지켜줄 아무 힘도 없어 정말 죄송해요. 차라리 수양 숙부께 무릎이라도 꿇고 빌어 보면 될까요? 태조 할아버지처럼 삼수갑산 깊은 골짜기에 소리 없이 묻혀 살 테니 우리 남매 제발 살려만 달라고 빌어 볼까요? 어마마마, 죄송해요. 정말 죄송해요.

경혜공주는 무슨 결심이라도 선 듯 어금니를 앙다물었다.

"전하, 이 누이가 수양 숙부를 찾아가 볼 테니 염려하지 마세요."

경혜공주가 대전을 나서려는데 뜻하지 않게 유모 백단아가 걱정스러운 얼굴로 기다리고 있었다.

"유모, 이게 얼마만인가? 보고 싶었는데."

"저도 많이 뵙고 싶었답니다. 공주님."

"표정을 보니 내게 할 말이 있는 모양이로구나."

"소인 처소로 모셔도 될까요?"

"그러자꾸나. 유모랑 함께라면 자고 갈 수도 있단다."

유모의 방은 성품만큼이나 깨끗하고 정갈했다.

유모는 송화다식을 내놓으며 말했다.

"입맛이 안 바꼈는지 모르겠습니다."

"내 입맛을 여전히 기억하고 있는 게로구나."

"그럼요. 공주님 어렸을 적에 송화다식만 가져오면 울다가도 그쳤는걸요."

경혜공주는 다식을 먹으며 말했다.

"유모 어렸을 적 이름이 어리니라고 했지? 다 커서도 어리니라고 부르기가 민망하여 외할아버지께서 이름을 새로 지어 주셨다지? 단아라고, 백단아."

"공주님! 새삼스럽게 그런 말씀을!"

"워낙 총명해서 공부도 시켜 주셨고. 하나를 가르치면 열을 안다고 칭찬하셨어."

"하녀인 절 나으리께서 거두어 주셨지요. 그리고 현덕왕후께서 입궁하시던 날 소인을 딸려 궁으로 보내셨구요. 그러면서 하신 말씀이 뭔지 아세요?"

"궁금하구나."

경혜공주는 무릎을 바짝 당겨 앉았다.

"목숨이 다하는 날까지 아씨를 지켜야 하느니라 하셨어요. 그런데 요즘 궁 안에 도는 소문이 뭔지 아세요? 전하께옵서 쫓겨날 거래요. 공주님, 이럴 때 소인이 무얼 해야 하는지 말씀해 주세요."

"유모, 유모는 총명하니까 알 거예요. 할 수 있는 게 아무것도 없다는 걸."

"하지만 소인은 하고 싶어요. 전하와 공주님을 위해서라면 무엇이라도 하고 싶어요."

경혜공주는 생각에 잠겨 한참 동안 입을 열지 않았다. 그리고 비장한 표정으로 천천히 말했다.

"그렇다면 나와 전하를 버리게. 마음속에서 지우란 말이네. 아는 체도 하지 말고 우리 일이라면 철저하게 외면하게."

"소인에게 어찌 그리 모진 말씀을 하시는지요?"

"자네가 궁에서 살아남으려면 그렇게 해야만 해. 그래서 살아남아 먼 훗날 우리가 궁으로 다시 돌아오게 되면 그때 우리 손을 잡아주게."

공주는 애써 눈물을 감추고 자리에서 일어나 바람처럼 사라져 버렸다.

경혜공주는 다음 날 수양 대군의 사저로 향했다.

대문을 들어서는데 마침 도원군과 마주쳤다.

"누님, 안색이 안 좋습니다."

"숭아, 숙부님을 뵈러 왔다."

"혹시 영양위 자형 일로 오셨는지요?"

"꼭 그 일만은 아니다."

"저도 아버님과 많이 다퉜답니다. 안평 숙부를 죽였으면 됐지 또 피바람을 일으키려 하느냐고 말입니다."

"말이라도 고맙구나."

"힘닿는 데까지 노력해 볼게요. 그리고 전하께도 전해 주세요. 이 도원군이 목숨을 걸고 전하 편이 되어 드리겠다고요."

경혜공주는 도원군의 넉넉한 마음을 가슴에 담고 사랑채로 향했다.

"경혜 문안 올립니다."

경혜공주는 수양 대군 앞에 무릎을 꿇고 앉았다.

"앉은 맵시가 왜 그러냐? 편히 앉거라."

경혜공주는 자세를 풀지 않았다.

"청이 있어 왔습니다. 숙부님."

"늘 당돌한 아이가 아니었더냐? 그런데 청이라니? 무릎까지 꿇고서."

"돌려 말하지 않겠습니다. 우리 남매 멀리 떠나 살고 싶습니다. 그러니 허락하여 주십시오."

"떠나다니? 누가?"

"용상은 숙부님께 드립니다. 어머니가 묻힌 곳이 바다가 보이는 곳이라지요? 그 근처면 더욱 좋구요. 아니면 외딴 섬이라도 좋습니다."

"듣기조차 민망하구나. 그런 말이라면 다시는 입에 담지 말거라."

"우리가 자진해서 멀리 사라지지 않으면 강제로 보낼 거잖아요? 귀양이라는 죄목으로. 그리곤 사약을 내리겠죠. 안평 숙부님에게 했던 것처럼. 그래서 스스로 떠나려고 해요. 피차에게 가장 현명한 방법은 이 방법뿐이라고 생각했어요. 그러니 제발 보내주세요. 살고 싶어요, 숙부님."

경혜공주는 시선을 떨구었다. 고인 눈물을 수양 대군에게 보이고 싶지 않은 마지막 자존심이었다.

"허락하신 것으로 알고 물러가옵니다."

경혜공주는 서둘러 집으로 돌아왔다.

윤유월 열하루. 여름의 절정을 달리는 무더운 여름이었다.

사정전에 모인 대신들은 금성 대군의 역모죄를 중죄로 다스려야 한다고 목소리를 높였다. 그들은 벌떼처럼 달려들어 단종을 윽박질렀다.

단종은 어디를 둘러보아도 수양 대군을 찾을 수가 없었다.

"수양 숙부가 보이지 않는구려. 숙부 뜻을 다시 확인하고 결정하겠소. 그러니 오늘은 이만 물러가도록 하오."

"영의정께서는 전하의 뜻에 따르겠다고 하지 않으셨는지요. 그러니 중죄로 다스려 조정을 평안케 해 주시옵소서, 전하."

그들은 쉽게 물러나지는 않을 태세였다.

"그러면 좌의정께서 말씀해 보시구려. 어떻게 처결했으면 좋겠는지."

좌의정 정인지는 마치 준비해 둔 것처럼 글을 적어둔 종이를 펼쳐들었다.

“금성 대군은 일찍이 중전을 간택할 때 자기가 추천한 인물이 중전으로 간택되지 않았다 하여 불만을 크게 가졌습니다. 하여 온갖 계교로 중궁과 종실을 비방해 오던 중에 사냥 대회를 핑계로 사사로이 무사들을 모아 반역을 도모하려 하였나이다. 또한 혜빈과 그의 아들 한남군 영풍군은 금성 대군을 주군으로 섬기며 그 권세를 이용해 온갖 부정한 일을 저질러 왔습니다. 선왕의 부마이신 영양위 정종은 은밀히 금성 대군과 일당을 이루어 역모를 부추긴 정황이 뚜렷하므로 이들 모두를 귀양 보내어 종사를 바로잡으소서.”

정인지가 말을 마치고 한 걸음 뒤로 물러서자 대신들은 소리 높여 외쳤다.

“종사를 바로잡으소서!”

“좋소. 과인이 그대들의 뜻을 따를 터이니 수양 숙부를 불러주세요.”

부승지 한명회가 나서서 단호하게 말했다.

“영의정께서는 역모죄가 매듭지어질 때까지 편전에 나오지 않겠다 하셨나이다.”

일부러 이 자리를 피하고 있음이야.

단종은 아랫입술을 지그시 깨물었다.

그래 여기서 접자. 누님이 시키는 대로 모든 것을 내려놓자. 여기서 멈추지 않으면 금성 숙부나 자형, 혜빈 할마마마의 목숨을 구걸할 기회조차 잃을지 모른다. 뜻대로 할 수 있는 것이 하나도 없다면 쫓겨나지 말고 차라리 깨끗하게 물러나는 편이 낫지 않은가.

단종은 용상에서 벌떡 일어났다.

“경들의 뜻에 따르겠소. 하지만 귀양 그 이상은 하락하지 않겠소. 차후라도 피를 보는 일은 없어야 한다 이 말이요.”

"황은이 망극하옵니다, 전하."

"다들 빈청으로 물러가 계시고 좌의정, 도승지는 남아 주시오."

대신들은 삼삼오오 무리지어 빈청으로 물러났다. 편전에는 좌의정과 도승지만 남았다.

"과인이 오늘 수양 숙부께 용상을 양위하려 하오. 도승지 그대는 양위 교서를 작성해 주시고, 우상께서는 즉위식에 조금도 부족함이 없도록 준비해 주세요."

"마른하늘에 웬 날벼락이신지요? 소신 듣기에 민망하옵니다."

민망한 표정을 조금도 만들 줄 모르는 정인지를 향해 단종은 가장 근엄한 목소리로 어명을 내렸다.

"그대는 이날이 올 줄 짐작하고 있지 않았소? 허니 지금 승정원에 기별하여 옥새를 가져오도록 하시오."

수양 대군은 홀로 경회루에 앉아 술잔을 기울이고 있었다. 문득 눈을 돌려 물속을 들여다보았다. 경회루 긴 처마 끝이 바람결에 따라 물 위에서 흔들거리고 있었다. 그 속에 물고기가 한가하게 노닐고 있었다. 붉은 금붕어 사이로 커다란 잉어 몇 마리도 보였다.

수양 대군은 시루떡 부스러기를 물 위로 던져 넣었다. 물고기들은 둥근 입을 물 밖으로 내밀어 먹이를 분주히 빨아들였다. 마치 권력에 따라 모여드는 인간 속세를 보는 듯했다.

"대감. 전하께옵서 납시었습니다."

내관이 목청을 길게 뽑으며 고했다. 수양 대군은 손 안에 든 먹이를 한꺼번에 물속으로 던져 넣고 손을 털며 말했다.

"어찌 여기까지 납시었나이까?"

"숙부께서 오시지 않으니 과인이 올 수밖에요."

"불충을 용서하여 주시옵소서, 전하."

"승지는 무얼 하는가? 빨리 옥새를 숙부께 바치지 않고."

동부승지 성삼문은 길게 팔을 뻗어 옥새를 수양 대군에게 바쳤다. 그의 얼굴은 온통 젖어 있었다. 어쩌다가 옥새를 관리하는 동부승지가 되어 오늘 같은 수모를 당하는지 그는 알 수가 없었다. 씻을 수 없는 가문의 수치였다. 또다시 눈물이 주르르 흘렀다. 눈물은 땀에 섞이어 뺨으로 번져 내렸다.

김종서 세력을 몰아내기 위해 수양 대군과 뜻을 함께하기도 했지만 그가 바로 양의 탈을 쓴 늑대인 줄은 정말 몰랐다. 옥좌를 뺏는 도둑이 눈앞에 서 있는데도 꼼짝없이 도둑의 수하 노릇을 하고 있는 자신의 모습을 용서할 수 없었다. 이래서는 안 되는데……. 성삼문은 속으로 몇 번이고 되뇌어 보지만 이미 전하의 마음이 옥좌에서 떠나 있으니 어찌할 도리가 없었다.

수양 대군은 참담한 목소리로 불충을 빌며 옥좌를 거절하다가 마침내 옥새를 받아들였다.

늦은 오후, 근정전 뜰에 종친과 문무백관이 조복을 갖추어 입고 품계에 맞춰 섰다. 수양 대군은 익선관을 쓰고 곤룡포를 차려 입었다. 조선 7대 임금 세조가 즉위하는 순간이었다.

「…덕이 부족한 몸으로 능히 종묘사직을 지킬 힘이 부족하여 이제 무거운 짐을 풀어 숙부에게 넘기려 하는 바이다…」

단종의 선위교서가 반포되었다.

숙연한 분위기가 이어졌다. 그러나 그것도 잠시뿐 승자의 축제 분위기로 바뀌었다. 모두 머리를 조아려 네 번 절하고, 즉위를 축하하는 음악이 연주되었다. 이어서 선교관 신숙주가 즉위교서를 읽었다.

「…내가 아니면 이 어렵고 위태로운 상황을 진정시킬 길이 없다고 하여 분연히 일어났노라. 그런데 주상께서 나에게 대위(大位)를 주심에 사양하였으나 이루지 못하고 여론을 좇아 억지로 즉위하게 되었도다. 이에 주상을 높여 상왕으로 받들고자 하노니…」

즉위교서 낭독이 끝나자 종친과 만조백관은 천세 천세 천천세(千歲 千歲 千千歲)를 소리 높여 외쳤다. 축하 하례의 인사이자 만수무강을 기원하는 승자들의 합창이었다.

즉위식이 절정을 이루고 있을 무렵, 패자는 귀양지를 향해 무거운 발걸음을 옮기고 있었다. 금성 대군은 강원도 삭녕으로, 영양위는 영월로, 혜빈 양 씨는 청풍으로, 한남군은 금산으로, 영풍군은 예안으로 떠났다. 환관들은 모두 직첩을 거두고 귀향 조치하였다. 엄자치는 제주로 귀양을 가는 도중에 살해되었다.

텅빈 뜨락에 바람이 불어

지금까지 삶을 온전히 버티게 해 주었던 영양위가 영월로 귀양을 떠난 후 경혜공주는 앓아누웠다. 그러자 소문은 꼬리를 물고 번져 나갔다. 수양 대군이 어린 조카의 왕위를 뺏고 유폐시켰다는 둥, 부마를 귀양 보내 공주가 앓아누워 곧 죽게 생겼다는 둥, 소문은 기름에 불을 붙인 것처럼 빠른 속도로 부풀려 번져 나갔다.

다급해진 세조는 잠시 귀양을 풀어 영양위를 집으로 돌려보냈다. 그러나 공주의 병이 완쾌되자 세조는 영양위를 그냥 두지 않았다. 수원으로 다시 귀양을 보내 버렸다.

경혜공주는 참을 수가 없었다. 선위를 하겠으니 금성 숙부와 영양위를 구명해 달라던 애원을 세조는 언제 그랬느냐는 듯 외면해 버렸다. 수양 숙부의 말이라면 콩으로 메주를 쑨다고 해도 믿지 않았던 경혜공주였지만 마지막 약조는 꼭 지켜 주리라 믿었다.

그래서 영양위가 수원으로 다시 유배를 떠나던 날 경혜공주는 경복궁으로 달려갔다. 다시는 찾고 싶지 않던 경복궁이었지만 영양위를 구할 수만 있다면 이쯤이야 백 번이라도 참을 수 있었다. 공주는 애써 궁궐들을 외면하며 강녕전으로 곧장 향했다.

그러나 세조는 공주를 만나 주지 않았다. 하고 싶은 말은 많은데 한

마디도 하지 못하고 발길을 돌려야만 했다. 차오르는 울음을 속으로 삼킬수록 분노는 자꾸만 치솟아 올랐다.

원수보다 못한 자에게 선위를 하다니.

공주는 뒤늦은 후회를 했다.

"수강궁으로 가자."

경복궁을 나온 가마가 창덕궁을 지나 작은 언덕을 넘으니 그곳에 수강궁이 있었다. 사람들의 발길조차 뜸한 외진 곳이었다. 그곳은 단종이 상왕으로 물러난 지 9일 만에 쫓겨 온 궁이었다.

"전하, 이 누이 이제야 전하를 찾았습니다."

눈물을 쏟을 법했는데도 단종은 꾹 참고 말했다.

"보고 싶었답니다, 누님. 아주 많이 보고 싶었어요."

"오고 싶어도 저들이 허락해 주지 않는답니다."

"나쁜 사람들!"

숙부에 대한 증오심을 단종은 그렇게 표현했다.

"그리고 사실은……."

경혜공주는 차마 말을 잇지 못하고 머뭇거렸다.

"말씀해 보세요, 누님."

"사실은, 사실은 오늘 이 누이가 전하께 작별 인사를 고하려 왔답니다."

난데없는 작별 인사라는 말에 단종의 눈에서 금방 눈물이 맺혔다.

"그게 무슨 말입니까? 작별이라니?"

"엎어지면 코 닿을 거리에 살면 뭣합니까? 아무 소용도 없는 걸요. 오히려 짐만 된답니다."

"짐이라뇨?"

"무슨 모의나 하지 않을까, 어떻게 하면 엮어 넣을까, 수양 숙부는 늘 그런 것들만 연구하잖아요? 그러니 멀리 떨어져 사는 것이 전하를 위해

선 더 안전하답니다."

"안전이라고 하셨나요? 그래서 이 못난 동생을 두고 멀리 떠나신다구요? 전 상관없어요. 안전하지 못해도 두렵지 않아요. 그러니 제발 떠나지 마세요. 전 누님이 없으면 살지 못해요."

단종은 기어이 울음을 터트렸다. 공주는 미어지는 가슴을 겨우 눌렀다. 목이 메어 말이 잘 나오지 않았다.

"꼭 그래서만은 아니구요……."

공주는 고개를 돌려 시선을 외면한 채 말을 겨우 이었다.

"사실은 전하! 영양위 때문이기도 하답니다."

"자형이 어때서요?"

"떨어져 있으면 수양 숙부가 꼭 죽일 것 같아요. 아니, 반드시 죽일 거예요. 그래서 그분에게도 이 누이가 꼭 필요하답니다."

경혜공주는 수양 숙부가 영원히 보고 싶지 않기 때문이라는 말은 덧붙이지 않았다.

"그럼 안 되지요. 꼭 지켜 주세요. 이 동생이 아무 힘이 되어 드리지 못해서 정말 죄송해요. 누님께도 죄송하고, 매형께도 죄송해요."

"그런 말씀 마세요. 나쁜 사람은 수양 숙부인데 어찌 전하께서 죄송해야 해요? 다시는 그런 말씀 하지 마세요."

"그럼 언제 떠나요? 내일? 아님 모레?"

단종은 거의 울먹이는 소리로 말했다. 경혜공주는 그런 동생을 똑바로 볼 수가 없었다.

"전하, 마지막으로 홍위라고 불러보고 싶어요."

"네, 그럼요. 저도 전하라고 부르는 게 너무 싫어요. 앞으로 영원히 홍위라고 부르세요."

"홍위야! 한번 안아 보자꾸나!"

단종이 덥석 공주의 품에 안겼다. 넓은 어깨가 가슴으로 쑥 들어오는 것이 이젠 소년이 아니었다. 공주는 또 눈물을 떨구었다. 동생의 넓은 어깨 너머로 눈물을 떨구었다.

"전하, 전하 곁에는 늘 이 누이가 있다는 것 잊지 마세요. 그리고 전하를 충심으로 섬기는 신하들이 아직 많다는 거 그것도 잊지 마셔야 합니다. 또한 전하를 진심으로 받드는 백성들이 있다는 것도 잊지 마셔요."

공주는 단종의 얼굴을 한 번 더 보려고, 그리고 뚜렷이 눈 속에 기억해 두려고 어깨를 살며시 밀어냈다. 그러나 단종은 떨어지지 않으려고 공주를 더 꼭 안았다.

"전하, 이 누이 얼굴도 보셔야지요. 그렇게 안고만 있으면 언제 얼굴을 봐 주실 건가요?"

그제야 단종은 공주의 가슴을 밀어내었다. 눈물을 보여서는 안 되는데 자꾸만 눈물이 쏟아졌다. 공주는 동생의 얼굴을 제대로 눈에 담지 못했다. 눈물이 가려 홍위를 제대로 보지 못하고 말았다.

"자형을 꼭 지켜주셔야 해요!"

수강궁을 나서는 공주의 뒤를 따라 단종이 외치는 소리가 애처롭게 들려 왔다.

경혜공주가 떠나고 난 뒤 마음을 잡지 못하고 힘들어하던 인향이에게 기적이 찾아왔다. 완전히 실명할 것 같던 눈이 조금씩 보이기 시작했다. 그러더니 여름이 다 지나갈 무렵에는 완전히 시력을 회복했다.

돌이켜 보면 지난 4년은 지옥이나 다름없는 삶이었다. 그러나 남편 칠성이와 경혜공주가 있었기에 그녀는 지옥 같은 삶을 버텨 낼 수 있었다. 손발이 되어 준 남편의 간호도 눈물겨웠지만 경혜공주의 마음 씀씀이는 천사였다. 하녀를 보내 시중들게 배려한 것도 모자라 탕약과 진료비

용까지 모두 공주가 책임졌다. 공주의 도움이 없었다면 그녀는 삶을 포기했을지도 몰랐다.

시력이 회복되었다는 소식을 전해들은 공주로부터 편지가 왔다. 달려가고 싶은데 몸이 무거워 갈 수 없다는 소식이었다. 공주가 아이를 가졌던 것이다. 그래서 인향이는 건강한 애기씨가 태어나길 기도하겠다고, 그리고 애기씨는 꼭 소인이 받아드리겠다고 답장을 보냈다.

현덕왕후가 돌아가시던 날, 그날을 인향이는 지금껏 한시도 잊은 적이 없었다. 의녀로서 할 수 있는 게 아무것도 없는 줄 알면서도 왕후께서 돌아가신 게 모두 자기 잘못인 것처럼 느껴졌다. 그래서 그런지 경혜공주가 아이를 가졌다는 소식을 들었을 때부터 애기씨를 받고 싶다고 말했던 것이다.

시력이 회복된다면 공주를 위하여 송화다식을 꼭 해 드리고 싶다고 했는데 그 약속을 지킬 수 있어서 인향이는 너무 행복했다. 꿈만 같았다. 남편을 마음껏 볼 수 있게 된 것도 꿈만 같고, 공주의 아리따운 얼굴을 그리며 송화다식을 만들 수 있게 된 것도 꿈만 같았다.

소나무 냄새가 집 안 가득 은은했다. 인향이는 경혜공주를 생각하며 정성들여 송화다식을 만들고 있었다.

인향이는 지난 세월을 되새기며 송홧가루에다 꿀을 넣어 버무렸다. 소나무 향이 코끝에 은은하게 다가왔다. 밤톨만 하게 뭉쳐 참기름을 얇게 바른 다식판 속에 눌러 채웠다. 그리고 엄지로 꾹꾹 눌러 다졌다. 겨자 색보다 더 노란 다식이 만들어졌다. 여러 가지 문양이 새겨진 다식은 더욱 먹음직스러워 보였다. 그중에서도 꽃문양 다식이 가장 예쁘게 보였다.

다식 만드는 데 집중한 나머지 인향이는 칠성이가 들어온 줄도 알지 못했다.

"당신 너무 행복해 보이는구려."

"공주님께 드릴 다식을 만들어 봤어요."

"정말 좋아하실 거요. 당신이 만들어서."

"몸도 무거우실 텐데 힘들어하진 않으시던가요? 입덧은 끝났나요?"

인향이는 마치 칠성이가 이제 막 수원엘 다녀온 것처럼 물었다.

"왜 아니겠어. 힘드시겠지."

칠성이의 말이 끝나는 순간 인향이의 표정이 일그러졌다. 전순의가 떠올랐던 것이다. 이 모든 고통의 원인이 전순의로부터 비롯된 것임을 생각할 때마다 그녀는 몸서리를 쳤다.

그가 없었다면 문종께서 갑작스럽게 돌아가실 일도 없었을 것이고, 수양 대군이 왕위를 찬탈하는 일도 없었을 것이다. 더욱이 공주가 남편을 따라 귀양 아닌 귀양살이를 하지 않아도 될 터였다.

인향이는 참을 수 없었다. 자신이 실명할 뻔했던 일은 견딜 수 있어도 공주에게 아픔이 생기는 일은 참을 수 없었다.

그녀는 고개를 숙인 채 칠성이에게 물었다.

"서방님은 혹시 전순의를 기억하시나요?"

느닷없이 전순의라는 이름이 아내의 입에서 나오자 칠성이는 심장이 쿵 하고 내려앉는 것 같았다. 실명한 이후로 아내의 상처를 건드리고 싶지 않아 금기시해 오던 이름이었다. 잊은 것처럼 숨겨온 이름이었다.

전순의. 그는 계유정난이 있고 난 뒤 수양 대군으로부터 1등 원종공신을 책록 받았다. 그리고 그는 전의감 청지기에서 정3품 벼슬인 전의감정(典醫監正)이 되었다. 당상관 벼슬이니 최고의 부와 권력을 손에 쥐었다.

죄를 지은 사람이 판을 치는 세상이 되고 만 것이다. 복수의 길이 점점 멀어지는 것 같아 칠성이는 아내에게 늘 미안하고 문종에게 죄스러웠다. 그런 그의 마음을 아내가 확인이라도 하려는 듯 전순의에 대해 물었던 것이다.

"어찌 원수를 잊을 수 있겠소?"

"문종께옵서 제게 내리신 은혜 하늘과 같은데, 또한 공주님이 우리 부부에게 내리신 은혜 바다와 같은데 만분의 일이라도 갚아야 하지 않겠습니까? 하여 소첩도 생각해 본 것이 있는데……."

"말해 보시구려."

인향이가 잠시 머뭇거리다가 말을 이었다.

"내일 공주님께 가면 청을 넣어볼까 합니다."

"무슨 청인가요?"

"소첩이 상왕을 보필할 수 있도록 해 주십사 하구요."

"그게 전순의 하고 무슨 연관이라도?"

"영양위 대감이 멀리 떠나셨으니 대궐 정보를 얻을 길이 없잖아요? 호랑이를 잡으려면 호랑이굴로 들어가라 하지 않았던가요? 하여 소첩이 궁으로 들어가고자 하는 것입니다. 정보를 알아야 방법도 생기지 않겠어요?"

"복수는 내가 한다고 하지 않았습니까? 허니 부인께서는……."

칠성이는 말을 잇지 못했다. 복수를 생각해 보지 않았던 건 아니지만 방법이 생각나지 않아 가슴 한 구석에다 잊은 듯 숨겨 왔었다. 아내가 복수 이야기를 끄집어내지 않았더라면 영원히 묻고 살았을지 모를 그런 자신이 너무 부끄럽고 한심했다.

칠성이는 검을 들고 마당으로 나왔다. 못난 자신을 베어내지 않고는 견딜 수가 없었다. 칠성이는 검을 바투 잡고 정신을 모았다. 그리고 하늘을 찌를 듯 천천히 검을 들어올렸다가 순식간에 허공을 갈랐다. 검이 지나간 자리에서 바람이 울었다. 정교하게 움직이는 발끝이 어지러이 움직여 마당을 몇 바퀴 돌았다. 발이 움직이는 걸음마다 먼지가 일고 빙

글 돌아 하늘로 치솟아 오를 때면 회오리처럼 먼지도 따라 올랐다. 그러기를 한참, 칠성이가 호흡을 멈추고 검 끝에 다시 정신을 모으려는 순간 방 안에서 비명이 들렸다.

깜짝 놀라 방으로 뛰어들었다. 인향이가 손가락을 싸매 잡고 있었다. 칼끝에 베인 손가락에서 붉은 피가 손목을 타고 흐르다가 도마 위로 뚝뚝 떨어졌다. 칠성이는 얼른 무명천을 찢어 손가락을 싸맸다. 그래도 붉은 피가 스며 흰 천을 흠뻑 적셨다.

불현듯 안평 대군 생각이 났다. 손가락을 깨물어 혈서를 써 주던 그 손가락이 꼭 이랬었다.

그는 얼른 일어나 선반 위에 놓아두었던 작은 상자를 내려 뚜껑을 열었다. 퀴퀴한 냄새가 확 풍겼다.

"이게 무엇인지요?"

"안평 대군 나으리께서 내게 써 주신 유훈이랍니다."

칠성이는 도포자락 천 조각을 손바닥 위에 올려놓고 아내 앞으로 내밀었다.

"무슨 뜻인지요?"

"잘 이해가 안 되는 부분이 있어서……."

"서방님답지 않네요. 이런 걸 팽개쳐 두다니."

"그게 아니라……."

"그러지 말구 내일 수원 가면 영양위 대감께 여쭤 보셔요."

다음 날 칠성이는 아내와 함께 수원으로 갔다. 눈에 띄지 않을 만큼 적당히 배가 부른 공주가 한걸음에 달려 나와 인향이를 반겼다.

"내 얼굴이 잘 보이냐?"

경혜공주는 인향이의 두 눈을 빤히 들여다보고 말했다.

"그럼요, 공주님. 4년 만에 뵙는데도 여전히 아리따우셔요."

"들어가서 얘기하자꾸나."

좁은 단칸방이라 영양위는 방에 들지 못하고 칠성이와 함께 좁은 마루에 걸터앉았다. 경혜공주는 인향이의 손을 끌고 방으로 들어갔다.

"건강한 네 모습을 보니 내 마음이 날아갈 것만 같구나."

인향이는 얼른 보자기 꾸러미를 풀어 송화다식을 경혜공주에게 올렸다.

"맛이 있을는지 모르겠습니다."

공주는 얼른 한 개를 집어 입에 넣었다. 소나무향이 가득 입에 들어왔다. 궁에서 먹던 그때가 떠올랐다. 행복했던 시절이었다. 경혜공주는 잠시 그 시절로 돌아간 듯했다.

"네 솜씨가 보통이 아니구나. 정말 맛있어!"

인향이는 공주의 환한 미소를 보며 마음에 담고 있던 말을 끄집어냈다.

"마마. 청이 하나 있사온데……."

"말해 보거라."

"소인을 궁으로 보내 주실 수는 없을는지요?"

"궁에는 왜?"

"상왕 전하를 모시고 싶습니다."

"그래 주면 나야 정말 고마운 일이지. 아바마마를 모셨던 너 아니냐? 그러니 너라면 전하께서도 좋아하실 게다. 하지만 안 된다."

경혜공주는 단호히 잘라 말했다. 대궐이란 언제 무슨 일이 일어날지 모르는 곳이었다. 실명할 뻔했던 사고를 또 겪게 하고 싶지 않았다.

"저라도 궁에 있어야 전하와 공주님을 연결해 드릴 수 있잖아요? 제 역할이 필요 없어질 때면 궁을 나올 테니 그때까지 만이라도 궁에 있게 해 주셔요."

경혜공주는 망설였다. 상왕으로 물러난 뒤 상심이 클 동생을 생각하면 매일같이 대궐 출입을 하고 싶지만 귀양지에까지 따라온 처지에 그럴 수도 없었다. 인향이가 그 역할을 해 준다면 더할 나위 없이 반길 일이었다.

"내 마음을 헤아려 주니 정말 고맙구나. 염치없지만 그럼 상왕을 네게 부탁하마."

공주와 인향이가 정담을 나누는 동안 마루에 걸터앉아 있던 칠성이가 안평 대군의 혈서 「서제막급(噬臍莫及)」를 영양위에게 내밀었다.

"다른 뜻이 있는 것 같은데 소인은 전혀 감이 잡히지 않습니다."

혈서를 건네받은 영양위가 한참 동안 생각에 잠겨 있었다. 혈서 치고는 내용이 이상하다고, 후회하는 마음을 담아 제게 주려는 것이 이해가 가지 않는다고 칠성이가 덧붙여 보았지만, 영양위는 들은 척도 하지 않고 혈서에 시선을 두고 있었다. 그러던 그가 무겁게 입을 열었다.

"춘추좌씨전(春秋左氏傳)에 나오는 글이란다. 옛날에 말이다. 초나라 문왕이 신(申)나라를 치기 위해 등(鄧)나라를 지나가게 되었거든. 그때 등나라 임금이 문왕을 환대해 주었단다. 그는 문왕의 숙부였거든. 그런데 등나라 세 신하가 입을 모아 말하길 문왕은 위험하니 지금 죽이라 하였지. 이때를 놓치면 서제막급할 것이라고 하였어. 크게 후회할 거라는 거지. 결국 문왕을 죽이지 않았는데 훗날 문왕이 숙부를 쳐서 우환을 없애버렸다는 거야. 고사는 여기까진데 좀 이상하지 않아?"

"이상해요! 뭔가를 암시하고 있는 것 같아요."

"바로 그거야! 등나라 임금이 숙부라잖아? 그렇다면 수양을 빗댄 인물이지. 그리고 문왕은 조카이니 상왕 전하를 암시하고 있고. 그런데 여기서 신하들이 문왕을 죽이라고 간언하고 있어. 죽이지 않으면 후회막

급할 것이라고. 안평 대군께선 수양이 상왕을 없앨 거라고 본 거야. 그렇게 되면 큰일이지. 그래서 수양이 마음을 먹기 전에 먼저 수양을 쳐서 그를 없애야 한다고 말하고 있어."

"이해가 가요. 그렇담 수양을 어떻게 죽일 수 있을까요?"

"불가능할지도 몰라. 하지만 방법을 찾아내야지."

칠성이는 엄두가 나지 않았다. 전순의 문제를 해결하는 것도 버거운데 수양까지 죽여야 하다니 난감했다.

"어제는요, 아내가 전순의 하나도 어찌하지 못하느냐고 성화를 부렸거든요. 그것도 해결 못 하는 주제에 수양까지?"

"뭐라고? 전순의?"

영양위는 처음 듣는 이름처럼 놀라는 표정이었다.

"욕먹어도 싸죠. 아내를 위해 전 아무것도 안 하고 있었으니."

"가만. 어쩌면……. 방법이……."

영양위가 두 손으로 머리를 감싸고 무언가에 골몰해 있다가 다시 말을 이었다.

"이건 어때? 전순의를 이용해 수양에게 복수를 하면?"

"어떻게요?"

"복수란 말이다. 상대의 목을 댕강 딴다고 해서 복수가 완성되는 게 아냐. 진정한 복수는 충분히 상대에게 고통을 안겨 주는 것이 우선이라고 생각해. 자, 그렇다면 누구를 죽이면 가장 수양이 괴롭고 고통스러울까?"

"중전요!"

칠성이는 망설임 없이 말했다. 인향이가 시력을 잃고 힘들어할 때를 생각하며 배우자의 고통이 가장 가슴 아픈 고통일 거라고 생각했다.

"아닐걸, 내 생각은 말이다. 자식이 아닐까 생각해."

"그것도 그러네요, 정말 그럴 것 같아요."

"옛말에 참척(慘慽)이란 말이 있다네. 자식이 부모보다 먼저 죽을 때 느끼는 고통을 말하지. 어느 부모가 자식을 앞세우는 고통을 참을 수 있겠나? 그건 고통이라기보단 차라리 형벌이지 않나?"

"맞아요."

"자, 그럼 답이 나왔네. 전순의를 이용해 먼저 세자를 죽이는 거야. 둘째인 해양대군도 죽이면 더 좋지. 그러고 나서 수양을 죽이면 되는 거야. 마지막으로 전순의를 처리하면, 전순의도 죽이고 수양도 죽이게 된다? 일거양득, 일석이조. 얼마나 멋있는 복수냐? 이게 바로 안평 대군의 유지를 받드는 일. 정말 훌륭하지 않나?"

영양위는 마치 복수를 마친 사람처럼 목소리가 들떠 있었다.

"그럼 뭣부터 시작할까요? 세자를 죽이는 것부터?"

둘은 약속이나 한 듯이 얼굴을 마주하고 머리를 끄덕였다.

수강궁은 오가는 사람이 드물었다. 가끔 세조가 문안 인사를 하기 위해 들르곤 하지만 인사라기보다는 동태를 파악하기 위한 목적이 더 큰 것 같았다.

진심으로 문안 인사를 다니는 사람은 도원군 숭이었다. 그는 세조가 왕위에 오른 지 한 달 뒤에 왕세자로 책봉되었다. 그것이 더욱 미안하고 죄스러워 단종을 뵐 때마다 용서를 빌었다. 그 아버지의 그 아들이라는 옛말이 잘못된 말일 수도 있구나 하고 단종은 생각했다. 세자의 마음을 잘 아는 단종도 그에게만은 미움의 마음을 거두었다.

창덕궁 후원에 창포가 노란 꽃망울을 터뜨릴 무렵 인향이는 수강궁으로 처음 출근을 했다. 종7품에 해당하는 장찬(掌饌)의 품계를 받긴 했지만 하는 일이라곤 다과를 준비하거나 약을 바치는 일이 전부였다.

단종은 늘 혼자였고 외로웠다. 그래서 인향이는 세자가 문안 오기를 손꼽아 기다리는 버릇이 생겼다. 세자는 한 달에 두세 번은 다녀갔다. 세자가 오면 단종은 함께 차를 마시고 다과를 먹으며 옛날이야기를 하며 놀기를 좋아했다. 무계정사에서 뛰놀던 추억을 이야기할 때면 떠드는 소리가 뜰에까지 들렸다.

세자는 늘 옥좌의 주인은 아바마마가 아니라고 했다. 잠시 빌린 것이라고 했다. 만약 아바마마가 돌아가시고 자기가 왕위를 계승하게 된다면 왕위를 단종에게 돌려드릴 것이라고 말했다. 그 말이 빈말일지라도 단종은 세자의 마음이 고마울 뿐이었다.

인향이는 세자가 매일 와서 놀다갔으면 좋겠다고 생각했다. 세자가 오는 날이면 그녀는 늘 수정과를 준비했다. 세자가 가장 잘 마시는 것이었다. 알싸한 계피향 냄새와 생강 맛이 어우러진 수정과는 일품이었다.

인향이가 수강궁 생활에 익숙해질 무렵 칠성이는 아내를 앉혀놓고 심각한 표정으로 말했다.

"그동안 많이 생각해 봤소. 원수를 갚는 일 말이오. 전순의는 물론이고 그를 사주한 수양도 응징할 수 있는 방법 말이오. 그동안 방법이 떠오르지 않아 마음고생을 많이 했는데 영양위 대감께서 절묘한 계책을 말씀해 주셨답니다."

"빨리 말씀해 보셔요."

칠성이는 영양위가 말해 준 계책을 한 마디도 빠뜨리지 않고 신들린 사람처럼 아내에게 들려 주었다. 그러나 인향이는 내키지 않는 표정을 하고 있었다. 칠성이는 그런 아내가 몹시 서운했다.

"꼭 세자를 죽여야 해요?"

인향이는 착한 세자를 떠올리며 말했다. 상왕 전하의 용안에 웃음을 만들어 주는 유일한 사람이 세자였다. 동굴처럼 어두운 곳에 갇혀 절망에 몸부림치던 상왕 전하의 손을 잡아 주고 위로해 주신 분이 세자였다. 그런 세자를 죽여야 하는 것을 인향이는 받아들일 수 없었다. 며칠을 고민했지만 뾰족한 묘안이 떠오르지 않았다.

그녀는 큰 뜻을 이루기 위해서 작은 희생은 감수해야 한다고 스스로 최면을 걸었다. 너무 괴로워서 밤마다 잠을 못 이루는 세자에게 괴로움으로부터 빨리 벗어나게 도와주는 것도 좋은 일일 거라고 최면을 걸었다.

인향이는 세자에 대한 연민이 자신을 괴롭힐 때마다 문종대왕을 생각했고 전순의를 떠올렸고 세조를 떠올렸다. 그 방법은 확실히 효과가 있었다. 연민은 잠깐이고 복수에 대한 집념은 강하고 오래 마음속에 머물렀다. 그 무렵에야 인향이는 남편 앞에 앉을 수 있었다.

"전순의가 따라줄까요?"

"따라오게 해야지요. 내게 생각해 둔 바가 있답니다."

"좋아요. 문종께옵서 겪은 고통보다 열 배는 더 큰 고통을 전하께 안겨 주어야 하구요, 공주님께서 당한 아픔보다 백 배는 더 큰 고통을 전하께 안겨야 해요. 전순의에게도 마찬가지구요. 그리고 또 한 가지 조건이 더 있어요. 이 일이 끝날 때까지 공주님은 모르셔야 합니다. 공주님 역시 세자를 너무 좋아하니까요."

칠성이는 아내와 약속을 하고 다음 날부터 계획을 실행에 옮겼다. 먼저 전순의의 집 주위를 배회하며 동향을 살폈다. 어리어리한 대궐집은 올려보기만 하는데도 어지러웠다. 수양 대군으로부터 받은 선물이 바로 이 집이었다.

나라에 충성한 죄로 죽어 나간 수많은 충신의 원혼이 아직 구천을 떠돌고 있는데 배반과 반역을 도모한 자들은 이렇게 호화스럽게 살아도 되는지 칠성이는 도무지 이해할 수 없었다.

충신의 재산을 빼어 역적들이 나누어 가졌다. 충신의 가솔들을 한 명이라도 더 노비로 데려가기 위해 역적들은 혈안이 되어 덤볐다. 더러는 마음에 드는 충신의 아내나 딸이 있으면 첩으로 들였다.

충신의 가솔들은 원수의 집에서 첩이나 노비가 되어 살아야만 했다. 그들은 죽지 못해 살았다. 반드시 복수를 하겠다는 의지로 삶을 버텼다. 그러나 노비의 신분으로 할 수 있는 건 아무것도 없었다.

칠성이의 가슴은 분노로 들끓었다. 눈앞에 서 있는 저 솟을대문도 어느 충신의 집이었으리라. 저 대문 안에도 원수의 집에서 죽지 못해 살아가는 충신의 가솔들이 있으리라.

그는 그들의 원수를 갚아 주고 싶었다. 저들을 응징하는 것이 충신의 원혼을 달래 주는 것이고, 가솔들의 원수를 갚아 주는 것이고, 역사를 바로 세우는 것이라 믿었다.

칠성이는 며칠을 살펴본 뒤 드디어 전순의의 외동아들을 납치했다. 전순의에게 아들은 금덩이보다 소중하겠지만 칠성이에겐 원수의 아들일 뿐이었다. 그리고 그가 퇴근하는 시간에 맞추어 솟을대문에 쪽지를 매단 화살을 날렸다.

「아들을 데리고 있으니 금일 술시까지 광희문(光熙門) 앞으로 혼자 나오너라. 만일 포도청에 알리거나 혼자가 아닐 경우에는 아들의 목이 붙어 있지 않을 것이다.」

전순의는 손이 부들부들 떨려서 제대로 읽을 수가 없었다. 겨우 정신을 수습하여 집에 들었으나 저녁을 제대로 먹을 수가 없었다. 그는 상을 물리고 어두워지기를 기다려 광희문으로 향했다. 광희문은 죽은 사람의 시신이나 상여가 나가는 곳이라 시구문(屍軀門)이라고도 불리는 곳이었다. 깜깜한 밤에는 섬뜩하여 행인의 발길이 완전히 끊어지는 곳이었다.

부스럭 하는 소리만 들려도 전순의는 머리털이 쭈뼛 서는 것 같았다. 의원의 길로 들어선 이후에 시신을 수없이 많이 보고 만지고 하였건만 시구문에서 느끼는 무서움은 또 다른 것이었다.

한 치 앞도 보이지 않을 만큼 어두웠다. 칠성이는 전순의가 시구문 앞에서 서성거리고 있었지만 모습을 드러내지 않고 한참 동안 기다렸다. 기다리기에 충분히 지쳤다고 생각될 무렵 칠성이는 전순의 앞으로 다가섰다. 그는 놀라 몇 걸음 뒤로 물러섰다.

"약속을 잘 지켜 주어서 고맙소. 당신이 앞으로도 약속을 잘 지켜만 준다면 아들은 살려 주겠소. 그렇게 할 수 있겠소?"

아들을 살려 준다는 말에 전순의는 무엇이든 하겠다고 대답했다. 그러자 칠성이는 떨리는 목소리로 말했다.

"임신년 오월, 당신이 저지른 씻을 수 없는 죄를 기억하시오?"

"무슨?"

전순의는 말을 잇지 못했다. 임신년 오월 그날을 어찌 잊을 수 있겠는가. 그는 이미 4년 전의 기억으로 돌아가 있었다. 하지만 사내가 어디까지 알고 있는지 알 수가 없었다. 그는 용기를 내어 의뭉스럽게 엉뚱한 소리를 덧붙였다.

"백정이 찾아와 왕진을 해 달라고 빌었는데 돈이 없다고 거절한 적이 있습죠. 그땐 어쩔 수가 없었답니다."

칠성이는 변명 따위는 듣고 싶지 않다는 듯 단도직입적으로 말했다.

"문종 대왕을 시해한 죄 말이요. 그리고 또 죽이려고 했던 사람이 한 사람 더 있었지요. 박인향이라고. 의녀였지요."

전순의는 땅바닥에 넙죽 엎드렸다. 알 수 없는 일이었다. 한명회를 제외하면 비밀을 아는 사람은 아무도 없지 않는가. 그렇다면 전하께서? 전순의는 머리를 흔들어 전하일지도 모른다는 생각을 털어 버렸다. 부와 권력을 손에 쥐어 준 전하께서 이런 일을 벌일 리는 만무하였다. 만약 자신의 입을 다물게 하려면 쥐도 새도 모르게 죽이면 될 터인데 이런 방법을 쓸 리가 없었다.

전순의는 혼란스러웠다. 그러나 분명한 것은 오리발을 더 내밀어서는 안 되겠다는 사실이었다. 만약 엉뚱한 소리를 덧붙인다면 자신의 목숨뿐만 아니라 아들의 목숨도 보전할 수 없을 것 같았다.

"살려만 주십시오. 죽을죄를 지었습니다."

"내 요구만 들어주면 털끝 하나 손대지 않겠소. 그대뿐만 아니라 아들의 목숨도 보장해 주겠소."

"뭐든지 하겠습니다. 시켜만 주십시오."

전순의의 호흡이 빨라졌다.

"약속할 수 있겠소?"

칠성이는 다시 한번 다짐을 받았다.

"네. 하겠습니다."

"세자 숭을 죽여 주시오. 방법은 의심받지 않게 서서히 죽여야 하오. 그래야 임신년처럼 당신이 살 수 있지 않겠소?"

전순의는 대답을 하지 못했다. 끔찍스러운 일이기도 했지만 무엇보다 세자 곁에 다가갈 방법이 없기 때문이었다.

"세자는 권한 밖이라……."

"모든 조건은 내가 만들어 주겠소. 당신은 죽이는 방법만 생각하면 될 것이오. 당신이 음식으로 치료하는 의술이 최고라고 들었는데 내 생각으론 먹는 것으로 죽였으면 하오."

전순의에게 떠오르는 것은 비상(砒霜)밖에 없었다. 그러나 그것을 세자에게 먹일 수 있는 방법이 없었다.

"비상이 있긴 합니다만."

"그 문제도 전적으로 맡기겠소. 그리고 앞으로 세자가 자주 수강궁을 찾을 것이오. 상왕이 계신 수강궁에 가면 당신이 죽이려 했던 박인향이가 거기에 시녀로 있을 게요."

전순의는 인향이라는 이름을 또 한 번 듣자 숨이 막힐 것 같았다. 죽었어야 했던 그녀가 궁에 있다니 믿을 수 없는 일이었다. 그녀가 거기 있다면 사내의 감시에서 벗어날 수 없음을 전순의는 깨달았다.

칠성이는 잠시 호흡을 끊었다가 말을 이었다.

"박인향이가 수정과를 올릴 때마다 당신이 손을 쓰면 될 것이오."

"기간이 얼마나 걸리면 되겠습니까?"

전순의는 문종을 시해하면서 한명회에게 물었던 질문을 똑같이 했다.

"한 달? 아님 일 년? 아무튼 당신이 의심받지 않고 완벽하게 처리할 수 있는 방법이라면 기간은 길어도 상관없소."

칠성이는 전순의가 의심받지 않게 일을 처리하기를 바랐다. 그래야 세조의 둘째 아들 해양 대군도 그에게 맡길 수 있기 때문이었다. 그리고 마지막엔 세조의 목숨도 그의 손에 맡길 생각이었다.

"알겠습니다. 기간은 차후 진행하면서 말씀드리겠습니다."

"좋소. 당신의 의지가 확실한 듯하여 아들은 내일 풀어 주겠소. 하지만 약속을 어기는 순간 그때는 당신이 문종을 시해한 죄를 광화문 높은 곳에 자세히 써 붙이겠소. 그리고 그다음엔 당신의 아들과 가족 모두를 베겠소. 모두의 죽음을 보게 하고 마지막으로 당신을 벨 것이요."

전순의는 말만 들어도 등골이 오싹했다. 그는 절대로 약속을 저버리지 않겠다는 몸짓으로 몇 번이고 머리를 조아렸다.

"그런데 당신은 내가 어떤 사람인지 묻지를 않는구려."

그러고 보니 전순의는 사내에 대해 아무것도 아는 것이 없었다. 어둠

속이라 얼굴도 볼 수가 없었다.

"난 말이요. 당신이 박인향을 죽이려 하던 날 밤 그 의녀를 구해 준 사람이오."

전순의는 안개처럼 뿌옇게 가려져 있던 그 무엇인가가 비로소 선명하게 다가오는 것을 느꼈다. 장안에서 내로라는 칼잡이를 시켜 의녀를 처리하라고 했던 일, 그 칼잡이를 단숨에 제압하고 의녀를 데리고 가버린 무사, 그가 바로 눈앞에 있는 사내였다.

전순의는 집으로 돌아오면서 되짚어 보았지만 빠져나올 수 없는 덫에 걸린 것을 알았다. 그렇게 뛰어난 무술이라면 섣불리 꾀를 부려 그를 잡을 수가 없지 않는가. 그렇다면 세자를 죽일 수밖에 없단 말인가.

한명회 대감이나 주상 전하께 직접 발고하고 싶은 마음이 들기도 했다. 그러면 세자를 지킬 수 있을지는 모른다. 박인향을 붙잡아 배후를 추적하여 놈을 잡을 수 있을지 모른다. 그러나 놈을 잡지 못하면 가족과 자신의 목은 놈의 칼에 달아날 것이 분명했다. 더욱이 문종을 살해한 죄가 세상에 알려지면 살아도 산 목숨이 아닐 터였다.

전순의는 집 앞에 도착할 때까지 명쾌한 답을 내리지 못했다. 놈이 화살을 날린 솟을대문이 눈앞에 다가설 무렵 대궐 같은 집과 당상관 벼슬을 잃고 싶지 않은 욕망이 그에게 불쑥 솟았다.

그래, 한 번만 더 눈감고 넘어가 보자. 한 번 했던 일 두 번 못 하랴 싶었다. 녀석을 믿어 보자. 녀석은 내가 죽는 것을 원치 않음이 분명했다. 자기의 목표를 달성하면 그만이지 내 안위 따위에 무슨 관심이 있겠는가. 하지만 녀석은 일 년이 걸려도 좋으니 완벽하게만 해 달라고 요구했다.

녀석의 말대로 완벽하게만 해 낸다면 권력도 지키고 부도 지킬 수 있으리라 믿었다. 전순의는 솟을대문을 밀고 집으로 들어가면서 대궐 같은 집을 지켜 내리라 다짐했다.

동궁 내관으로부터 세자가 창덕궁 행차를 한다는 연락을 받고 전순의는 수강궁으로 향했다. 단종이 머무는 수강궁엔 인적이 끊어진 지 오래인 듯 오가는 사람들도 보이지 않는 한적한 곳이었다. 그가 들어서자 섬돌로 내려서는 중년 궁녀가 보였는데 한눈에 보아도 그녀가 박인향임을 알아볼 수 있었다.

"오랜만이군."

전순의는 눈길을 마주칠 수 없어 수강궁 처마 끝에 시선을 두고 말했다.

"여전하시네요."

"세자 저하께서 행차하신다기에 들렀느니라."

"소인이 다과를 준비하는 방은 저 방입니다."

인향이는 수강궁 대청마루에서 회랑으로 이어지는 첫 번째 방을 가리켰다. 조그마한 부엌이 딸린 방이었다. 전순의는 혼자 주방으로 들어가서 두리번거리며 주위를 살펴보았다. 이미 간단한 다과상이 준비되어 있었다. 단종이 즐겨 마시는 작설차와 세자가 좋아하는 수정과가 차려져 있었다.

그때 동궁 내관이 나직이 읊조리는 소리가 들렸다.

"세자 저하 납시오."

세자가 수강궁을 찾을 때는 창덕궁 후원으로 오르는 언덕 위에 수행원을 남겨두고 동궁 내관만 데리고 내려왔다.

인향이는 두 손을 앞으로 모은 채 수강궁 뜰에 다소곳이 머리를 숙이고 세자가 지나갈 때까지 서 있었다. 그때 전순의는 준비해 온 비상을 수정과에 털어 넣었다. 너무 소량이어서 넣는 것 같지가 않아 보였다. 세자가 대청마루에 오르자 인향이가 주방으로 들어왔다. 그 사이 이미 전순의는 뒷문으로 사라지고 없었다.

예나 다름없이 세자는 상왕과 많은 정담을 나누다가 돌아갔다.

그날 이후로 세자가 수강궁을 찾을 때마다 전순의는 어김없이 나타났다. 늘 세자보다 먼저 와서 주방 구석진 곳에 웅크리고 앉아 있다가 임무를 마치면 바람처럼 사라졌다. 얼굴을 마주칠 일도 거의 없었다. 세자가 수강궁 뜰에 들어서면 인향이는 뜰에 나가 머리를 조아렸고 그 틈에 전순의는 재빨리 움직였다. 인향이가 주방으로 돌아올 때면 그의 도포 자락은 이미 뒷문 문지방을 넘어서고 있었다.

겨울이 지나고 봄이 되어도 세자에겐 아무런 변화가 없었다. 간혹 앓아누워 문안 인사를 거른 적이 있긴 하여도 늘 밝은 표정이었다.

인향이는 다행이다 싶으면서도 시간이 흐를수록 초조함만 더해 갔다.

움막이나 다름없는 누추한 집에서 산다는 것이 경혜공주에겐 여간 힘든 일이 아니었다. 경복궁에서 나고 자랐으며 출가한 뒤에도 대궐 같은 집을 지어 신혼살림을 차렸으니 공주로선 이런 살림은 상상조차 할 수 없는 일이었다. 변변한 주방 살림 하나 제대로 갖추어진 것이 없었다. 그나마 수원부사가 쌀과 부식을 몰래 넣어 주어 먹는 것은 부족함이 없었다.

거기다가 칠성이가 내려와 아랫마을에 폐가를 구해 눌러앉으면서 잔심부름은 그가 다 했다. 한양으로 올라가라고 해도 그는 들은 척도 하지 않았다. 땔감이나 먹을거리를 구해 오거나 자주 수원에 내려가 세상 돌아가는 이야깃거리를 듣고 오는 게 그가 하는 일의 전부였다. 그는 열흘에 한 번은 한양을 드나들었다.

경혜공주가 영양위를 따라 귀양지에 온 지도 벌써 열 달을 넘기고 있었다. 그녀는 혼자 가슴앓이를 하면서 살 때보다 행복했다. 그리고 행복이란 물질에서 오는 것이 아니라 마음에서 오는 것임을 비로소 알게 되었다. 대궐 같은 집에서 사는 것이 행복이 아니라 초가 단칸방이라도 얼굴 마주하고 사는 것이 행복이었다. 비단 금침을 덮고 자는 것보다 변변한 이부자리 하나 없어서 꼭 껴안고 잘 수밖에 없는 것도 행복이란 걸 알게 되었다.

"여기서 사는 게 힘들지 않소?"

이불 속에서 영양위는 공주의 배 위에 손을 올려놓고 물었다.

공주의 배는 동그랗게 불러 있었다. 엄마의 뱃속에서 노는 아이의 움직임이 간헐적으로 느껴졌다.

"여기 온 거 얼마나 잘한 일인지 몰라요. 그래서 우리 아이까지 가질 수 있었으니까요."

"그런데 말이오, 부인."

영양위는 잠시 말을 끊고 망설였다.

"말씀하시어요, 서방님."

귀양지로 내려온 이후 부부는 모든 것을 내려놓기로 했다. 욕심도 내려놓고 신분도 내려놓기로 했다. 대감을 서방님으로 부르고 공주를 부인으로 부르니 더욱 정감 있게 들렸다.

"우리 아이는 축복받고 태어나야 하는데 애비가 죄인이란 걸 알면 얼마나 실망하겠소."

"그런 말씀 다시는 하지 마셔요. 왕위를 도둑질한 사람이 죄인이지 서방님이 어째서 죄인이란 말입니까? 전 아이에게 아버지는 세상에서 둘도 없는 충신이었다고 자랑스럽게 가르칠 겁니다."

"부인께서 그렇게 생각해 주니 내 마음이 한결 가벼워지는구려."

"서방님이 부마로 간택되지 않았다면, 서방님이 제 남편이 되지 않았다면 이런 고초를 겪지 않아도 될 터인데……. 죄송해요."

경혜공주는 울먹이는 듯한 목소리로 말했다.

"하루를 살더라도 부인과 함께라면 그게 가장 큰 행복이지요. 아마 부인은 모르실 거예요. 부인을 처음 만나던 날 내 마음을. 그날, 누님 댁을 방문하였던 그날이었답니다. 당신이 내 곁을 스치는 순간 내 코에 옮겨 앉은 당신의 향기는 정신을 잃게 만들 뻔했지요. 붉은 노을이 당신의 얼굴에 내려앉은 그날, 얼마나 예뻤는지 당신은 모를 겁니다. 영원히 간직하고픈 기억을 선물해 준 당신을 두고 어찌 당신과의 인연을 후회하겠소. 내 생명이 다하는 날까지 당신을 위해 살고 싶소."

사랑이 이렇게 가슴을 시리게 하는 것인 줄 경혜공주는 처음 알았다. 눈물이 뺨을 타고 흘렀다. 서럽도록 울고 싶은 건지 행복해서 눈물이 나는 건지 알 수 없었다.

밤이 깊도록 영양위는 옛 추억을 끄집어내어 신들린 것처럼 이야기하다가 잠이 들었다. 경혜공주도 웃다가 울다가 잠이 들었다. 추억을 먹고 산다는 것은 행복이었다.

꿈같던 밤을 보내고 아침이 되었다.

칠성이가 얼굴이 하얗게 질려서 달려 왔다. 칠성이의 그런 모습을 일찍이 본 적이 없던 경혜공주는 상왕께서 무슨 변고라도 생긴 것은 아닐까 가슴이 쿵 내려앉았다.

"한양에 있어야 할 자네가 웬 일인가?"

"모화관에 명나라 사신이 도착했답니다."

"그게 무슨 큰일이라고 호들갑을 떠는 게야."

세조의 등극을 축하하기 위해 책명사(冊命使)를 보낸다는 소문이 들려온 것은 어제 오늘의 일이 아니었다. 상왕에게 나쁜 일이 생긴 것이 아니라면 상관없었다. 경혜공주는 적이 놀란 가슴을 쓸어내렸다.

"소문이 너무 해괴해서……."

"소문이라니?"

"상왕을 폐할 거라는 소문이……."

"뭐라?"

"명나라가 금상을 임금으로 책봉하면 상왕을 그냥두지 않을 거랍니다."

경혜공주는 눈앞이 깜깜했다. 정신을 가다듬을 수가 없었다. 숙부를 한 번도 믿어 본 적이 없지만 그래도 옥좌를 넘겨 준 은혜는 잊지 않으리라 믿었다. 적어도 조카의 안위만큼은 지켜 주리라 믿었다.

"아무래도 부인께서 수양을 만나 보심이."

영양위가 걱정스러운 표정으로 말하자 공주가 머리를 가로저었다. 믿을 수 없는 사람인데 천 번을 만난들 무슨 소용이 있으랴.

불현듯 아바마마의 마지막 말씀이 떠올랐다.

-세자를 부탁한다. 세자를 지켜 줄 이 너밖에 없어.-

경혜공주가 초점 잃은 눈으로 빈 하늘을 바라보았다. 거기에는 베갯잇에 눈물을 떨구던 아바마마의 마지막 모습이 애처로이 걸려 있었다.

동생을 위해 뭐라도 해야 하는데 아무것도 할 수 없는 자신이 너무 싫었다. 한 치 앞도 내다보이지 않는 미로 속에서 동생은 헤매고 있는데 자기만 살겠다고 도망하다시피 떠나온 자신이 너무 싫었다.

"칠성아, 한양으로 가자!"

세조를 결코 만나지 않겠다던 공주였는데 한양으로 간다고 하니 영양위가 적이 놀랐다.

"경복궁으로 가시렵니까?"

"거긴 결코 가질 않을 겁니다. 결코."

"그럼 생각해 두신 분이라도……."

"아무도 생각나지 않아요. 이젠 만나볼 사람도 의지할 사람도 없어요. 다만……."

다만 오직 그분. 할바마마 생전에, 등이 한없이 넓어 업어 달라고 조르면 그 넓디넓은 등짝을 말없이 빌려주시던 유응부, 그분이 떠올랐다. 어린 나를 업고 근정전 뜰을 거닐 때면 할바마마께선 유모 대감이라고 놀리시던 그분이 생각났다.

경혜공주는 미복 차림으로 한양으로 향했다. 세상의 눈이 모두 세조의 눈인데 행여나 눈에 띄기라도 하면 피해는 고스란히 상왕 전하께로 돌아갈 터였다.

세상이 바뀌었는데도 도성 안은 예나 지금이나 조금도 변한 것이 없었다. 행여나 미행이라도 있을지 몰라 골목을 돌고 돌아 유모의 사가로 찾아들었다.

"너는 유응부 대감을 이곳으로 뫼셔 오거라."

서둘러 집을 나서는 칠성이를 향해 공주는 조심스럽게 덧붙였다.

"조심하고 또 조심해야 하느니라."

어둠이 뜰에 가득 내려앉을 무렵에야 칠성이가 유응부 대감을 모시고 돌아왔다.

"너무 오랜만에 공주님을 뵙습니다."

"저두요. 행여나 저를 몰라볼까 봐 저어했답니다."

"세월이 많이 흘렀는데 잊지 않고 찾아 주시니 소신 몸 둘 바를 모르겠습니다."

"죄송해요. 저를 예뻐해 주시던 그때가 엊그제 같은데 까마득히 잊고 있다가 오늘에야 생각이 났답니다."

"참 고우셨지요."

유응부는 지그시 눈을 감고 옛날을 떠올렸다. 한때는 큰아들 녀석의 배필로 삼고 싶어 늘 마음에 담고 있었던 공주가 아닌가. 언감생심 용기가 없어 전하께 한 마디 운도 떼어 보지 못하고 말았던 그때를 생각하면 늘 아쉬움뿐이었다. 그런 공주가 자신을 찾아 주니 감읍할 따름이었다.

"어찌 소신을 찾으셨는지요?"

"대감님의 등을 또 빌리고 싶어서요."

"공주님을 업고 다닐 그때가 가장 행복했답니다. 전하를 따라 죽지 못하고 목숨만 부지하고 있으니 이보다 더한 치욕이 없지요. 게다가 별운검이라니. 금상이 임금으로 책명 받는 자리에 나더러 별운검이나 서라니. 가문의 수치요, 불명예가 아니고 또 무엇이겠습니까? 하여 공주님께 이 더러운 등짝을 빌려드릴 수가 없답니다."

임금을 가장 가까이에서 호위하는 사람이 별운검(別雲劍)이었다. 유응부는 금상의 등극을 축하하는 자리에 별운검이나 서야 하는 자신의 처지가 너무나 싫었다.

"상왕 전하께서 불쌍해서 그래요. 이제 언제 쫓겨날지 모르는 운명이 아닙니까? 언제 죽을지 모르는 운명이 아닙니까?"

"그리 되어서는 안 되지요."

"방법이 없을까요? 우리 상왕 전하를 구할 방법."

순간 유응부의 긴 수염이 파르르 떨렸다. 그 수염 사이로 굳게 다문 입술이 말을 잃었다. 침묵이 방 안 가득 흘렀다. 멀리서 개 짖는 소리만 간간이 들려왔다. 한참 동안 생각에 잠겨 있던 그가 입을 열었다. 굳어 있던 그의 표정에 엷은 웃음이 흘렀다.

"있을 것 같습니다. 방법이……."

"말씀해 주세요."

경혜공주가 자세를 고쳐 앉으며 다가앉았다.

"별운검! 수치스러운 이 자리를 하늘이 내려 주셨나 봅니다. 수양의 목을 치라고!"

"그렇담 잔치를 베푸는 자리에서?"

"별운검보다 금상 가까이에서 호위하는 사람이 또 누가 있습니까? 뒤에 서 있다가 목을 치기만 하면 되는 것을. 그래요. 내가 왜 진작 이 생각을 못 했는지……. 임금 자리를 책봉 받는 그 자리. 죽음의 자리로 만들겠어요!"

결연한 의지가 목소리에 가득 묻어 있었다.

"소녀가 도와드릴 일이라도 있으신지요?"

"아닙니다. 공주님께서는 모르는 듯 계십시오. 성삼문도 있고, 박팽년도 있고. 아직도 죽을 자리를 찾지 못한 충신들이 많이 있답니다."

"고맙습니다. 그리고 또 고맙습니다."

"수양의 목을 베는 날, 소신의 등을 빌려 드리겠습니다. 그날은 공주님을 업고 근정전 뜰을 뛰어다닐 것입니다."

이제 기나긴 악연이 끝나는 듯싶었다. 경혜공주는 수양 숙부의 목이 떨어지는 그날을 그리며 발걸음을 수원으로 옮겼다.

빈궁 내관으로부터 세자가 수강궁을 찾는다는 정보를 알려 왔다. 전순의는 망설였다. 수강궁으로 가야 할까 말아야 할까? 이제 거의 마지막 고비에 와 있는데 왜 이렇게 망설이고 있는지 전순의는 알 수가 없었다.

두렵기도 하고 떨리기도 했다. 죽음의 그림자가 세자의 턱 밑까지 스멀스멀 다가서고 있는 것이 보이니, 그래서 이제 마지막이 될지도 모른다는 생각을 하니 발걸음이 선뜻 떨어지지 않았다.

무섭고 두렵기까지 했다. 문종이 죽음을 앞두고 있을 때도 전순의는 이런 감정을 느껴 본 적이 없었다. 두려움이나 떨림은커녕 오히려 희열과 설렘을 느꼈었다.

그런데 왜 이럴까? 왜 이렇게 두렵고 무서울까? 손이 떨리고 가슴이 벌렁거렸다. 임금을 죽인 용기는 어디 가고 이렇게 나약한 마음만 남아 있을까? 명예와 부귀 그리고 가정도 지켜야 하는데 여기서 중단해 버린다면? 그러면 세자 생명에는 지장이 없겠지. 후유증은 상당히 가겠지만 죽지는 않겠지. 세자는 살 수 있을지 몰라도 나는 어떻게 되는 거지? 그런 생각을 하는데 사내의 목소리가 들리는 듯했다.

'약속을 어기면 너와 너의 가족 모두 죽음이다. 그리고 너의 악행이 광화문 높은 곳에 걸릴 것이다.'

살 떨리는 경고를 떠올리는 순간 전순의는 이상한 생각이 들었다. 엄청난 협박에 비해 사내의 감시가 거의 없지 않았는가. 어쩌면 사내의 협박은 그야말로 협박에 지나지 않을지도 모른다는 생각이 들었다. 아들을 먼저 죽이고, 가족을 죽인다고 했지만 그렇게 하기 위해선 늘 사내의 감시 아래에 있어야만 했다. 그런데 전순의는 사내의 그림자도 보지 못했다.

어쩐지 사내에게 농락당했다는 느낌이 들었다. 전순의는 이쯤에서 한번쯤 사내를 시험해 볼 필요가 있을 것 같았다.

그래 오늘 하루는 건너뛰자. 그래서 사내의 반응을 보는 거야.

그런 생각을 하자 어디서 생겼는지 오기가 불쑥 생겼다. 두려움과 떨림도 한 순간에 안개 걷히듯 사라져 버렸다. 그래서 전순의는 수강궁으로 향하지 않고 집으로 퇴청을 해 버렸다.

공주가 수원으로 내려오면서 칠성이를 한양에 두고 왔는데 그가 정신

나간 사람이 되어 수원으로 내려왔다.

"마마! 좋지 않은 소식입니다."

"어서 말해 보게. 무슨 일인가?"

"상왕을 복위시키려던 계획이 탄로나 충신들이 모두 잡혔답니다."

경혜공주는 말을 잇지 못했다. 하늘이 무너지는 것 같았다. 칠흑 같은 어둠이 눈앞을 가려 아무것도 보이지 않았다.

"유응부 대감은 어찌 되었느냐?"

칠성이는 아무 말도 하지 못했다.

"어찌 되었느냔 말이다!"

공주가 청마루 기둥을 부여잡고 통곡을 했다.

"고정하세요, 부인."

영양위가 공주를 부축하여 방으로 모셨다.

"홍위를 어찌할꼬? 홍위를 어찌할꼬?"

넋 없이 마당에 서 있던 칠성이의 귓가에 애처로운 공주의 울음소리만 구슬피 울렸다.

의금부 뜰에 국청이 마련되었다. 단종을 복위하려다가 잡혀 온 충신들에게 국문을 하고 있었다. 세조가 분을 참지 못하여 직접 국문을 지휘했다. 형틀에 묶인 채 살이 찢기고 옷에 피가 범벅이 되도록 국문을 당한 자들은 대부분이 집현전 학사 출신이었다. 유응부, 성삼문, 박팽년, 이개, 하위지. 이들에게는 이미 단근질을 가하여 뜰에 살이 타는 냄새가 진동하였다.

"나를 죽이려 한 그 자리가 어떤 자리였는지 알고 있었겠다?"

그 자리는 세조의 등극을 축하하려고 온 명나라 사신을 접대하는 자리였다. 그런 은혜로운 자리에서 자기의 목을 베려 했으니 생각만 해도 소름이 돋았다. 세조는 유응부를 향해 고함을 질렀다.

"네 이놈! 널 믿어 별운검으로 임명했더니 날 죽이려 해?"

성삼문의 아버지 성승과 무인 중에서도 성품이 대쪽 같기로 유명한 유응부가 별운검이 되어 특별 경호를 맡게 되었으니 칼날의 방향을 바꾸어 세조의 목을 베기만 하면 끝나는 일이었다.

그러나 연회장이 좁아 별운검을 세우지 말자는 쪽으로 결정이 나자 단종을 복위시키려던 계획은 뒤로 미룰 수밖에 없었다. 이에 불안을 느낀 김질과 그의 장인 정창손이 세조에게 거사를 발고해 버렸던 것이다.

생각하기만 해도 모골이 송연해지는 일이었다. 유응부는 이미 죽음을 각오한 듯 한 마디 대꾸도 하지 않았다. 세조의 표정은 이미 일그러질 대로 일그러져 있었다. 볼에 작은 경련이 일 때마다 코밑수염이 파르르 떨었다. 의금부 뜰에 임시로 의자를 마련해 두었건만 세조는 엉덩이를 걸치지도 못하고 유응부의 주위를 맴돌며 소리 질렀다. 여전히 목이 붙어 있는 것이 실감나지 않은 듯 그의 손이 목덜미 쪽으로 자꾸만 갔다. 그러다가 성삼문 앞에서 걸음을 딱 멈추었다.

성삼문은 심한 고문에 시달려 의식을 잃었는지 고개를 떨군 채 의자에 묶여 있었다. 산발이 되어 얼굴을 가린 머리카락이 바람에 흩날릴 때면 피로 얼룩진 그의 얼굴이 조금씩 보였다.

"정신이 들게 하여라."

옆에 서 있던 한명회가 주위를 보며 외쳤다. 그러자 나졸 여럿이 한꺼번에 달려들어 그를 향해 물을 끼얹었다. 물 먹은 옷에 피가 번져 어디가 옷인지 어디가 피부인지 구분이 가지 않았다. 정신이 들었는지 고개를 들어 머리를 크게 흔들었다. 그러자 머리카락에 묻어 있는 물이 사방으로 흩날렸다. 그 물방울 위로 세조의 화난 목소리가 겹쳐 울렸다.

"상왕도 이 일을 알고 있는가?"

형틀에 묶이지만 않았더라면 그대로 허물어질 것 같은 몸에서 소름이 돋도록 서늘하고 강직한 목소리가 울려 나왔다.

"옥좌는 본래 상왕 전하의 것이 아닌지요? 주인을 되찾는 일이온데 숨길 일이 무에 있겠나이까?"

"그렇다면 상왕의 외척들도 알고 있으렷다?"

"당연하지요."

"권자신? 그리고 그 어미된 자도?"

"이를 말이겠습니까?"

"옳거니. 그리고 또 누가 이 일을 알고 있었느냐?"

"지금 나으리 곁에서 녹을 먹고 있는 자들만 모를 뿐 조선의 백성이라면 다 알고 있지요."

"무엇이? 나으리? 이런 죽일 놈이 있나!"

내금위 뜰에 세조의 분노한 목소리가 쩌렁 울렸다. 화를 삭이지 못하고 세조는 성삼문을 향해 또 목소리를 높였다.

"너는 경회루에서 나에게 옥쇄를 바친 놈이 아니더냐? 그런 놈이 무슨 충신이랍시고 충절을 들먹이느냐?"

"그날 이후로 경회루 물에 뛰어들어 목숨을 끊고 싶었던 적이 한두 번이 아니었습니다. 그럴 때마다 이를 악물었지요. 이미 더렵혀진 목숨 구차히 살아남은 까닭은 상왕께옵서 복위하시는 데 한 목숨 바치리라 다짐했기 때문이었습니다. 비록 실패하긴 했지만 후회는 없습니다."

세조는 분을 이기지 못하여 달군 인두를 성상문의 무릎 위에서 짓눌렀다. 살 타는 냄새가 의금부 뜰에 가득했다. 그래도 성삼문은 표정 한 번 바꾸지 않고 세조를 노려보았다. 거친 숨을 몰아쉰 뒤 나지막이 세조를 향해 속삭였다.

"나으리, 인두가 식었습니다. 다시 달구어 오시지요."

세조는 애써 못 들은 척했다. 그와 말을 더 섞다가는 더 심한 모욕을 당할 것만 같았다. 그는 휙 하고 몸을 돌려 멀찍이 뒤에 떨어져 서 있던 신료들을 향해 고함을 냅다 질렀다.

"여봐라! 상왕의 외척 권자신 일족을 모두 잡아들여라!"

불똥이 상왕의 외척으로 옮겨 붙는 순간이었다.

고문은 엿새 동안 계속되었다. 날이 갈수록 고문은 더해만 갔다. 그럴수록 세조의 분노는 커져만 갔다. 고함과 신음이 뒤섞여 의금부 뜰에 가득 찼다. 세조는 분개하여 고함을 질렀고, 고문당하는 자는 고통에 못 이겨 신음을 내뱉었다. 세조 뒤를 따르는 정난공신들은 살 타는 냄새에 코를 막았다.

박팽년은 고문에 버티지 못하고 닷새 만에 옥에서 숨을 거두었다.

거사를 일으킨 지 이레를 넘긴 날 군기감(軍器監) 앞길에 백관들이 둥글게 모여 섰다. 단종을 복위하려던 주모자에게 거열형(車裂刑)을 집행하려는 순간이었다.

"역모를 일으킨 자들의 최후니라. 만조백관은 한 명도 빠짐없이 지켜보아야 한다."

어명을 어기지 못해 불려나온 백관들은 눈 뜨고 못 볼 참혹한 현장에서 숨을 죽였다. 한여름의 더운 기운이 훅 하고 불어와 숨이 막힐 것만 같았다. 이미 끌려 나온 황소도 더위에 지쳐 입에 흰 거품을 물었다.

맨 처음으로 끌려나온 성삼문이 사지가 밧줄에 묶이면서 백관들을 향해 처연하게 시를 읊조렸다.

둥 둥 둥 북소리는 사람 목숨을 재촉하는데
머리 돌려 돌아보니 해는 이미 기울었네.

머나먼 황천길에 주막 하나 없으니
오늘 밤은 뉘 집에서 하룻밤을 머무를꼬?

백관들 틈에 섞인 신숙주는 이마에 흐르는 땀을 손으로 훔쳐 냈다. 가장 절친했던 성삼문이 맨 먼저 묶이고, 다음으로 유응부가 묶였다. 동갑내기 이개도 끌려 나와 묶였다. 한때 집현전에서 머리를 맞대고 학문을 연마하던 벗들의 죽음이었다. 신숙주는 혹시나 눈이라도 마주칠까 봐 눈을 감아 버렸다.

오래지 않아 북소리가 울리고 소 엉덩이에 채찍이 떨어졌다. 주먹만 한 눈을 이리저리 굴리고 있던 황소가 천천히 움직이자 죄인들의 팔다리를 묶은 줄이 팽팽히 당겨지기 시작했다. 여기저기에서 비명이 처절하게 울렸다. 찢어진 팔다리에서 피가 용솟음쳤다.

현덕왕후의 어머니와 동생 권자신의 비명은 더욱 처절했다. 그들은 단종의 외할머니이고 외숙부였다. 어린 단종을 홀로 두고 떠나는 슬픈 비명이었다.

비명이 더는 나지 않을 즈음 신숙주는 눈을 떴다. 이번에는 이미 자결한 유성원과 하루 전에 옥사한 박팽년의 시신이 굵은 줄에 묶였다. 그들도 찢겨졌다.

세조는 찢겨진 시신에서 머리를 베어 3일 동안 저자에 매달아 두는 형벌을 덧붙였다. 그들의 친자식도 모두 목매달아 죽였다. 장안은 온통 매달린 시체로 가득 찼다. 70명이 넘었다. 백성들은 매달린 목과 시체를 보며 몸서리쳤다. 김종서를 죽이던 3년 전의 그해보다 더 많은 피를 뿌렸다.

그 피가 마르기도 전에 공신들은 편전에 모여 또 한 번 잔치를 벌였다. 죄인들의 아내와 딸을 노비로 나누어 가지는 잔치였다. 박팽년의 아내도 끌려 나오고 성삼문의 아내와 딸도 끌려 나왔다. 역모에 가담한 자들의 아내와 딸은 모두 끌려 나왔다. 모두 181명이었다. 역모를 고발한 정창손에게는 6명의 부녀자를 상으로 주었다. 계양군과 영의정 정인지, 좌의정 한확, 우의정 이사철에게는 4명씩을 주었고 나머지 공신들은 등급에 따라 차등을 두어 나누어 주었다. 죄인들의 재산도 몰수하여 공신들이 나누어 가졌다.

경혜공주는 북쪽을 향해 엎드려 통곡을 했다. 세종이 아끼고 키워 낸 집현전 학자들도 가고 말았다. 이제 누가 있어 단종을 지킬 것인가. 끝이 보이지 않는 어둠만이 하늘을 덮고 있는 것 같았다. 남은 건 눈물밖에 없었다.

경혜공주를 곁에서 지켜보던 칠성이는 서둘러 한양으로 올라가야겠다고 마음먹었다. 남의 눈에 눈물 흘리게 하는 자 피눈물을 흘리게 해 주리라 다짐하며 한양으로 발길을 재촉했다.

단종은 좌불안석이었다. 어린 시절 할바마마의 손에 이끌려 집현전에 갈 때면 늘 보았던 사람들, 그들을 한꺼번에 잃었다. 금성 숙부도 떠난 지 오래고, 누님과 자형도 떠난 지 오래였다. 이젠 곁에 아무도 없다. 가끔 찾아와 말벗이 되어 주던 세자도 몸이 불편하여 발길을 끊은 지 제법 오래된 것 같았다.

그러던 세자가 기별도 없이 수강궁을 찾았다. 한눈에 보아도 병색이 완연하였다.

"형님, 어서 오세요."

단종이 달려 나와 세자의 손을 끌었다.

"몸이 부실하여 그동안 찾아뵙지 못하였습니다."

"그것도 모르고 그날 형님께서 오시지 않아 많이 기다렸습니다."

거사를 일으키려던 그날을 두고 말함이었다. 명나라 사신을 맞이하는 자리에는 세조뿐 아니라 세자와 단종이 모두 참석하기로 되어 있던 자리였다.

"그 일로 아바마마께서 너무 많은 충신을 또 죽였어요. 전하! 괴로워서 죽고 싶은 심정입니다. 누구든 붙잡고 용서를 빌지 않으면 가슴이 터져 죽을 것 같아요."

"용서를 빌다뇨? 용서를 빌어야 할 사람은 납니다. 모든 게 이 사람으로 인해 일어난 일이 아닙니까? 나 하나 없어지면 그만인 것을 너무 많은 인재들이 죽었어요. 또 외할머니랑 외삼촌은 무슨 죄가 있겠어요? 어머니 품도 모르고 자란 저를 불쌍히 여겨 지켜 주고 싶은 마음, 거기에 더 무엇이 있겠어요?"

단종은 울먹이며 말했다. 눈에는 눈물을 가득 머금고 있었다. 그런 단종을 보고 세자는 무슨 말을 해야 할지 몰라 망설였다.

"저자에 나가 보면 백성들이 얼마나 전하를 흠모하고 있는지 모릅니다. 민심이 전하를 향해 있지요. 아바마마께서는 그걸 돌려보려고 잔꾀를 부리고 있지만 한번 떠난 민심이 쉬 돌아올 리가 없어요. 게다가 저자에 걸린 충신의 목이 얼마나 많습니까? 그들을 다 죽였는데 어찌 민심이 돌아오겠어요? 그들이 무서워 집현전을 없애 버렸는데 어떤 백성이 임금을 따르겠어요? 아바마마께선 임금에 올라서는 안 되는 사람이었어요. 태종 할아버지께서는 왕권을 강화하기 위해 공신들마저 결국 다 쳐내고 말았습니다. 외척들도 모두 죽였어요. 나름대로 굳건한 왕위를 물려주겠다는 철학이 있으셨던 게지요. 하지만……."

세자는 목이 잠겨 말을 잇지 못하고 잠시 호흡을 가다듬었다.

"하지만 아바마마는 정난공신들에 휘둘려 할 수 있는 게 아무것도 없어요. 친동생인 안평 숙부도 살리지 못했잖아요? 아마도 아바마마께선 앞으로도 공신들이 벌여놓은 잔칫상에 초대된 손님에 불과할지 몰라요. 상왕 전하께옵선 원손으로 태어나셔서 세손, 세자, 임금을 거친 가장 완벽한 정통성을 가진 분이세요. 그런데 아바마마를 보세요. 아무것도 내세울 것이 없지 않습니까? 정통성이 없으니 왕권을 지키기 위해 죽일 수밖에요. 앞으로도 계속 죽여야만 왕권이 유지될 거예요. 아바마마는 죽이고 공신들은 그 뒤에 숨어서 대대손손 부귀를 누릴 겁니다."

세자는 여느 때보다 많은 말을 했다. 어제까지의 참극보다 다가올 미래에 대한 불안을 더 두려워했다.

아무 일도 일어나지 않았다. 전순의는 콧노래까지 흥얼거리며 집으로 향하고 있었다. 어제도 아무 일이 없었고 오늘도 아무 일이 없었다. 그러고 보면 사내의 협박은 그야말로 허풍이었다. 전순의는 이제껏 속아 온 것이 너무 억울했다. 그나마 늦게라도 이성을 찾은 게 불행 중 다행이었다. 그렇지 않았더라면, 그래서 세자에게 마지막 비상을 털어 넣었더라면 속절없이 세자는 돌아오지 못할 강을 건넜을지도 모를 일이었다.

그래도 조심은 해야 한다고 생각했다. 어떤 형태로든 사내는 보복을 할 것이다. 당분간 호위무사를 데리고 다녀야겠다고 생각하며 전순의는 늦은 퇴청을 했다.

솟을대문을 열 걸음 정도 앞두고 전순의는 서늘한 냉기가 온몸을 스치는 것을 느꼈다. 그때 화살 하나가 귓가를 스치듯 바람을 가르며 날아가더니 대문에 박혔다. 전순의는 얼른 화살에 묶인 쪽지를 풀어냈다.

「경고는 이것이 마지막인 줄 알아라. 오른팔은 네 의술을 펴는데 쓰도록 붙여두마. 대신 왼팔을 포기하여라. 다음에는 네가 자주 쓰는 사망 그 독을 네게 쓰도록 하지.」

쪽지를 읽었다고 생각하는 순간 또 다른 화살이 바람을 가르더니 전순의의 왼팔에 꽂혔다. 전순의는 왼팔에 화살을 꽂은 채 마당 안으로 몸을 피해 쏜살처럼 내당으로 달렸다.

내당에는 자기와 닮은꼴 하나가 왼팔을 싸매고 누워 있었다. 외동아들이었다. 아들은 서당을 다녀오다가 화살을 맞았다고 했다.

전순의는 치료를 한 뒤 사랑채로 물러나 밤새도록 소리 없이 울었다. 잠시 판단이 흐린 탓으로 왼팔을 잃었다. 이젠 선택의 여지가 없었다. 오른팔을 지켜내기 위해서라도 마지막 비상을 종이에 싸서 품에 넣었다.

청령포에서 지는 해

가뭄이 극심하여 논밭이 거북등처럼 갈라졌다. 작년부터 든 가뭄이었다. 관찰사들은 기우제를 올려 달라고 장계를 올렸다. 어느 지방을 가리지 않고 아우성이었다.

가뭄이 휩쓴 들판은 폐허처럼 황량했다. 가을이 되자 예전에 없던 늦장마가 찾아왔다. 그나마 살아남은 농작물은 거두어들이기도 전에 비에 젖어 썩어갔다.

"임금이 덕이 없으면 흉년이 든다네."

"하늘이 노하신 게지."

"얼마나 많은 사람이 죽었나? 원혼들이 해코지를 하는 게야."

사람이 모이는 곳이면 어느 곳에서나 입에 오르내리는 말이었다.

가을이 지나가는데도 먹을 것이 없어 백성들은 주린 배를 움켜잡고 고향을 등지는 사람들이 늘어났다. 조정에서는 식량이 모자라 급기야 금주령을 내렸다. 그런데도 공신들은 매일같이 경회루에 모여 술잔치를 벌였다. 풍악소리가 끊일 날이 없었다.

발 없는 말은 대궐의 높은 담을 넘어 멀리멀리 퍼져나갔다. 급기야 헛소문을 퍼뜨린 자 엄벌에 처한다는 법령을 또 내렸다.

경혜공주는 아기를 품에 안고 좁은 마루에 걸터앉아 먼 하늘을 바라보고 있었다. 행여나 한양으로부터 좋은 소식이나 없을까 그런 생각을 해 보았지만 모두 부질없는 일이었다. 영양위의 유배지를 수원에서 광주로 더 멀리 내치는 바람에 공주가 만삭의 몸을 이끌고 광주까지 따라와 아들을 해산하였다. 천 리 먼 길 광주에서 상왕을 그리는 경혜공주의 마음은 시리도록 아팠다.

그런 엄마의 마음을 헤아리기라도 하는 듯 품에 안긴 미수(美壽)는 엄마의 얼굴만 뚫어지게 쳐다보고 있었다. 산 아래에서 불어오는 봄바람이 공주의 귀밑머리를 스쳤다.

사립문 밖에서 보초를 서던 군졸이 잠시 자리를 비운 사이 공주는 아이를 업고 사립문을 나섰다. 공주가 갈 수 있는 곳이라곤 규봉암밖에 없었다. 집에서 모퉁이를 돌아 한 마장쯤 산을 비스듬히 오르면 나타나는 암자였다.

사람이 찾지 않는 한적한 암자였다. 혼자 암자를 지키고 있던 성탄(性坦) 스님이 공주를 반겼다. 공주는 부처님께 아바마마와 어마마마의 극락왕생을 빌었다. 그리고 동생을 숙부로부터 안전하게 지켜달라고 빌었다.

기도를 마치고 선방으로 자리를 옮기니 스님이 차를 올렸다. 향긋한 녹차 냄새가 은은하게 퍼졌다.

"금성 대군께선 순흥 땅에 위리안치되었다지요?"

유배지에서 나오지 못하도록 가시나무로 울타리를 만들어 감금시키는 형벌을 말함이었다.

경혜공주의 눈가엔 눈물이 맺혔다. 경상도 어디쯤으로 옮겼다는 말은 들은 것 같은데 그 정도로 학대받을 줄은 몰랐다. 공주는 애써 눈물을 참으며 두 손을 모아 금성 숙부를 위해 기도했다.

"나무관세음보살."

“순흥이라면 절의정신이 높은 선비들이 사는 곳이지요. 그래서…”

순흥은 성리학을 세운 안향(安珦)의 본향이기도 한 곳이다. 안동에서 멀지 않은 이곳은 대대로 성품이 대쪽 같은 선비들이 사는 곳이기도 했다.

“이곳으로 귀양을 보낸 겁니다. 더군다나 이 고을 부사가 이보흠이지요. 그는 세종, 문종 임금으로부터 총애를 받은 충신이었어요.”

이보흠은 집현전 시절부터 안평 대군과 가까운 사이였다. 계유정난 당시에는 실록편찬의 중임을 맡고 있었는데 세조로선 당연히 없애야 할 대상이었다. 그러나 제거할 명분을 찾지 못해 순흥 부사로 좌천시켜 버렸다.

경혜공주는 이보흠이 아바마마로부터 총애 받던 충신이란 말을 듣고 귀가 번쩍 뜨이는 듯했다.

“하필이면 왜 순흥이었을까요?”

“소승 생각으론 수양의 계략인 듯합니다. 함께 두면 반드시 역모를 도모할 것이고 그때 잡으면 둘을 한꺼번에 제거할 수 있지요.”

“그렇다면 큰일이 아닙니까?”

“알 만한 사람들은 다 안답니다. 임금이 두 마리 사냥을 동시에 할 거라고.”

“화를 피할 방법은 없겠는지요?”

“가만히 있어도 죄를 뒤집어씌우는 세상 아닙니까? 조심하고 또 조심하셔야죠.”

답답한 마음을 풀길 없어 암자를 찾았건만 경혜공주는 오히려 걱정거리만 한 아름 안고 돌아왔다.

세조는 자꾸 악몽에 시달렸다. 팔 없는 성삼문이 보이는가 하면 다리가 없는 박팽년은 자기를 향해 손가락질을 하며 뭐라고 소리 지르는데 세조는 한 마디도 알아듣지 못했다. 목이 없는 사람들은 누군지 알아볼 수 없었지만 그들은 한꺼번에 달려들어 세조의 목을 졸랐다.

때로는 문종이 꿈에 나타나기도 했다. 그러나 형수인 현덕왕후가 꿈에 나타나는 날이면 세조의 침상은 온통 땀으로 범벅이 되었다. 어젯밤 꿈에도 현덕왕후가 나타났다. 왕후는 거열형을 받고 죽은 어머니와 친정 동생 권자신의 손을 끌고 나타났다. 왕후의 얼굴은 늘 피눈물이 두 뺨을 타고 흐르는 모습이었다. 세조는 숨이 막힐 것 같았다. 아무리 도망치려 해도 발걸음은 늘 제자리걸음이었다. 지독한 가위눌림이었다.

세조는 가위눌림에서 깨어나 머리맡에 놓아둔 술을 주전자 채로 들이마셨다. 그리고 다시 잠들었다.

아침에 일어나면 머리가 늘 개운치 않았다. 세자가 언제 아침 문안을 왔는지 기억도 나지 않았다. 그러고 보니 어제는 세자가 또 몸져누웠다는 말을 듣고 동궁에 문병을 다녀온 기억이 어렴풋이 생각났다.

"더 이상 악업을 쌓으시면 안 됩니다."

애원 같은 세자의 목소리가 언뜻 머리를 스쳤다.

건강하던 세자가 요즘 들어 자주 앓아누우니 왕비도 동궁을 떠나지 못했다. 왕비가 동궁을 비우는 날은 세자빈 한 씨를 데리고 절에 가는 날이었다. 세자가 빨리 쾌유하기를 빌기 위해서였다.

세조는 겨우 정신을 수습하고 편전으로 향했다. 도승지 한명회가 기다렸다는 듯이 쌓인 상소문을 한 아름 들고 들어왔다. 그 뒤를 따라 영의정 정인지도 함께 들어왔다.

"무슨 내용들이오?"

"종친에서 상왕을 폐하라는 상소가 올라왔고, 대사헌 대사간에서도 같은 내용으로 상소를 올린 줄 아옵니다."

"도승지 그대는 어찌 생각하시오?"

"말씀 올리기 황송하오나 소신의 생각도 다르지 않습니다."

"도성으로부터 멀리 보내야 한다 이 말이지?"

"상왕께옵서 그 자리에 있는 한 역모는 끊임없이 일어날 것이옵니다. 하여 경치 좋고 한적한 곳으로 모심이 좋을 듯하옵니다."

경치 좋고 한적한 곳이 죽음의 길이라는 걸 세조는 모르는 체 애써 외면했다.

"요즘 과인이 꿈자리가 사납고 마음이 편치 못하오. 세자가 병석에서 털고 나오지 못하는 것도 어쩌면 과인이 쌓은 업보 때문이 아닌가 염려된단 말이오."

"이제 마지막이옵니다. 이 고개만 넘으면 튼튼한 왕조를 이룩해 내시리라 믿습니다."

"영상 대감은 어찌 생각하시오?"

"상왕이 존재하는 한 백성들의 마음이 전하께로 온전히 모아지지 않을 것입니다. 하여 소신들에게 맡겨 주시면 잘 마무리 짓도록 하겠나이다. 그리고 또……."

"또 무엇이오?"

"문종대왕 시절 소신이 상왕의 태실을 가야산 자락으로 옮겨 조성한 적이 있습니다. 기를 돋우기 위한 선왕의 배려였지요."

"이 마당에 태실 이야기는 왜 하시는 것이오, 대감."

한명회가 답답한 표정으로 정인지 말에 끼어들었다.

"상왕의 잔존 세력을 발본색원할 수 없음은 가야산 명당에 안치한 태실의 기운 때문이 아닌가 해서요. 하여 이참에 태실을 없애버리게……."

정인지는 더 말을 잇지 못했다. 자기가 내뱉은 말이 얼마나 무서운 음모를 품고 있는 말인지 모르지 않았다. 그래서 차마 말을 끝맺지 못하고 어물거렸다. 그러자 한명회가 나섰다.

"그 문제라면 소신이 나서지요."

"도승지, 아무도 모르게 해야 하오. 흔적을 남겨서는 안 되오."

세조가 떨리는 목소리로 하명했다.

한때 경혜공주의 유모였던 백단아 상궁이 중전의 말씀을 전하께 전하기 위해 편전 앞에서 기다리고 있었다. 오랜 시간이 지나도 편전 문이 열리지 않자 대전 내관이 다음 기회에 다시 오는 것이 어떻겠냐고 했다. 백단아는 중전마마의 급한 전갈이라고 과장하여 말했다. 도승지 한명회에 이어 영의정 정인지의 목소리가 문 밖에까지 들렸다. 그의 목소리는 밖에서 귀를 쫑긋이 세우지 않아도 충분히 들릴 만큼 걸걸했다.

백단아는 듣지 말아야 할 내용을 모두 듣고 말았다. 단종의 태실을 없애버려야 한다는 말을 들었을 땐 다리가 풀려 더 이상 서서 버티기에 힘겨울 정도였다. 그래도 버티었다. 현기증이 일어 쓰러질 것 같았는데도 상왕 전하를 위해 경혜공주를 위해 이를 악물고 버티며 모두 들었다. 무섭고 흉측한 음모였다. 한때 세종으로부터 총애를 한 몸에 받던 사람이 아니던가. 그런 사람이 그 손자의 태실까지 없애야 한다고 조잘대고 있으니 허망하기 그지없었다.

백단아는 중전의 전언을 대전 상궁에게 대신 전해 달라고 부탁하고 서둘러 편전을 빠져나왔다. 사가로 돌아오는 동안 가슴이 벌렁거리고 떨려서 생각을 정리할 수가 없었다. 밤을 뜬눈으로 새워도 결론이 나지 않았다.

'나와 전하를 버리게. 아는 체도 하지 말고 우리 일이라면 철저하게 외면하게.'

공주께서 마지막으로 남긴 말이었다. 다시 돌아오는 그날이 올 때까지 철저하게 모르는 사람처럼 살아야 한다는 공주의 말을 백단아는 한시도 잊은 적이 없었다. 그러나 흉측한 음모를 알고서 모른 척 내버려 둘 수는 없었다. 상왕 전하의 안위가 달린 문제였다. 백단아는 겨우 정신을 수습하고 공주에게 서찰을 써서 보냈다.

한명회는 믿음직스러운 수하 둘을 골라 가야산으로 보냈다. 높지도 않은 야트막한 능선 위에 자리한 태실은 한눈에 보아도 명당임을 알 수 있었다. 곡괭이와 삽을 든 사내 둘은 어둠이 내릴 때까지 나무 그늘 아래 숨어 있다가 야음을 틈타 태실을 파헤쳤다. 태실 위에 얹힌 덮개석을 부수고 기단석을 들어내니 석실이 드러났다. 석실 가운데에 백자항아리가 아담하게 안치되어 있었다. 횃불이 바람에 흔들렸다. 사내는 태가 담긴 백자항아리를 끄집어내 곡괭이로 찍었다. 그러자 항아리는 산산조각이 나 어둠속으로 흩어졌다. 큰 파편들을 긁어모아 다시 부수었다. 다른 사내가 부셔진 항아리의 파편을 손으로 쓸어 담아 숲속으로 던져 넣었다. 파낸 자리에는 흙으로 메꾸고 마지막으로 표지석과 석물들도 조각냈다.

상왕의 태실은 그렇게 해서 주인을 잃었다.

유월이 되면서 조정에서는 상왕을 폐하라는 목소리가 높아만 갔다. 악업을 더 이상 쌓지 말라는 세자의 애원을 외면한 채 스무하루가 되는 날에 세조는 결단을 내렸다.

"상왕을 폐하여 노산군으로 강등하고 영월로 이주하여 살게 하여라."

어명이 떨어지기 무섭게 서둘러 단종은 영월로 쫓겨났다. 여론이 무서워 귀양이란 말을 쓰지 못했으니 궁녀 일곱 명과 하인 두 명을 딸려 보냈다. 인향이는 광주에 내려가 있는 칠성이와 상의할 겨를도 없이 단종을 모시고 함께 떠났다.

단종이 영월로 쫓겨나고 며칠 지나지 않아 세조는 단종의 외척에 대해 다시 한번 철퇴를 휘둘렀다.

"현덕왕후를 폐서인하고 그 무덤을 파헤쳐 바닷가에 버려라."

꿈에서 자신을 괴롭힌 형수에 대한 복수였다.

세조의 패륜은 여기서 끝나지 않았다. 단종비 정순왕후 송 씨마저 폐서인하여 궁에서 쫓아냈다. 자신의 손으로 세운 왕후였다. 절친한 벗인 송현수의 딸이었다. 그리고 벗도 내쳤다. 송현수를 역모로 몰아 먼 지방의 관노로 보내 버렸다. 그의 가족도 모두 관노가 되었다.

송현수는 절규하며 도성을 떠났다. 누이동생이 영응 대군으로부터 이혼당하고 집으로 쫓겨 왔을 때 세조와 더 이상 인연을 잇지 말걸 하고 후회했다. 그 잘못된 인연이 이런 화를 몰고 올 줄은 꿈에도 생각지 못한 일이었다.

피어 보지도 못하고 꺾여 버린 딸을 생각하니 피눈물이 절로 났다. 누이동생을 바치고, 딸을 바친 죄밖에 없었다. 그런데 역모라니. 세조는 그에게 벗이 아니라 원수였다.

금성 대군은 단종이 영월로 쫓겨났다는 소식을 듣고 거사를 앞당기기로 결심했다. 먼저 영월로부터 단종을 모셔와 조선 6대 임금으로 복위함을 만천하에 선언할 생각이었다. 풍기군수로 하여금 죽령을 넘는 길을 끊게 하고, 문경현감은 조령을 넘는 길을 차단하기로 했다. 그러고 나서 격문을 영남 전역에 돌려 군사를 모을 계획이었다.

선비의 고장답게 민심은 금성 대군 편에 있었다. 충절을 덕목으로 삼는 유생들은 단종을 복위해야 한다고 한결같이 목소리를 높였다. 처음에는 순흥부사 이보흠을 중심으로 뜻있는 선비들이 모여들었는데 차츰 영천, 안동, 풍기, 예천, 봉화로 세력이 확산되었다. 특히 안무생이 의병

오백 명을 이끌고 오자 분위기는 급변하였다. 그는 순흥 땅 백운동 출신으로 안향의 후손이었다. 소문은 순흥 땅을 넘어 인근 고을로 퍼져 나갔다. 순식간에 3천 명의 병사가 모여들었다.

대규모 병사를 모으는 것도 시간 문제였다. 이 분위기라면 오래지 않아 한양으로 쳐들어가 세조를 잡을 수 있을 것 같았다.

그러나 이미 순흥부 내외에 심어둔 세조의 눈과 귀는 바쁘게 움직이고 있었다. 풍기군수는 거사에 가담하여 죽령을 지키는 임무를 맡고 있었다. 그는 몰래 관노를 매수하여 그에게 격문을 주고 말했다.

"너는 이 격문을 가지고 한양으로 가거라. 반드시 죽령을 넘어야 하느니라. 그러면 너는 죽령에서 나한테 붙잡힐 것이야. 그 격문을 나한테 넘겨주기만 하면 되느니라. 역도들이 소탕되면 네 공도 작지 않으리라."

풍기군수는 민심이 두려웠다. 역모를 고발한 변절자로 대대손손 손가락질 받으며 살고 싶지 않았다. 그래서 관노가 역모를 고변한 것처럼 꾸며 격문을 한양으로 보냈다.

역모의 증거를 확보한 세조는 군사를 보내 금성 대군을 잡아들이게 했다. 시작도 하기 전에 거사는 물거품이 되고 말았다.

실패를 직감한 금성 대군은 가담자 명단과 증거가 될 만한 것들을 모두 불태웠다. 그리고 이보흠과 안무생에게 말했다.

"모든 책임은 내가 지고 가겠소. 허니 이 부사께서는 나를 발고해 주세요. 그래야 살아남지 않겠습니까? 후일을 도모하려면 이 부사께서 살아남아야 합니다. 그리고 안 동지께서는 병사들을 해산시켜 그들에게 조금이라도 피해가 가는 일이 없도록 해 주세요. 그리고 안 동지께선 몸을 피하셔야 합니다. 언젠가 안 동지의 힘이 꼭 필요할 때가 올 것입니다. 그때까지 깊이 몸을 숨기세요."

금성 대군은 다음 날 관아로 끌려갔다. 목에는 칼이 채워지고 손목과

발목에는 쇠사슬이 채워진 채로 심문을 받았다. 그는 결코 입을 열지 않았다.

"모두 나 혼자 꾸민 일이니라."

조정에서는 답답했다. 금성 대군을 의금부로 압송하고 싶었으나 민심이 동요할까 두려웠다. 경상도 어느 구석에서 일어난 조그마한 일로 덮어버리고 싶었다. 그러나 잔당을 소탕하지 않고서는 언제 다시 일어날지 모르는 일이었다.

부득이 조정에서는 역모의 중심지였던 순흥, 예천, 안동 세 곳에 국문청을 설치하고 관리를 파견하였다. 그들은 세조로부터 밀명을 받고 내려 왔다.

"발본색원해야 한다. 그리고 일망타진한 뒤에는 한 글자라도 기록으로 남지지 말라. 결과는 조치 후 상경하여 구두로 보고해야 하느니라."

순흥부에는 정4품 윤자(尹慈)가 내려왔다. 그는 동분서주하면서 연루자를 잡아들였다.

"도망간 안무생을 잡아야 한다."

윤자는 병졸을 이끌고 직접 백운동으로 쳐들어갔다. 그곳은 순흥 안씨가 집성촌을 이루고 사는 마을이었다.

안무생이 백운동에 숨어 있을 리가 없었다. 그를 잡지 못한 윤자는 화풀이라도 하려는 듯이 백운동 마을 사람들을 모조리 잡아들였다. 남녀노소를 가리지 않았다. 순흥 관아에는 백운동 사람으로 감옥이 넘쳐났다.

윤자는 넘쳐나는 죄인들을 감당하지 못해 청다리 아래에서 목을 베었다. 백운동 사람들이라면 한 명도 남기지 않고 청다리 아래에서 죽였다. 피가 죽계천 강을 따라 붉게 물들었다. 여름 내내 죽계천은 붉게 물들었다. 붉은 핏물은 흘러 흘러 십 리가 넘게 이어졌다. 사람들은 핏물이 끝나는 동네를 피끝마을이라 불렀다.

순흥 안 씨라면 씨를 말린다는 소문은 순흥을 넘어 안동까지 퍼져나갔다. 순흥 안 씨들은 살아남기 위해 정든 고향을 등지고 야음을 틈타 몰래 멀리멀리 흩어져 버렸다.

살육이 끝나갈 무렵 동궁에서는 세자가 마지막 숨을 모으고 있었다. 전순의가 마지막 비상을 수정과에 넣은 지 보름이 지난 날이었다. 세자빈 한 씨는 네 살 된 월산 대군을 옆에 앉히고 태어난 지 한 달밖에 되지 않은 어린 아들(훗날 성종)은 품에 안고 있었다.

"세자, 눈을 떠 보세요. 이 어미를 두고 어찌 눈을 감으려 하십니까? 어미가 업보를 다 짊어지고 갈 테니 세자는 눈을 뜨셔야 합니다."

정희왕후가 오열하며 말을 겨우 이었다. 그때 세자가 가늘게 눈을 떴다. 파르르 떨리던 입술이 겨우 열릴 듯했다.

"말해 보세요. 이 어미가 다 들어드릴 테니."

"불쌍한 아들 …우리 아들을 지켜주세요."

세자는 마지막 숨을 몰아쉬면서 어린 자식을 걱정하고 있었다. 임금이 되지 못한 왕자는 온전히 살아남기가 쉽지 않은 세상이었다.

세자의 눈빛이 흔들렸다. 세조는 아들과 눈길을 마주칠 수 없어 잠시 허공에 시선을 두었다.

"세자!"

그때 중전의 울부짖음이 방 안을 흔들었다. 어린 월산 대군도 따라 울었다. 그러나 세조는 울지 못했다.

'더 이상 악업을 쌓으시면 안 됩니다.'

아들의 목소리가 들리는 듯했다. 세조는 동궁을 빠져나와 교태전 후원이 있는 아미산으로 향했다. 아미산은 경혜공주가 어렸을 적 홍위를 데리고 그림을 그리며 놀던 그곳이었다.

"으흐흐… 으흐흐…"

세조는 아미산 굴뚝에 기대어 통곡을 했다. 자식을 앞세운 부모의 마음, 그건 심장을 도려내는 아픔보다 더한 고통이었다. 참척(慘慽)의 고통 앞에서 세조는 무참히 무너져 내렸다.

자식 하나 지키지 못한 자신이 너무 싫었다. 세조는 강녕전에 박혀 술만 마셨다. 편전을 나가기도 싫었다. 세자를 살릴 수만 있다면 지금이라도 임금 자리를 던져 버리고 싶었다.

부모가 죽으면 산에 묻고 자식이 죽으면 가슴에 묻는다고 했던가. 세조는 아들의 죽음을 가슴에 묻었다.

칠성이가 광주를 찾았을 때 경혜공주는 식음을 전폐하고 있었다. 그 아리따운 모습은 온데간데없이 메마른 모습이었다. 단종이 영월로 쫓겨났다는 소식만으로도 감당하기 어려운데 어머니의 무덤마저 없애버렸다는 소식을 듣고 넋이 나간 모습이었다.

칠성이는 그런 공주를 위해 마음을 굳게 다짐했다.

"공주마마, 소인이 반드시 중전마마의 산소를 되찾게 해 드리겠나이다. 하오니 마음을 굳건히 하시옵소서."

그 길로 칠성이는 소릉(昭陵)을 찾아 안산으로 향했다. 멀리 바다가 보이는 언덕에 아무렇게나 파헤쳐진 무덤 앞에서 큰절을 올렸다. 현덕왕후의 무덤 소릉이었다. 소릉은 생각했던 것보다 심각했다. 봉분은 온데간데없이 허물어져 파헤친 구덩이만 남아 있고 석물은 깨져 아무렇게나 뒹굴고 있었다. 온전한 석상은 훔쳐 갔는지 모두 사라지고 없었다.

칠성이는 마을로 내려와 소릉에 대해 수소문해 보았다. 그러나 속 시원하게 이야기를 들려주는 사람은 아무도 없었다. 모두 눈치를 보는 듯

해 보였다.

"관을 바다에 띄워버렸다."

"유골을 산 여기저기에 버렸다."

그나마 주워들은 이야기는 절망적인 내용뿐이었다. 그래도 칠성이는 포기하지 않았다. 경혜공주를 생각하면 절대로 포기할 수 없었다. 바닷가 십 리 길을 따라가며 수소문해 보기도 하고, 후미진 해변에 떠밀려 온 것이라도 없는지 눈을 부릅뜨고 찾았다.

잠은 노숙도 마다하지 않았다. 차가운 밤공기는 뼈가 시리도록 추웠다. 허기진 배를 움켜잡고 농가에 찾아들었다. 아낙은 사정을 묻지도 않고 밥상을 차려 나왔다. 밥상이래야 보리밥 한 그릇에 약이 오를 대로 오른 풋고추와 된장이 전부였다. 밥그릇이 비워질 무렵 아낙은 조심스럽게 말했다.

"아랫말 최 노인을 찾아가 보소."

최 노인은 혼자 사는 농부였다. 그는 조심스럽게 입을 열었다.

"관에서 나온 사람들이 마마의 무덤을 파헤치고 돌아간 지 달포가 지난 어느 날이었답니다. 인근 사람들은 해코지가 두려워 근처에 갈 수가 없었지요. 소인은 그날따라 귀신에게 홀렸는지 산으로 올라가게 되었답니다. 그런데 거기에 관이 그때까지 버려져 있지 않겠습니까? 밤이 될 때까지 기다렸다가 아들을 데리고 다시 올라갔습죠. 그리고 관을 옮겨 소인만 아는 곳에 모셨답니다."

칠성이는 최 노인과 함께 무덤을 찾아갔다. 봉분이 너무 작아 무덤이라 하기엔 너무 초라했다. 그는 큰 돌을 무덤 앞에 옮겨놓고 미수외조모지묘(眉壽外祖母之墓)라고 새겨 넣었다.

"뭐라고 쓰셨는지요?"

"이분의 외손자가 미수입니다. 그래서 미수 외할머니의 묘라고 썼지요."

칠성이는 산을 내려오면서 경혜공주께서 주신 은혜에 조금이나마 보답한 것 같아 마음이 흐뭇했다. 그래서 그런지 한양으로 달리는 말발굽 소리가 한결 가볍게 울렸다.

광희문 앞에는 예나 지금이나 스산한 바람이 소리 내며 울었다. 칠성이는 사방에 깔린 어둠이 늘 마음에 들었다. 전순의를 만나는 장소로는 정말 안성맞춤이었다.

칠성이는 광희문 옆 보루에 올라앉아 전순의를 기다렸다. 그는 예상보다 일찍 나타났다.

"왼팔을 못 쓰게 된 건 정말 유감이오. 앞으로 약속을 어기지만 않는다면 이런 불상사는 없을 것이오."

"뭐라고? 앞으로 약속? 이제 모두 끝났지 않았소? 그런데 앞으로 또 약속이라니?"

전순의가 퉁명스럽게 대꾸했다. 세자가 죽었으니 이제 사내와 만날 일도 없을 터, 그래도 기어이 약속 장소에 나온 이유는 더 이상 사내와 엮이지 않겠다 다짐을 받고 싶었기 때문이었다. 그런데 또 볼일이 남았다니. 불쾌하기 짝이 없었다.

"허허, 말귀 한번 빨리 알아들어 정말 마음에 듭니다, 대감."

전순의는 빨리 자리에서 뜨고 싶었다.

"얼른 말해 보시오."

"우선 감사 인사부터 먼저 드리리다. 마무리를 잘 해 주셔서 정말 감사하오. 세자 일 말이오."

"생각하고 싶지 않소이다."

"좋소. 자 그럼 결론부터 말하겠소. 잘 들으시오. 다음 과업은 해양대군이오. 전하의 둘째 아들 말이오. 방법이나 기간 모든 일체는 그대에게 맡기겠소."

"못 하오! 이젠 죽어도 못 한단 말이오!"

전순의는 팔로 머리를 싸맨 채 울부짖었다.

"거부할 수 없다는 거 대감이 잘 알고 있지 않소. 허니 닷새를 말미로 드리겠소. 세부계획을 만들어 오시오."

말이 끝나자마자 사내는 바람처럼 어둠 속으로 사라져 버렸다. 전순의는 넋을 빼고 오랫동안 그대로 앉아 있었다. 얼마나 시간이 지났는지 알 수 없었다. 이른 초경에 사내를 만났는데 벌써 이경이 지난 것 같았다. 눈썹만한 하현달이 떠올라 동쪽 산마루에 걸렸다. 전순의는 자리에서 일어나 천천히 걸음을 옮겼다. 집으로 향하는 발걸음은 천 근의 무게보다 더 무거웠다. 발걸음뿐만 아니라 마음도 천 근이었다.

전순의는 사랑방에 앉아 뜬눈으로 밤을 지새웠다. 애처로이 시들어가던 세자의 모습을 떠올릴 때마다 괴로워서 미칠 것 같았는데 이번엔 해양대군이라니. 도저히 자신이 없었다. 문종을 죽일 때는 간신으로부터 조선을 구하는 사명감 같은 그 무엇이 있었다. 그래서 두려움을 억누르고 기꺼이 힘을 낼 수가 있었다. 그러나 세자의 경우는 달랐다. 내가 살기 위해 남을 죽이는 그런 일이었다. 그런 일을 또 해야 하다니.

지금까지의 완전범죄는 천운이 따랐기 때문이다. 꼬리가 길면 잡히는 법. 행여 일이 잘못되기라도 한다면 어린 아들에게까지 화가 미칠 것이란 예상은 불을 보듯 뻔했다. 한쪽 팔이 문제가 아니라 목이 달아날 문제였다. 목숨을 보존하기 위해서라면 해양대군을 처리하는 일에도 천운이 따라주기를 기도하는 일 밖에는 아무것도 없을 듯하였다.

그런데 이상한 일이었다. 문종을 죽이고 세자를 죽였으면 모든 것이 없었던 일처럼 끝나야 옳은데 왜 끝나지 않는 것일까? 해양대군은 왜 엮여져야 했을까? 전순의는 아무리 생각해 보아도 모든 것이 혼란스럽기만 했다. 그렇다면 이게 끝이 아닐 수 있지 않는가? 끝이 아니라면 해양대군 다음 목표는? 해양대군을 완벽하게 처리한 뒤 다음 목표는 누구일까?

전순의의 머릿속에 전하의 얼굴을 떠올리는 데는 오랜 시간이 걸리지 않았다. 소름 돋는 일이었다. 전순의는 눈을 질끈 감아 버렸다. 감아 버린 눈 사이로 눈물이 삐져나와 뺨을 타고 흘러내렸다. 멸문지화! 계유정난 이후로 멸문지화를 당한 선비들을 수없이 보아 왔다. 능지처참을 당해 사지가 찢기고 죄 없는 자식도 목이 잘려 저자에 내걸리는 형벌이 눈에 선하게 그려졌다.

살 떨리는 무서움이 전순의를 숨 막히게 했다. 그는 며칠 동안 죽음의 공포 속에서 시간을 보냈다. 해양대군을 죽일 일도 공포이고 전하를 죽일 일도 공포였다. 더욱이 자신과 가족들의 목이 달아나는 공포는 더욱 두려웠다. 공포에서 벗어나지 못해 등청도 하지 못했다. 아무도 사랑채에 들지 못하게 하고 무서움과 싸웠다. 그리고 겨우 생각해 낸 것은 재물을 지키고 자식을 지키고 아내를 지키는 방법, 그리고 죽음의 공포로부터 벗어날 수 있는 방법 그것이었다.

전순의는 약재 서랍 깊숙이 넣어두었던 사망(射罔)을 끄집어내었다. 문종에게 썼던 그 독약이었다.

경혜공주는 유모로부터 받은 서찰을 손에 쥐고 부들부들 떨었다.

"죽일 놈들!"

어마마마의 무덤을 훼손하더니 이젠 동생의 태실까지 없애려 하고 있었다. 인간이 아니었다. 짐승만도 못한 짓을 임금이라는 자가 자행하고 있었다.

막아야 한다. 저들보다 먼저 손을 써야 한다. 어마마마의 시신은 알지 못한 채 당한 일이지만 동생의 태실은 알고서 당할 수는 없는 노릇이었다. 그러나 당장 성주로 달려가 줄 수 있는 사람이 아무도 없었다.

'이럴 때 칠성이라도 있었으면…….'

안산으로 떠난 지 보름이 다 지났는데 아직 칠성이로부터 소식이 없는 걸 보면 어마마마의 시신을 찾는 일도 쉽지 않음을 알 수 있었다. 공주는 종일 넋 나간 사람마냥 북쪽을 향해 앉아 있었다.

닷새가 지나고 어둠이 깃들 무렵 칠성이는 광희문에서 전순의를 기다렸다. 눈썹만 하던 하현달도 보이지 않고 칠흑 같은 어둠이 괴괴히 내려앉아 사위는 을씨년스럽기까지 했다. 시간이 꽤 흘렀다.

기다리다가 지친 칠성이는 '이젠 오른팔을 잘라야겠군.' 하고 중얼거리며 천천히 걸음을 옮겨 전순의 집으로 향했다. 고개를 넘고 모퉁이 길을 여러 번 돌면서 칠성이는 묘한 배신감 같은 것을 느꼈다.

멀찍이 보이는 솟을대문에는 등촉 몇 개가 걸려 있었다. 예전에 볼 수 없었던 등촉이었다. 상가임을 알리는 등촉이었다.

'누가 죽었는가 보군.'

칠성이는 갓을 지그시 눌러 쓰고 담장에 기대서서 동정을 살피고 있었다. 마침 상문을 마치고 나오는 듯한 사내에게 다가가 조심스럽게 물어보았다.

"이 댁에 무슨 일이라도 있는 건가요?"

사내는 칠성이를 곁눈질로 흘끗흘끗 살피더니 조심스럽게 말했다.

"글쎄, 주인 나리께서 돌아가셨답니다."

칠성이는 당황하여 무슨 말을 해야 할지 입을 열지 못하다가 겨우 물었다.

"어떻게 갑자기?"

"자결하셨답니다. 독약을 마셨다지요."

칠성이는 초점 없는 눈으로 밤길을 허우적거리며 겨우 집으로 돌아왔다.

새벽 여명이 트기도 전에 칠성이는 말을 몰아 광주로 달렸다. 무슨 소식부터 전해야 하나? 광주로 내려오면서 내내 그 생각에만 몰두했지만 결국 결정을 내리지 못하고 경혜공주 앞에 섰다.

"칠성아, 어찌 되었느냐?"

칠성이는 머뭇거리며 말을 하지 못했다. 금성 대군께서 돌아가신 소식부터 고할까, 아니면 전순의가 자결했다는 소식부터 올릴까 망설였다.

"어마마마는?"

칠성이가 머뭇거리고 있는데 공주는 현덕왕후의 무덤에 대해서만 물었다.

"잘 모셔놓고 왔습니다."

"그래, 잘 하였다. 네가 아니었으면 불효자가 될 뻔하였어."

"그런데 마마……."

"또 무슨 일이냐?"

칠성이는 금성 대군의 죽음을 차마 입에 올릴 수 없어 전순의가 자결했다는 소식부터 말하려 했는데 엉뚱한 말이 먼저 나왔다.

"송현수가 사사되었답니다."

말이 떨어지기 무섭게 곁에서 듣고 있던 영양위가 말을 가로챘다.

"잘된 일이야. 아주 잘 되고말고."

세조와 송현수가 한통속이 되지 아니하였다면 누님이 영응 대군에게 버림받지 않았을 터였다. 그런 송현수가 딸까지 왕비로 들여 넣더니 이제 버림을 받은 것이다.

경혜공주는 남편의 마음을 십분 이해할 수 있을 것 같았다.

"그리고 또……."

"말해 보거라."

공주가 얼굴 가득 웃음을 머금고 칠성이의 다음 말을 기다렸다.

"전순의가 자결을 하였답니다."

"전순의가 자결을? 왜?"

"자세히는 모르옵니다. 아무래도 죄책감 때문이 아닐는지요?"

"자업자득. 죽음으로 속죄함이 당연한 일."

공주의 얼굴이 비로소 환하게 펴이는 듯했다. 칠성이는 내친 김에 금성 대군의 죽음도 알려야겠다고 마음먹었다.

"금성 대군께서도 순흥에서 사사되셨습니다."

"뭐라고?"

공주는 기어이 울음을 터뜨리고 말았다. 영양위는 허물어져 가는 공주를 보며 어금니를 갈았다.

"죽일 놈들!"

공주는 방으로 들어와 눕고 말았다. 너무 많은 주검을 본 탓일까? 눈물이 나지 않았다. 가슴이 쓰리고 아파 눈물이 가슴속으로만 흘렀다. 울음이 목으로 차올라 터질 것 같은데도 속으로만 멍울져 가슴에 뭉쳤다.

안평 숙부도 떠나고, 금성 숙부마저 떠났다. 이제 누가 곁에 있어 동생을 지켜줄 것인가? 영월에도 죽음의 그림자가 성큼성큼 다가가고 있는 것만 같았다.

문득 유모가 보내준 서찰이 떠올랐다. 동생의 태실마저 없애려 든다면 저들은 분명 동생을 죽일 생각까지 하고 있을지도 모른다는 생각이 들었다. 동생을 지켜야 한다.

그런 생각을 하자 갑자기 마음이 바빴다. 몸은 천 근의 무게에 눌린 것처럼 무거운데, 온몸에 기운이 빠져 움직일 힘조차 없는데 이대로 누워만 있을 수가 없었다. 당장이라도 영월로 달려가고 싶었다.

겨우 몸을 추슬러 밖으로 나왔다.

마루에 걸터앉아 먼 하늘만 바라보고 있던 영양위와 칠성이가 동시에 자리에서 일어섰다.

"더 누워 쉬지 않구요."

"누워 있어도 누운 게 아니라서."

핏기 없는 입술이 말하기조차 힘겨워 보였다. 그런 공주의 모습을 지켜보는 칠성이의 마음도 무거웠다. 그때 공주가 칠성이를 향해 무거운 입을 열었다.

"칠성아, 부탁이 있다."

"하명하시옵소서."

"이제 전하 곁에는 아무도 없지 않느냐? 염치없지만 마지막 부탁이라 생각하고 들어주었으면 한다."

칠성이는 이제껏 들어본 공주의 목소리 중에 가장 슬픈 목소리일 것이라는 생각이 들었다.

"말씀하십시오, 마마."

"전하를 지켜다오."

"하오면……."

"영월로 가거라. 이제 너뿐이니라. 여기는 다시 오지 않아도 된다."

"분부 받들겠습니다."

"가는 길에 말이다. 가야산에 들러 우리 홍위 태실도 한 번 살펴보았으면 한다. 만일 온전하거들랑 옮겨 다오. 근처 양지 바른 곳이면 상관없다."

칠성이는 마당으로 내려와 공주를 향해 절을 올렸다.

"마마! 만수무강하시옵소서."

칠성이의 눈물이 마당에 뚝뚝 떨어졌다. 그리고 다시 일어나 영양위에게도 절을 올렸다. 영양위가 마당으로 뛰어내려와 맞절을 했다.

칠성이가 가야산 자락에 도착했을 때 단종의 태실은 이미 파손되어 흔적조차 찾기 어려웠다. 여기저기 흩어져 있는 몇 개의 파편들만이 이곳이 태실이었음을 알게 해 주는 작은 흔적이었다. 칠성이는 무거운 발걸음으로 영월로 향했다.

누런 들녘이 어느새 자취를 감추고 황량한 모습으로 바뀌고 있었다. 청령포를 감싸고 돌아 흐르는 서강에 강바람이 제법 차갑게 부는 늦가을이었다. 칠성이가 청령포에 온 지도 벌써 이레가 지났다. 돌이켜 보면 칠성이는 꿈을 꾸는 것만 같았다. 아내에게 하고 싶은 말이 너무 많아 한양으로 길을 잡으려 했으나 마음이 바빠 성주로 곧장 내달렸다. 그리고 아쉬운 마음으로 청령포까지 왔는데 이곳에서 아내를 만나게 될 줄은 꿈에도 생각지 못한 일이었다.

칠성이가 청령포에 오자 아내보다 단종이 더 반겼다. 단종은 그 이튿날부터 외출을 하지 않았다. 외출이래야 강을 따라 서쪽으로 가파르게 솟아오른 벼랑 위에 올라 서강을 바라보는 일이 전부였다. 그곳에 오르면 청령포를 휘돌아 흐르는 서강이 한눈에 들어오는 곳이었다. 서강은 흘러 흘러 동강을 만날 것이고 다시 남한강이 되어 한양으로 흘러갈 것이다. 그 강물에 그리운 마음을 실어 중전에게 보내는 것이 유일한 즐거움이었다.

그러던 단종이 외출을 하지 않고 칠성이를 본채에 불러 놓고 경혜공주에 관한 일이라면 무엇이든 물었다.

"여전히 예쁘시지? 요즘도 그림을 그리는가? 내 얘기도 많이 하시던가?"

단종은 대답할 틈도 주지 않고 물었다.

"도련님이 걸음마도 하구요, 재롱도 늘구요, 어떨 땐 마마의 치맛자락을 잡고 놓지를 않을 때도 있답니다."

갓 돌 지난 미수 이야기로 화제가 옮겨갈 때면 단종은 밤이 깊도록 칠성이를 행랑채로 내려 보내지 않았다. 영월 땅을 밟은 이래 가장 행복한 시간을 보내고 있었다.

지난밤에도 늦도록 공주 이야기를 하며 시간을 보냈다. 늦은 아침에 눈을 뜨니 까치소리가 멀리서 들렸다.

반가운 소식이라도 오려나?

그러나 칠성이는 이내 단념해 버렸다. 반가운 소식을 보내줄 사람이 없었다.

그래도 좋은 소식이 올지 몰라. 아침나절을 막연한 기다림으로 시간을 보내다가 칠성이는 터벅터벅 강가로 나갔다. 강물이 자갈에 부딪는 소리가 정겹게 들렸다. 마치 한겨울 대숲을 스치는 바람소리 같았다.

칠성이는 조약돌을 주어 멀리 던져 보았다. 조약돌은 멀리 날아가 강 한가운데에 떨어졌다. 더 멀리 보내고 싶어 다른 조약돌을 집어든 순간 건너편 청령포에 한 무더기 병사들이 나루터로 오고 있었다.

순라를 도는 병사들이 아님을 칠성이는 직감적으로 알 수 있었다. 그는 단걸음에 본채를 향해 뛰었다. 호흡이 턱 밑에까지 차올랐다.

본채에 이르니 단종은 글을 읽고 있었다.

"전하!"

"웬 소란이냐?"

"한 무더기 병사들이 청령포를 건너오고 있습니다."

"그게 무슨 대수냐? 물러나 있거라."

칠성이는 아래채로 달려가 청운도(靑雲刀)를 집어 들었다. 푸른 구름을 가르듯 춤추는 칼, 그 칼은 세종께서 하사한 칼이었다.

오래지 않아 병사들이 본채로 들이닥쳤다. 금부도사 왕방연이 떨리는 목소리로 외쳤다.

"죄인 노산군은 어명을 받드시오."

단종이 툇마루로 내려서기 전에 칠성이가 왕방연을 가로막았다.

"무엄하오. 죄인이라니? 하늘이 무섭지 않소?"

칠성이는 칼집에서 칼을 뽑았다.

스르릉.

섬뜩한 쇳소리가 귓맛에 역겨웠다. 소나무 가지 사이로 한줄기 빛이 칼날에 와 닿았다. 줄지어 늘어선 병사들이 일제히 칼과 창을 들어 칠성이를 겨누었다.

"피하십시오. 소인이 전하를 모시겠습니다."

칠성이가 청운도를 휘둘러 허공을 갈랐다. 그러자 병사들이 한 걸음씩 뒤로 물러났다.

"어명을 가져왔다 하지 않았느냐?"

왕방연이 목소리를 높였다.

"어명이라니? 임금은 오직 여기 한 분, 감히 수양의 명 따위를 가지고 어명이라 사칭하느냐?"

"안 되겠구나. 저놈을 죽여라!"

주춤 물러났던 병사들이 칠성이를 향해 조금씩 거리를 좁혔다. 청령포 솔밭엔 살기만 가득할 뿐 숨소리 하나 들리지 않았다. 창을 쥔 병사들이 칠성이를 둘러싸고 칼을 든 병사들이 그 앞으로 나왔다.

"뭣들 하는 게야! 저놈을 베지 않고!"

다시 한번 왕방연이 소리를 질렀다. 그러자 일제히 칠성이를 향해 달려들었다. 칼이 부딪는 소리가 소나무 숲 사이로 퍼졌다. 놀란 새들이 하늘 높이 후드득 하고 날았다. 그때 칠성이가 새처럼 날아올라 왕방연 뒤로 사뿐히 내려앉았다. 그의 칼은 왕방연의 목 앞에서 멈추었다. 힘을 조금만 더하여도 목이 잘릴 만한 딱 그만한 위치에서 칼이 멈추었다.

"모두 무기를 내려놓아라!"

칠성이의 목소리가 쩌렁 하고 울렸다. 그러자 병사들이 하나둘씩 무기를 내려놓기 시작했다.

큰 소란이 마무리될 무렵 단종이 칠성이를 향해 조용한 목소리로 말했다.

"칠성아, 너도 칼을 거두어라."

칠성이는 당황스러웠다. 스무 명 남짓한 병사들을 상대하는 일쯤이야 식은 죽 먹기나 다름없는데 칼을 거두라니. 그래서 칠성이는 칼을 거두지 않은 채 버티고 서 있었다. 단종은 천천히 한걸음씩 섬돌 아래로 걸음을 옮기며 고개를 들어 차가운 하늘을 바라보았다. 늦가을 하늘은 시리도록 푸르렀다.

"칼을 거두래도."

단종이 또 말했다. 가라앉은 목소리에 슬픔이 묻어 있는 듯했다. 칠성이가 칼을 거두자 왕방연은 엉거주춤하게 서 있던 나장을 향해 소리쳤다.

"어명을 전할 것이니라. 서둘러 준비하여라."

나장이 분주히 움직였다. 돗자리를 깔고 상 위에 놓을 사약을 준비하는 동안 단종은 여전히 푸른 하늘만 바라보고 있었다. 거기에는 아바마마 얼굴이 있고 그 곁에 안평 숙부와 금성 숙부의 얼굴도 함께 있었다. 모두 빨리 오라는 듯 손짓을 하는 것 같았다.

"죄인은 무릎을 꿇고 어명을 받으시오."

단종이 무릎을 꿇고 옷매무새를 고쳐 앉아 눈을 감았다. 왕방연이 교지를 읽고 있었지만 한 마디도 귀에 들어오지 않았다. 단종은 마지막으로 누님을 떠올렸다. 아늑하고 포근한 품, 꽃그늘이 내려앉은 듯한 화사한 자태, 보고 있어도 또 보고 싶은 얼굴, 그 모든 것들을 가슴에 꾹꾹 눌러 담았다. 저승에 가면 얼굴도 모르는 어마마마를 어찌 찾을까 걱정했는데 눈에 가득 담은 누님의 얼굴이면 어마마마를 찾을 수 있을 것 같았다.

편안한 마음으로 눈을 떴다. 그리고 천천히 사발을 들어 사약을 마셨다. 어디선가 가늘게 흐느끼는 누군가의 울음소리가 들렸다. 소나무에선 까치가 또 울었다. 단종이 피를 토하며 모로 쓰러졌다. 17살의 젊음이 꺾이는 순간이었다.

뽑은 칼을 거두지도 못하고 칼끝을 땅에 박고 엉거주춤 서 있던 칠성이가 달려들어 단종을 무릎 위에 끌어안았다.

"전하!"

칠성이는 오열했다. 울부짖는 울음소리가 청령포 솔밭에 울렸다. 피 묻은 단종의 얼굴 위로 굵은 눈물이 떨어졌다. 칠성이는 단종의 입가에 묻은 피를 소매로 닦아냈다.

"소인이 전하를 지키지 못하였나이다."

칠성이는 단종을 바르게 눕히고 절을 올렸다. 그리고 다시 남쪽을 향해 절을 올렸다.

"공주마마! 소인이 전하를 지켜드리지 못했나이다. 죽어서라도 전하를 지켜드리겠나이다."

칠성이는 일어나 긴 칼을 가슴에 대고 깊이 찔러 넣었다. 앞으로 쓰러지니 칼은 등을 뚫고 길게 나왔다. 그 위로 여인이 달려와 가슴을 포갰다. 인향이었다. 긴 칼이 그녀의 가슴을 뚫었다. 인향이는 칠성이를 힘껏 끌어안았다. 그럴수록 칼은 그녀의 가슴 깊은 곳으로 파고들었다.

공주는 소리 내어 울지 않았다

금성 대군을 역모죄로 몰아 사사한 후 세조는 교지를 다시 내렸다. 영양위의 집 담장 밖에 커다란 목책을 설치하여 출입을 엄격히 통제하고, 우물을 집 안에 파서 죄인이 밖으로 나오는 일이 없도록 할 것이며 고을 수령에게 수시로 감독하게 하였다. 또한 이를 어기는 자는 지위 고하를 불문하고 중한 죄로 다스린다는 내용이었다.

그러나 광주 목사 유곡은 경혜공주의 나들이를 막을 수 없었다. 나들이라고는 암자에 불공을 드리려 다녀오는 일밖에 없는데 그것마저 못하게 할 수는 없었다. 더군다나 공주는 세종의 적손녀이며 문종의 하나밖에 없는 공주가 아니던가. 충성을 바쳐 모셨던 임금의 혈육을 박대할 수는 없었다. 보초를 서는 나졸들도 목사의 마음을 헤아려 공주가 나들이를 할 때면 슬쩍 자리를 피해 주었다.

목책은 사람이 겨우 빠져나갈 틈만 남겨놓고 집을 에워싸고 있었다. 새도 앉을 수 없을 만큼 뾰족하게 다듬어서 보기만 해도 을씨년스러웠다.

목책이 생긴 이후부터 경혜공주는 날로 우울해져 갔다.

동생을 낳자마자 숨을 거둔 어마마마를 생각하는 날이 많아졌고, 어린 아들을 사막에 던져 놓고 황급히 떠나버린 아바마마를 원망하기도 했다. 피어 보지도 못하고 17살에 꺾인 어린 동생을 생각하면 견딜 수 없을 만큼 가슴이 아팠다.

지독한 외로움이 경혜공주를 더욱 우울하게 만들었다. 안평 숙부나 금성 숙부라도 살아 있다면 삶이 이렇게 외롭지는 않을 것이다. 동생을 보낸 지도 벌써 삼 년이 흘렀다.

칠성이 내외를 생각하면 가슴이 시리도록 아팠다. 아무리 사소한 일이라도 천 리 길을 마다않고 한양을 오르내리던 그가 아니었던가. 안산 바닷가 언덕에서 어마마마의 무덤을 찾아내고 단숨에 달려온 그의 환한 얼굴도 잊을 수가 없었다. 그런데 정작 칠성이의 주검은 거두어주지 못했다. 얼마나 남편을 사랑했으면 꼭 껴안고 죽었을까? 인향이의 죽음을 생각하면 더욱 가슴이 시렸다.

경혜공주는 사립문을 열고 집을 나섰다. 지난 일들이 떠올라 마음이 우울해질 때면 암자를 찾아 기도하는 일 그것밖에 할 수 있는 것이 없었다.

늘 다니던 산길이건만 경혜공주는 숨이 턱밑까지 차올랐다. 둘째를 가진 탓이었다. 출산할 때까지 규봉암 나들이를 삼갔으면 좋겠다고 영양위가 말했지만 경혜공주는 들은 척도 하지 않았다. 그래서 미수는 영양위의 몫이 되었다. 업기도 하고 때로는 걸리기도 하였다.

암자는 숲으로 둘러싸여 땀으로 범벅이 된 얼굴을 금방 식혀 주었다. 매미 몇 마리가 귀가 맵도록 함께 울어댔다. 법당 안에 드니 매미 울음소리에 묻어 한 줄기 바람이 싱그러운 나뭇잎 냄새를 머금고 불어왔다.

경혜공주의 기도는 늘 같았다. 먼저 부모님의 극락왕생을 빌었다. 홍위는 다음 생에서 세자로 태어나지 말기를 기도했다. 안평 숙부나 금성 숙부는 금강산 신선이 되었으면 좋겠다고 빌었다. 그러나 영양위는 한 가지만 빌었다. 공주가 웃음을 되찾는 날이 빨리 오게 해 달라고 빌었다.

선방에는 늘 녹차 향이 그득하여 마음을 맑게 해 주었다. 성탄 스님의 인품을 느낄 수 있는 방이었다. 경혜공주에겐 성탄 스님이 살아있는 부처나 다름없었다. 삶을 지탱할 수 없을 만큼 힘들 때 스님은 손을 내밀어 붙잡아 주었다.

"안색이 편치 않아 보이십니다. 둘째를 가졌기 때문인가요?"

"마음이 편치 않네요. 돌아가신 분들이 부쩍 많이 생각나서요."

"잊으셔야 합니다. 마음에 담아두면 마마의 건강에도 해롭지만 고인에게도 좋지 않습니다."

"요즘 들어 더 심한 것 같아요, 스님."

영양위가 안타까운 표정으로 덧붙였다.

"그렇다면 추도법회라도 열어드리는 건 어떨까요? 극락왕생도 빌어드리고요."

"상왕 전하를 말씀하시는 건가요?"

영양위가 공주를 대신하여 물었다.

"그럼 누구겠어요? 열일곱에 돌아가신 것도 원통한데 시신조차 수습하지 못했어요. 이승을 떠나지 못한 채 구천을 맴돌고 있을지도 모르지 않습니까?"

성탄 스님의 말이 떨어지자마자 공주의 표정이 달라졌다.

"스님, 왜 그 생각을 못 했을까요? 이런 바보 같은 누나가 이 세상에 나 말고 또 있을까요? 얼마나 누나를 원망했을까요? 얼마나 미웠을까요?"

공주는 눈물을 주르르 흘렸다.

"소승이 힘닿는 데까지 준비해 보겠습니다."

"스님, 정말 감사합니다. 가슴에 무거운 것이 얹혀 있었는데 스님 말씀 한 마디에 눈 녹듯 사라졌어요!"

공주는 합장을 하고 감사의 기도를 했다.

성탄은 몇몇 유림 선비들만 추도법회에 초대하기로 했다. 그들은 계유정난 이후 벼슬을 버리고 낙향했거나 관직을 빼기고 쫓겨난 선비들이 대부분이었다.

진시(辰時)가 지나자 한두 명씩 오던 손님들이 법당 안을 다 메우고 앉을 자리가 없어 뜰에 멍석을 깔고 앉았다. 놀란 사람은 공주뿐 아니었다. 성탄은 문전성시를 이룬 손님들을 보며 어쩔 줄을 몰라 했다.

소문을 듣고 찾아온 사람들은 유생들이 대부분이었다. 그중 젊은 유생이 선방에 대기하고 있던 공주에게 다가와 무릎을 꿇고 절을 올렸다.

"소생 공주님께 인사 올립니다."

"그만 일어나세요. 저는 절을 받을 자격이 없는 사람입니다."

"듣기에 민망하옵니다. 문종 대왕의 적통 공주님께서 어이 그리 낮추어 말씀하시는지요? 금성 대군 나으리께서 공주님을 조선의 제일 공주라고 자주 말씀하셨답니다."

"그대는 누구시기에 금성 숙부를 잘 아시는지요?

"저는 순흥 안가 이름은 무생이라 합니다. 안향의 후손이기도 하구요. 정축지변에 친족이 모두 죽고 혼자 살아남았습니다."

정축년에 순흥에서 일어났던 단종복위운동을 두고 말함이었다.

"고향이 순흥일 텐데 어찌 이곳까지 내려오게 되었나요?"

"정착을 못 하고 전국을 유랑하며 숨어 살았습니다. 그런데 광주를 지나다가 공주님 소식을 듣게 되었답니다. 그래서 여기까지 오게 되었구요."

"그대를 보니 마치 금성 숙부님을 대하는 것 같아요. 제겐 특별한 분이셨답니다."

공주는 목이 메어 말을 제대로 잇지를 못했다.

"저도 공주님을 뵈오니 이제 죽어도 여한이 없을 것 같다는 생각이 듭니다."

안무생은 붓을 들어 〈조선 6대 임금 추모제〉라고 크게 썼다. 그리고 성큼성큼 걸어 나가 법당 문지방 위에 붙였다.

경혜공주는 흐뭇한 표정으로 바라보았다. 조선 6대 임금. 노산군으로 강등된 이후 처음 느끼는 감격이었다.

원통하게 죽은 단종의 원혼을 달래는 위령제를 먼저 올리고 혼령을 극락으로 인도하는 천도재를 지냈다. 반야심경을 독송하는 성탄의 목소리가 하늘에 닿을 듯 낭랑하게 퍼졌다.

광주 목사 유곡이 단종의 추모제에 참가하기 위해 자리를 비운 사이 난데없이 전라관찰사 함우치가 형리 민계동만 데리고 광주로 내려왔다. 그러자 광주 관아가 왈칵 뒤집어졌다.

이방이 대신 관아를 지키고 있었다.

"목사는 어디에 가셨는가?"

"멀리 출타를 하셨습니다."

"멀리 가셨다니 이를 어쩐다?"

"무슨 연유이신지요? 소인이 대신할 수……."

"그동안 공사다망하다는 핑계로 영양위 유배소 점고를 소홀히 하였다. 하여 오늘 목사와 함께 가 보려고 왔느니라."

유배자 관리는 관할 고을인 광주목에서 담당했다. 그런데 난데없이 관찰사가 순행을 하겠다고 나섰으니 이방은 난감하지 않을 수 없었다. 새로 부임해 오거나 필요할 때 죄인을 관아로 불러 점고하는 것이 예사였다. 방문 점고가 꼭 필요할 때면 형리를 보내 관찰하게 하였다. 관찰사가 유배소를 직접 방문하여 점고하는 일은 예전에 없었던 일이었다.

"감사 나으리, 너무 더운 날씨가 아닌지요? 찬바람이 불면 적당한 날을 잡아 가심이 좋을 듯합니다."

이방이 더위를 핑계로 적당히 둘러댔다.

"아니다. 이방 자네가 앞장서 주어야겠다."

함우치는 이방을 앞세워 영양위의 배소로 행했다. 형방도 나졸 여럿을 데리고 뒤따랐다. 가는 길에 이방은 아무리 머리를 굴려 보아도 뾰족한 방법이 생각나지 않았다. 현장에서 들통날 바엔 차라리 이실직고하는 편이 나을지 모르겠다는 생각이 들었다.

"사실은……."

"왜 그러는가?"

더위 탓이겠거니 하면서도 지나치게 땀을 많이 흘리고 있는 이방을 향해 함우치가 물었다.

"사실은 오늘 목사님께서 그곳으로 가셨습니다. 거기서 무슨 행사가 있다고 하여……."

"무슨 행사라고 하였더냐?"

"소인이 거기까진 잘 모릅니다."

단종의 추모제가 열린다는 사실은 차마 말할 수 없었다.

함우치가 배소에 도착했을 땐 죄인을 지키고 있어야 할 나졸도 보이지 않았고 집 안에도 아무도 없었다. 목책에는 자물쇠를 채워 놓긴 했지만 느슨하여 사람이 빠져 나가기에는 충분한 틈이 있었다.

"형방 이게 어찌 된 일인가?"

함우치는 어이가 없는 표정으로 형방을 향해 물었다.

"산책 갔나?"

형방이 혼잣말처럼 중얼거렸다.

"이런 고이한! 죄수가 사라졌는데 산책이라니? 빨리 찾아오게!"

그때 형방이 호루라기를 불었다. 매운 호루라기 소리는 바람을 타고 골짜기 사이로 울려 퍼졌다. 오래지 않아 숲속에서 나졸 두 명이 달려 나왔다.

"어디 있다가 나타나는 것이야!"

형방이 크게 꾸짖자 나졸이 무릎을 꿇었다.

"죽을죄를 지었습니다. 아무도 없어서 그늘에서 쉰다는 게 그만……. 다시는 그러지 않겠습니다, 나리."

"죄인은 어디 갔느냐?"

함우치가 낮은 목소리로 물었다. 나졸들은 이미 제정신이 아니었다.

"규봉, 규봉암에 갔습니다요."

"목사는 어디 있느냐?"

"목사님도 거기에 갔습니다요."

"알았다. 앞장 서거라."

규봉암에서는 영양위가 추모사를 한창 읽고 있었다.

「…세종 이래로 조선은 태평성대를 맞이하였는데 전하께서는 사특한 무리들에게 죽임을 당하셨습니다. 얼마나 원통하고 분한 일입니까? 숙부가 어린 조카를 죽이고 왕위에 오르는 일이 이 조선에서 일어날 줄을 누가 알았겠습니까? 하지만 오늘 충정을 변치 않는 여러분을 뵈오니…」

영양위가 추도사를 한창 읽고 있는 중에 들이닥친 함우치가 추상같은 영을 내렸다.

"역모의 현장이니라. 역도들을 모두 포박하여라."

장내가 술렁거리며 일대 혼란이 일어났다. 그때 안무생이 나서서 큰 소리로 외쳤다.

"몸을 피하십시오! 저들에게 잡히면 개죽음입니다!"

나졸들과 대치하고 있던 선비들이 뒷걸음질을 쳤다. 그 뒤로 안무생의 우렁찬 목소리가 다시 울렸다.

"저들은 순흥 땅 백성들도 모두 죽인 놈들이오! 부디 잡히지 말고 피하십시오!"

열 명 남짓 되는 나졸들이 많은 사람을 체포하기에는 턱없이 부족했다. 그들은 창을 겨누는 시늉만 낼 뿐 도망가는 사람들을 뒤쫓을 생각은 엄두도 내지 못했다.

"저놈을 잡아라!"

함우치가 안무생을 가리키자 나졸들이 일제히 안무생에게 덤벼들었다. 순식간에 안무생이 포승줄에 묶였다. 이어서 영양위와 성탄도 묶였다.

"나도 묶어라!"

광주 목사 유곡이 나서며 말했다. 나졸들이 영문을 몰라 머뭇거리는 사이 함우치가 호령을 내렸다.

"저자도 한패다! 체포하여라!"

광주 관아로 돌아온 함우치는 보초를 제대로 서지 않은 나졸부터 먼저 심문을 했다.

"잘 생각해서 대답해야 한다. 그렇지 않으면 너희들도 역모죄에 엮어 의금부로 보낼 것이다."

"목숨만 살려주십시오, 나리."

젊은 나졸이 사색이 되어 대답했다.

"그럼 시작하겠다. 평소에도 오늘처럼 자리를 비운 적이 있는가?"

"죄인이 외출을 하면 늘 비웠습죠."

"그래도 목사는 아무 말도 안 하더란 말이지?"

"네."

"목사가 평소에도 죄인을 자주 만나는가?"

"며칠 전에도 만난 적이 있었답니다. 그날 죄인이 스님께 종이를 건네주었는데 적힌 글이 너무 길어 한 발이 넘었습죠. 그 자리에 목사님도 있었는데 귓속말로 해서 무슨 말을 나누었는지는 듣지 못했습니다요."

중년 나졸은 신들린 사람처럼 말하는 젊은 나졸을 멀뚱히 바라보기만 했다.

"자네도 보았겠군."

중년 나졸은 기억이 나지 않는 일이라고 말하려고 했는데 정신이 없어 그저 고개만 끄덕거리고 말았다.

"죄인이 다른 사람과 내통하는 것을 본 적은 없느냐?"

"없습니다요. 암자에서 만난다면 우리들은 알 길이 없지요."

"다른 말은 생각나는 게 없는가?"

"있습죠."

젊은 나졸이 기다렸다는 듯이 말했다.

"말해 보거라."

"죄인과 스님이 전하를 가리켜 수양이라고 했습니다."

"저도 그 말은 들은 적이 있습니다요."

젊은 나졸이 말하자 중년 나졸도 동조하고 나섰다.

"알았느니라. 또 생각나는 것이 있으면 차후에도 아뢰어야 하느니라."

다음 날 함우치는 광주 목사를 형틀에 앉혔다.

"목사는 어찌하여 죄인의 감시를 소홀히 하였소?"

"소홀히 한 건 잘못이지만 이런 분들이 귀양을 오면 눈감아 주는 게 관례가 아니었던가요?"

사실 높은 벼슬에 있던 자가 귀양이라도 오면 지방 관리들은 접대를 소홀히 하지 않았다. 후일을 위해 좋은 인연을 만들어 두기 위함이었다. 그래서 음식을 대접하는 것은 흔한 일이 되었고 기생을 붙여 술대접까지 하는 경우도 있었다.

"관례라니? 저 사람들은 단순한 죄인이 아니오. 역적이란 말이오. 역적을 편드는 것 그것도 역모란 말이오."

"우리 모두 전대 임금님께서 주신 녹을 먹고 살았던 사람들입니다. 세종 이래로 그 손자 임금에 이르기까지 내리신 은혜를 입지 않은 사람들이 없지요. 그 은혜에 보답하지는 못할망정 외출 좀 눈감아 주었다고 역모라고 하시니 서운합니다, 대감."

"그렇다면 어찌하여 추모회에는 참석하시었소?"

"역모를 일으키는 일도 아닌데 무엇이 문제요? 내 잘못이 있다면 아직도 상왕 전하를 잊지 못하는 어리석음 때문이 아니겠소? 충절을 굽히지 않는 여러 충신들과 함께 자리하는 것만으로도 나는 배가 부르단 말이오. 그러니 길게 끌지 마시고 죽이시오."

유곡은 고개를 길게 빼고 눈을 감았다. 당장에라도 죽이라는 무언의 표시였다.

"이것이 보이시오?"

함우치가 내민 것은 영양위가 읽다가 만 그 추도문이었다.

"상왕을 찬양하는 사상이 극히 불온하지가 않소? 이런 내용으로 선동하고 있는데 목사는 그래도 역모가 아니었다고 잡아떼겠소?"

"억울하게 돌아가신 상왕을 추모하고 넋을 위로하는 내용이지 않소? 그분이 한성으로 쳐들어가자고 선동이라도 했습니까? 아니면 금상을 죽이자고 선동이라도 했습니까?"

함우치는 더 이상 심문을 계속할 필요가 없다고 생각했다. 영양위나 안무생을 심문했지만 그들은 한 마디도 입을 열지 않았다. 게다가 성탄은 심문에 대답은 않고 불경만 독송했다.

다음 날 함우치는 내용을 정리하여 장계를 조정에 올렸다.

> 「광주에 안치한 정종이 자숙하기는커녕 여러 외인들을 끌어들여 역모를 논의한 바 있어 긴급히 장계를 올리나이다. 정종은 규봉암에 기거하는 승려 성탄을 연락 책임자로 삼아 외부 세력을 끌어들이는 한편 직접 외인들을 만나기도 했습니다. 이렇게 외부와 끊임없이 소통하며 역모를 도모할 수 있었던 것은 광주목사 유곡과 함께 거사를 도모했기 때문에 가능했던 것입니다. 유곡은 죄인의 문밖출입을 엄격히 통제해야 함에도 불구하고 죄인과 하나가 되었으니 조정에 녹을 먹는 관료로서 사상이 지극히 불손한 자라 아니할 수 없습니다. 이들은 하나같이 주상을 수양이라고 부르고 있으며 임금을 임금이라 여기지 않으니 역심이 골수에까지 박힌 자들입니다. 청컨대 한양으로 압송하여 국문케 하고 이들의 죄를 낱낱이 밝혀 다시는 불미스러운 일이 일어나지 않도록 벌하옵소서.」

장계를 받은 조정에서는 또 한 번 회오리바람이 불었다.

"짐을 수양이라고 불러? 고이한 놈들!"

세조는 이를 부드득 갈았다.

여름이 끝나갈 무렵이었다. 영양위를 압송하기 위해 내려온 금부도사가 마당에 서서 방 쪽을 향해 큰 소리로 외쳤다.

"한 시각이 바쁘니 빨리 끝내셔야 합니다."

"알았네. 조금만 더 말미를 주시게."

금부도사가 벌써 몇 번째 성화를 부리고 있는데 영양위는 차마 공주의 손을 놓지 못했다. 임신한 배는 눈에 띄게 불렀다. 그는 배에서 시선을 떼지 못하고 입을 열었다.

"미안하오, 부인. 정말 미안하오. 전하를 지켜드리지 못해 미안하고, 당신을 지키지 못해 미안하오. 미수를 지켜주지 못해 미안하고 태어날 우리 아기에게는 더욱 미안하오."

공주의 손을 잡은 그의 손등 위로 영양위의 굵은 눈물방울이 뚝뚝 떨어졌다.

"그런 나약한 말씀은 하지 마셔요. 다시 안 볼 것처럼 말하면 정말 싫어요."

"내가 죽어야 끝날 싸움이었어요. 그 길이 당신과 우리 아이를 구할 수 있는 길이라면 난 기꺼이 그 길을 선택할 것입니다."

"안 돼요. 한 번만 굽히세요. 저쪽도 서방님이 굽히고 나오길 기다리고 있을지 몰라요. 죽으면 내일이 없지 않겠어요? 살아남아야 내일이 있고 살아남아야 싸울 수 있어요!"

"나도 살고 싶어요. 돌아서면 당신 얼굴 보고 싶은데 어찌 당신을 두고 눈을 감을 수 있겠소?"

영양위는 공주의 볼을 가만히 어루만졌다. 남편의 손길이 뺨에 닿자 공주는 그때까지 참고 있던 눈물이 한꺼번에 쏟아졌다. 영양위의 손을 타고 눈물이 흘러 내렸다.

"지금 떠나셔야 합니다."

금부도사가 재촉하는 소리가 또 문밖에서 또 들렸다.

경혜공주는 옷매무새를 단정히 여미고 미수에게 말했다.

"미수야, 아버지께 큰절 올리거라. 먼 길 떠나려 하신다."

공주의 곁을 무릎걸음으로 장난스럽고 놀고 있던 미수가 영양위 앞에

서서 큰절을 했다.

"오냐, 미수야. 어머님 말씀 잘 듣고 학문을 게을리해서는 안 되느니라."

"명심하겠습니다. 아버님."

어린 미수는 학문이 무엇이지 알지도 못하면서 대답했다.

영양위는 흐뭇한 시선을 미수에게서 거두고 성큼 방문을 열고 마루로 나섰다. 공주가 미수 손을 잡고 따라 나왔다. 마당으로 내려서자 물색모르는 나졸이 굵은 포승줄을 들고 달려 왔다. 금부도사가 나졸을 밀치며 말했다.

"무례하구나. 공주님 앞이시다. 물러나 있거라."

금부도사는 영양위를 앞세우고 사립문을 나섰다. 그때 영양위가 뒤를 돌아보았다. 공주가 서 있었다. 그러나 눈물이 핑 돌아 공주의 얼굴을 잘 보지 못했다. 손등으로 눈물을 훔쳐냈다. 그래도 온전하게 보이지 않았다. 가슴에 묻어두고 싶은 얼굴, 마지막일지 모르는 얼굴, 그 얼굴을 제대로 보지 못하고 발길을 옮기고 말았다.

형조에서 고문이 진행되었다. 며칠 동안 심한 고문을 받은 탓으로 영양위는 몸을 가누지 못한 채 형틀에 묶여 있었다.

"죄인은 아직도 역모를 부정하는가?"

형조판서 박원형은 큰 소리로 물었다.

"난 역모가 뭔지 모르는 사람이다."

축 늘어진 몸 어디에서도 그런 카랑카랑한 목소리가 나올 것 같지 않은데 여전히 영양위의 목소리는 살아있었다.

"너희 역당들은 전하를 수양이라고 불렀다. 임금을 수양이라고 부른 것이 역심이 아니고 무엇이더냐?"

"나는 수양을 임금이라고 생각해 본 적이 없다."

"정말 아둔하고 어리석도다. 역모를 인정하고 진정으로 반성한다면 전하께선 그대를 용서해 주려하신다고 누차 말했는데도 굳이 죽음을 선택하려는 그대를 정말 이해할 수가 없구나."

"내게 임금은 오직 단종 한 분뿐이시다. 이 몸이 전하께 너무 큰 은혜를 입어 충성으로 보답코저 하오니 빨리 죽여라."

형조판서는 더 이상 국문을 하지 않았다. 절의를 꺾을 사람이 아닐진대 영양위를 욕보이게 하고 싶지 않았다. 빨리 끝내는 것이 전하를 위하는 길이고 영양위를 위하는 길이라고 생각했다.

"전하, 역모를 일으킨 자 모두 극형으로 다스려 주시옵소서."

세조는 오래지 않아 교지를 내렸다.

> 「역모를 모의한 정종은 능지처참(凌遲處斬)하고 그 시신을 팔도에 뿌려 본보기로 삼도록 하여라. 나머지 가담자는 참형에 처하고 광주 목사 유곡은 직접 가담하지 않았기에 목숨은 살리되 그와 그의 가족 모두를 춘천 관아의 노비로 보내라. 또한 정종의 처는 고신을 거두고 순천의 관노로 삼는다.」

교지를 내린 지 하루도 지나지 않아 영양위는 군기감 앞길에서 능지처참되었다. 사지를 찢어 죽이는 것도 모자라 시신을 토막 내어 소금에 염장을 했다. 부위별로 나누어 상자에 담아 각 지방으로 내려 보냈다. 머리는 광통교 옆 저자 거리에 걸렸다.

3일째 되던 날 새벽, 겸사복 병사가 어둠 속에서 재빠르게 움직이고 있었다. 그는 영양위의 수급을 끌어내려 보자기에 싸서 묶었다. 그리고 파루 종이 울리기 전에 말을 몰아 광희문을 빠져 나갔다. 그는 한강 강가에 다다라서야 한숨을 몰아쉬고 수급을 강물에 던져 넣었다.

경혜공주가 미수 손을 잡고 임신한 몸으로 순천 관아에 온 지도 벌써 열흘이 넘었다. 초라한 그녀를 보고 눈물을 흘리지 않는 사람이 없었다. 보다 못한 돌쇠 어멈이 먹을거리를 챙겨 경혜공주에게 올렸다.

순천 부사 여자신은 불만이 이만저만이 아니었다. 밥만 축내는 관노를 두 눈 뜨고 보자니 짜증이 머리끝까지 올라왔다.

"어떤 관노가 앉아서 밥상을 받으려 하느냐?"

경혜공주는 마음이 불편해서 목구멍으로 밥을 넘길 수가 없었다. 그래도 그녀는 숟갈을 부지런히 움직였다. 뱃속의 아이를 위해서라도 먹어야만 했다.

다행히 미수는 귀양살이 음식에 익숙해져 있어서 투정을 부리지는 않았다. 게걸스럽게 먹는 식성이 그녀를 더욱 슬프게 하였다.

식사가 끝나갈 무렵 부사 여자신이 관아를 둘러보다가 경혜공주를 보자 또 지청구를 늘어놓았다.

"밥을 처먹었으면 밥값을 해야지."

여기저기서 사람들이 모여 들었다. 괴팍한 여자신 부사의 심술보를 듣는 것도 관노들에게는 이제 재미있는 소일거리였다.

"새끼까지 먹이려면 두 배로 일을 해도 모자라지!"

경혜공주는 대꾸도 하지 않고 마지막 밥숟갈을 미수의 입에 떠 넣어 주었다. 순천 부사는 대꾸도 하지 않는 경혜공주의 태도에 화가 더욱 치밀었다.

"이방 어디 있느냐? 저 밥벌레를 끌어다가 허드렛일이라도 시키지 않고!"

그때 공주가 조금도 흐트러지지 않는 자세로 방문을 나섰다. 그녀는 손을 들어 부사를 가리키며 말했다.

"나는 왕의 딸이다! 네 어찌 관비의 사역을 내게 시키려 한단 말이냐?"

추상같은 호령이었다.

"이방! 이방!"

부사는 당황하여 어쩔 줄을 몰라 이방만 찾았다. 그녀는 가녀린 여인이 아니었다. 왕가의 피를 물려받은 공주였다. 감히 아무나 범접하지 못할 기품이 살아 있었다.

그러나 밤이 되면 공주는 가녀린 여인이었다. 남편을 생각하며 울었고 어린 아들을 생각하며 울었다. 밥벌레로밖에 보이지 않는 자신의 처지를 생각하며 울었다. 더 이상 살고 싶은 마음이 없었다. 평생을 관노로 사는 삶이라면 차라리 깨끗이 생을 마감하고 싶었다. 그게 공주다운 모습일지 모른다고 생각했다.

가을이 깊어가는 어느 날 청천벽력과도 같은 소식이 공주에게 전해졌다. 영양위가 능지처참을 당해서 광주 관아에 그의 시신 일부가 걸릴 것이란 소식이었다.

경혜공주는 정신을 잃고 말았다. 겨우 정신을 차린 공주는 순천 부사를 찾았다.

"나으리, 광주에 잠시 다녀오면 안 되겠는지요?"

"관노 처지에 가긴 어딜 간단 말이냐!"

공주에게 감정이 좋지 않은 부사가 쾌히 승낙해 줄 리가 없었다.

"남편 시신을 거둘 사람이 없습니다. 그러니 꼭 가게 해 주세요. 은혜는 갚을 터이니 제발 허락하여 주세요."

공주는 뜰에 엎드려 고개를 들지 못하고 빌었다. 굵은 눈물방울이 땅에 떨어져 흙에 자국을 남겼다.

"안 된다. 썩 물러가거라."

경혜공주는 포졸에 끌려 행랑채로 돌아왔다. 문을 안으로 잠그고 또 울었다. 소리 내어 울지 않아도 더 큰 울음을 공주는 울었다. 그러다가 지쳐 정신을 잃었다.

새벽에 겨우 정신을 차린 공주는 미수를 돌쇠 어멈에게 맡겨 놓고 야음을 틈타 광주로 내달렸다. 아침에 이방이 부사에게 공주가 도망가고 없다는 보고를 올렸다.

"병사를 풀어 뒤를 쫓을까요?"

"시늉만 내다가 들어오너라."

광주 부사는 추노하고 싶지 않았다. 아이를 남겨두고 간 사람이 도망가지는 않을 터, 외출을 허락하지는 못할망정 남편의 시신을 수습하는 일을 못하게 할 수는 없는 노릇이었다.

광주는 삼백 리 길이었다. 임신한 몸이 아니라면 달려서 사흘에 갈 수 있는 길이었다. 곡성을 지날 무렵에는 발이 부르터서 제대로 걸을 수가 없었다. 배가 고파 쓰러지기도 하고 정신을 잃기도 하였다. 농가의 헛간에 숨어들어 잠을 자기도 하고 때로는 음식을 훔쳐 먹기도 했다.

순천을 출발한 지 닷새 만에 광주 관아에 도착했다. 공주는 새로 부임한 광주 목사를 찾았다. 그러나 그는 공주를 만나 주지 않았다. 종일토록 관아 앞에서 기다린 보람도 없었다.

공주는 주막을 찾았다.

"주모, 요 며칠 사이에 한양에서 죄인의 시신이 내려왔다면서요?"

"뉘시길래 이제사 묻는기요?"

"순천에 사는 사람입니다. 소문이 하도 기괴해서……."

"기괴하다마다. 팔 하나가 걸렸습디다. 오른팔. 임금의 사위였다지요. 규봉암 아래에서 오랫동안 귀양살이를 했는디……. 글쎄 역모를 했다나? 그 일로 여러 사람이 상했뿌렀어."

주모는 혀를 끌끌 차며 말했다.

"지금은 어디 가면 볼 수 있나요?"

"무슨 좋은 구경거리랍시고 오래 매달아 두겠능교? 치운 지 벌써 여러 날 되었는디."

"치웠다구요? 이디로요?"

"모릅죠. 버리거나 태우거나 그랬을 틴디."

경혜공주는 말아 놓은 국밥을 남겨둔 채 주막을 나섰다. 밤공기가 차가왔다. 시리도록 차가왔다. 눈물이 앞을 가려 걸을 수가 없었다. 순천으로 돌아오는 길은 멀고도 멀었다.

강녕전 뜰에 늦가을 낙엽이 이리저리 휩쓸려 쓸쓸함을 더하는 오후였다. 정희왕후는 찻잔을 사이에 두고 모처럼 세조와 시간을 함께 보내고 있었다.

"가려움증은 우선하신지요, 전하."

"온천에 다녀왔는데도 이번엔 별 효험이 없구려."

"이틀을 멀다하고 연회를 벌이니 피부병이 나을 틈이 없는 게지요. 공신들 챙기는 일은 이제 그만하시고 핏줄이나 보살핌이 어떨는지요?"

"내가 핏줄을 학대하는 사람으로 들립니다그려."

"경혜를 저렇게 팽개쳐 두니 답답하여 해 본 소리랍니다."

"그 아이 일이라면 입에 올리지도 마세요, 중전."

"그 먼 곳에서 고생할 모습을 생각하면 가슴이 아파요. 죽은 우리 세자를 얼마나 좋아했는데……."

"불경스러운 말이라 심히 듣기에 불편하오."

"하지만 전하, 다시 한번 생각해 보셔요. 경혜를 시골구석에 박아둔들 전하께 무슨 도움이 되겠어요? 백성들 여론만 나빠질 뿐인데……. 차라리 궁으로 데려와 거두심이 어떨는지요? 게다가 어린 아이까지 딸려 있다지 않습니까? 전하께서 조카를 팽개친 것으로 보이는 날엔 어느 백성이 전하를 임금으로 섬기겠는지요?"

세조는 중전의 말이 백 번 옳은 말임을 잘 알고 있었다. 그러나 얼굴을 마주할 자신이 없었다.

"중전이 알아서 처리하시구려."

이튿날 중궁전 내관 임용(林用)이 순천으로 향했다. 때 이른 차가운 바람이 귓불을 때려 겨울이 다가오고 있음을 실감나게 하는 날씨였다. 임용은 마음이 바빠 잠자는 시간을 줄여 말을 달렸다.

임용은 순천 관아에 도착하자마자 공주의 처소를 찾았다. 어둠이 내려앉는 뜰에 엎드려 굳게 닫힌 방문을 향해 목소리를 높였다.

"중궁전 내관 임용이라 하옵니다. 소인이 공주님을 모시려 왔습니다."

오래지 않아 방문이 열렸다. 소복 차림의 공주가 차가운 목소리로 말했다.

"무슨 일이더냐?"

"중전마마께옵서 공주마마를 모셔오라 하셨습니다."

"가지 아니할 것이야!"

공주는 주저 없이 잘라 말했다.

그때까지 땅에 엎드려 있던 순천 부사가 머리를 조아리며 말했다.

"소신 죽을죄를 지었나이다. 공주님을 못살게 굴었으니 어찌 용서를 바라겠습니까? 하오나 감히 청컨대 어린 아드님을 위해서라도 입궁을 하셔야 합니다. 어찌 이런 궁핍한 시골에서 썩히려 하시려는지요?"

그때 임용이 떨리는 목소리로 아뢰었다.

"소신은 문종 대왕을 모셨던 내관입지요. 그런데 지금은 공주님을 공주님이라 마음대로 부르지 못하는 못난 내관일 뿐입니다. 하오나 천릿길을 마다 않고 내려올 적에 얼마나 발걸음이 가벼웠는지 모릅니다. 공주님을 모실 수 있는 영광이 소신에게 주어졌기 때문이었지요. 그런데 아니 가신다니 억장이 무너지는 것만 같사옵니다. 여기 계시는 한 공주님은 영원히 관노이어야 합니다. 문종 대왕의 따님으로 당당히 서십시오, 마마."

"숙고해 주시옵소서."

순천 부사가 다시 머리를 조아렸다. 그러자 경혜공주는 마음이 흔들렸다. 순천 관아에 박혀 왕의 딸이라고 아무리 절규한들 들어줄 이 한 사람 없지 않는가. 세조를 다시 본다는 것이 죽기보다 싫지만 아이들을 영원히 순천 관아의 관노로 살게 할 수는 없었다. 왕의 딸인데 비참하게 무너질 수는 없었다.

"내 생각이 좁았네. 잠시라도 그런 생각을 했던 내가 부끄럽기 짝이 없구려. 내게 잠시 정리할 시간을 주시게."

경혜공주는 방에 들어와 면벽을 하고 생각을 정리했다. 그리고 두 손을 모아 마음 속 다짐을 영양위에게 고했다.

서방님, 오늘부터 저는 서방님을 버리려 합니다. 당신이 제 가슴 속에 들어 있는데 어찌 저들이 주는 밥을 먹고 어찌 저들이 주는 옷을 입겠습니까. 하지만 미수를 위해서라면, 당신이 제게 주신 소중한 선물을 온전히 키우려면, 저는 저들에게 웃어주어야 할지 모릅니다. 원수와는 한 하늘을 이고 살 수 없다고 했는데 저는 한 지붕 아래에 살아야 할지도 모릅니다. 그래서 당신을 잊을 것입니다. 먼 훗날 당신 품에 안길 그날까지 당신을 가슴 깊은 곳에 감추어 두겠습니다.

기도를 마치고 경혜공주는 임용에게 말했다.

"먼 길 오시느라 고생이 많았는데 오늘은 쉬고 내일 아침 일찍 떠나도록 하세."

아침에 공주는 소복을 벗고 평복으로 갈아입었다. 방문을 열고 뜰에 내려서자 임용과 순천 부사가 바쁘게 움직이고 있었다.

"준비가 끝났느니라."

말이 채 끝나기도 전에 가마가 달려와 경혜공주 앞에 넙죽 엎드렸다.

"오르시지요, 마마."

"걸어갈 것이니라. 그러니 가마엔 아이를 태우거라."

"두 분이 타시도록 큰 가마로 준비하였습니다."

"배가 불러 가마에 타면 몸이 불편해서 그러니라."

와신상담이라고 했던가. 몸을 고단케 하여 원한을 결코 잊지 않으려는 마음, 공주는 그것 때문에 걷겠다는 말은 하지 않았다.

임용은 공주의 고집을 꺾을 수 없어 갈 수 있을 때까지는 걷기로 하고 출발했다. 구경 나온 백성들은 만삭이 된 공주가 힘겹게 걷는 모습을 보고 북쪽을 향해 손가락질했다.

"임금이 공주를 구박하니 눈뜨고는 볼 수가 없다."

공주를 구박한다는 소문은 공주의 행차보다 몇 배나 빠르게 북쪽으로 날아갔다.

동궁에서 경사가 있은 지 나흘이 지났다. 세자빈이 아들을 출산하여 세조는 원손을 얻었고, 한명회는 외손자를 얻었다. 훗날 조선을 이끌 외손자여서 한명회는 입을 다물지 못했다.

그러나 세조는 마음이 편치 못했다. 원손을 낳은 세자빈이 산후 후유증으로 자리보전을 한 채 일어나지 못하고 있기 때문이었다. 불현듯 형수 생각이 떠올랐다. 단종을 낳고 죽은 그 불길함이 온전히 옮겨 오는 듯했다.

그때 중궁 내관이 아뢰었다.

"전하, 정종의 처를 모시고 왔나이다."

내관 임용은 경혜공주를 차마 공주라고 아뢸 수 없어 정종의 처라고 말했다.

"경혜가 왔단 말이냐?"

"네, 그러하옵니다."

세조는 형수의 악령이 경혜공주를 통해 세자빈에게 옮겨질 것만 같았다. 불길한 마음이 들불처럼 번졌다.

"안 된다. 입궁하지 못하게 하여라."

"아뢰옵기 황송하오나 이미 중궁전에 들어 계십니다."

"뭐라? 앞장 서거라. 급하니라."

세조는 내관을 앞세우고 단걸음에 중궁전으로 내달렸다.

내관이 미처 아뢸 겨를도 없이 세조는 내전으로 들었다.

"그동안 강녕하셨는지요?"

다소곳이 올리는 인사가 경혜답지 않았다. 세조는 무어라고 고함이라도 지를 마음이었는데 엉뚱한 말이 불쑥 나오고 말았다.

"몰골이 많이 상했구나."

"긴 여정 탓일 것입니다."

경혜공주는 노비로 살았기 때문이라고 말하지 않았다.

"이 모습으로 걸었으니 내가 널 구박한다는 소문이 나지. 앞으로는 그러지 말아라. 먼저 생각해 보고 행동해야 한다 이 말이다. 그리고 중전은 당분간 이 아이를 궁 밖에 거처를 마련해 주시구려."

세조는 볼멘소리를 던져놓고 휭하니 내전을 나가 버렸다. 공주 옆에 없는 듯 앉아 있는 미수에겐 눈길조차 주지 않았다

"전하께서 무슨 생각이 있으신가 보다. 허니 조금만 참거라. 내 너의 처소를 마련해 보마."

"걱정 마시옵소서, 마마."

내전을 나서려는데 중전이 덧붙였다.

"잘 곳은 있는 게냐?"

경혜공주는 고개를 끄덕거리는 것으로 대답을 대신했다.

뜰에 내려서니 유모가 길을 잡았다. 어렸을 적, 경혜공주를 키운 유모 백단아였다.

"누추하지만 사가로 모시겠습니다."

"어느 곳인들 대궐보다 못하겠느냐?"

경혜공주는 결코 마음이 편할 수 없는 궁궐 생활을 떠올리며 말했다.

유모의 집은 황화방(皇華坊) 쪽에 있었다. 궁에서 멀지 않은 곳이었다. 유모가 미수를 업었다. 경혜공주는 맨몸으로 따라가기에도 호흡이 가빴다.

"집이 마련될 때까지 불편하더라도 조금만 참으셔야 합니다."

집에 도착하자 유모는 빠른 손놀림으로 미수 잠자리를 마련해 놓고 마주 앉았다.

"유모는 그동안 어떻게 살았어?"

"자을산군 유모로 살아왔답니다. 돌아가신 의경세자의 둘째 아드님이지요."

자을산군은 장차 성종 임금이 될 아이를 두고 말함이었다.

"아직 대궐에서 사나?"

"세자께서 돌아가셨으니 세자빈이셨던 수빈께서도 궁을 나올 수밖에 없었지요. 돌도 지나지 않은 자을산군을 안고 쫓겨나다시피 나왔답니다. 중전께서 그때 소인을 유모로 붙여주셨지요."

유모의 말을 듣고 있던 공주가 난감한 표정을 지으며 말했다.

"유모, 그럼 어떡하지? 난 말이다, 유모한테 우리 미수랑 새 아기를 맡길 생각이었는데."

"염려마세요. 소인도 미리 생각해 둔 바가 있습니다."

"그렇다니 다행이구나. 아무리 생각해도 난 궁에서는 살 수 없을 것 같아. 해서 말인데 절에 들어가 불공이나 드리며 살까 해."

"그건 천천히 생각해 보기로 하고 오늘은 주무세요. 여독을 빨리 풀어야 뱃속 아기씨한테도 해롭지 않답니다."

경혜공주는 자리에 눕자마자 잠들어 버렸다.

유모는 내친 김에 경혜공주의 거처 문제를 매듭지어야 했다. 그녀는 서둘러 다시 궁으로 향했다.

"경혜한테 무슨 일이라도 생긴 게냐?"

중궁전을 나간 지 얼마 되지 않은 유모가 다시 나타나자 중전은 놀란 눈으로 물었다.

"중전마마, 소인 마마께 드릴 말씀이 있어 다시 달려 왔습니다."

"뜸들이지 말고 어서 말해 보거라."

"소인이 마마께 받은 은혜 다시 태어난다 해도 갚지 못할 만큼 크옵니다. 그런데 공주님께서 저렇게 힘들어 하시는 걸 보니 소인이라도 모셔드려야겠다는 생각이 들어 이렇게 달려 왔습니다. 그러니 이제 소인을 놓아줄 수 없을는지요?"

"유모 자네는 일찍이 현덕왕후 소유였느니라. 이제 남은 핏줄이 경혜뿐이니 그 아이에게 자네를 돌려주는 것은 당연한 일이지. 하지만 수빈이나 자을산군이나 모두 자네가 꼭 필요하단 말이네. 자네만큼 지혜로운 유모는 이 세상을 다 뒤져도 못 찾을 것이야."

"과찬이시옵니다."

"경혜는 궁에서 거둘 것이니 자네가 염려하지 않아도 되지 않겠나?"

"아뢰옵기 황송하오나 공주께선 절에서 살고 싶어 하십니다."

"아이는 어떡하구? 또 태어날 아이는?"

"그래서 소인이 거두어 키웠으면 합니다."

중전은 난감한 표정으로 시선을 떨군 채 한동안 말이 없었다. 그러더니 무엇이라도 생각난 듯 갑자기 얼굴에 화색이 돌았다.

"그 아이가 올해 몇 살이더냐?"

"미수를 말하는 것인지요?"

"그렇다네."

"올해 여섯 살이옵니다."

"그것 잘 되었네. 자을산군이 다섯 살이니 자네가 같이 키우면 되겠어. 그 아이도 총명해 보이니 함께 키우면 서로 좋은 벗이 될 것이야. 수빈께 상의해서 결정하겠네."

유모가 집으로 돌아오니 경혜공주는 깊은 잠에 빠져 있었다. 여윌 대로 여위고 지칠 대로 지친 얼굴이었다. 무릎 위에 재우던 어렸을 적 모습이 떠올라 유모는 눈물을 떨구었다.

바람아 불지 마라, 꽃잎아 지지 마라

경혜공주가 궁을 다녀간 다음 날 세자빈 한 씨는 숨을 거두었다. 원손을 출산한 지 닷새만이었다. 열일곱 세자빈은 아들을 남겨 놓고 현덕왕후처럼 산후병으로 눈을 감았다.

세조는 형수가 내린 저주라고 믿었다. 노산군으로 강등시켜 죽인 조카도 열일곱이 아니었던가. 의경세자를 데려간 것도 모자라 이제 며느리에게 저주를 내리다니 소름이 돋아 견딜 수 없었다. 도대체 어디서 멈출 것인가? 끝없는 불안이 세조의 머리를 떠나지 않았다.

"전하, 찾아 계시온지요?"

한명회가 넙죽 엎드려 아뢰었다.

"어서 오시게, 사돈. 그래 얼마나 가슴이 아픈가. 자식을 앞세운 부모의 마음 누구보다 내가 잘 안다네."

세조는 한명회를 일으켜 마련된 술상 앞으로 끌었다.

"소신이 전하께 불충을 저질렀나이다. 변변치 못한 자식 때문에 성심을 흩뜨린 죄 너무 크나이다."

"하늘이 무너지고 땅이 꺼져도 이보다 마음이 아프지는 않을 것이네. 술이 이 슬픔을 온전히 잊게 해 주겠느냐마는 그래도 한잔 하지 않고서는 견딜 수 없을 걸세."

세조는 술이 잔에 넘치도록 따라서 권하고 마셨다. 의경세자의 죽음이 불쑥불쑥 머리를 내밀었다. 한동안 마음 한구석에 눌러두었던 아들의 죽음이 가슴을 후볐다. 그래서 마시지 않고는 견딜 수가 없었다.

"약주는 몸에 해롭나이다."

"가려움증일 뿐인데 죽기야 하겠나?"

세조는 생각 없이 말을 뱉었을 뿐인데 부스럼으로 죽은 형님 생각이 떠오르리라고는 예상치 못한 일이었다.

"자준, 내가 너무 많이 죽인 탓이 아닐까?"

"받잡기 민망하옵니다. 거두어 주십시오."

"아닐세. 동생 둘을 보내고 조카도 보내지 않았나? 역모로 몰아 죽인 사람은 얼마나 많고?"

세조는 문종의 죽음에 대해서는 입에 올리지 않았다. 그러나 어쩌면 자기도 부스럼으로 죽을지 모른다는 불길한 생각이 들었다.

"피부병 때문에 심신이 많이 허해진 탓입니다."

"세자빈을 생각하면 가슴이 아프네. 자네는 세자빈이 왜 요절했다고 생각하는가?"

산후병으로 죽은 딸을 두고 느닷없이 그 연유를 묻는 세조의 저의를 한명회는 짐작할 수 없었다.

"명줄을 그것밖에 타고나지 못한 게지요."

"입에 담긴 뭐하지만 우리 끼리 뭘 숨기겠나? 의경세자가 갑자기 죽었을 때부터 형수가 저주를 내리고 있지 않나 하는 느낌이 들었다네. 그 무렵 꿈에 형수가 수없이 자주 나타났거든. 무서웠다네. 그래서 형수의 무덤을 파서 없애버리라고 했었지. 그런데 이번에 세자빈이 형수가 죽은 그 산후병으로 죽지 않았겠나. 그것도 노산군이 죽은 나이와 똑같은 열일곱 살에 말이다."

한명회는 술잔을 거푸 들이켰다. 열일곱, 우연치 않는 나이였다. 원손을 낳고 산후병으로 죽은 것까지 우연이라고 넘기기엔 너무 가슴 떨리는 두려움이었다.

딸의 죽음이 비록 현덕왕후의 저주 때문이라 하더라도 산 사람이라도 살아야 한다고 한명회는 마음을 다잡았다. 그러기 위해선 원손을 지켜야 한다고 생각했다. 원손의 운명이 노산군과 닮은 운명이 될지도 모른다는 불길한 생각을 세조가 할 수 없도록 다른 화제로 바꾸어야겠다고 생각했다. 그때 세조가 말했다.

"이게 끝이 아니라는 생각이 들어. 어제는 말이네. 경혜가 왔어. 세자빈이 죽기 전날 하필이면 그 아이가 왔단 말이네. 난 그 아이가 무서워 내쫓아 버렸어. 형수의 저주를 그 아이가 가지고 왔다는 생각을 했거든. 지금도 그 생각엔 변함이 없다네. 하지만 지금이라도 경혜를 거두어 주면 형수의 노여움이 조금이라도 풀리지 않을까, 혹시라도 저주를 풀어주지 않을까, 그런 생각이 든다네. 자네는 어찌 생각하는가?"

나약해진 세조의 마음을 다잡는 일이라면 못할 일이 아무것도 없을 거라 한명회는 생각했다.

"좋은 생각이십니다. 공주의 신분도 회복시켜 주시고 재산도 모두 돌려주시옵소서."

"알겠네. 기꺼이 그렇게 하겠네."

자리에서 일어나는 한명회에게 세조는 한 마디 말을 덧붙였다.

"내 악업이 끝나야 자네에게도 끝날 것이네."

세자빈의 장례 절차가 마무리되고 있을 무렵 세조는 경혜공주가 딸을 순산하였다는 소식을 들었다. 지난 열흘 동안 과음을 한 탓으로 피부 가려움증이 심해 견딜 수 없었다. 긁은 곳에서 피가 스며 나와 적삼을 적셨다. 잠을 제대로 자지 못하니 얼굴이 푸석하고 눈이 퀭해졌다.

온천을 다녀와도 효험을 보지 못해 세조는 상원사행을 결심했다. 상원사 부처님에게 빌어볼 생각이었다. 효험 있기로 소문난 상원사 부처님은 세조가 기댈 마지막 언덕이었다.

계곡에서 흐르는 맑은 물을 길어 틈나는 대로 목욕을 했다. 새벽에는 맑은 정신으로 참선을 하고 부처님 앞에 엎드려 참회의 기도를 올렸다. 그리고 긁어도 긁어도 끝이 없는 가려움, 이 견딜 수 없는 고통을 끝내 달라고 빌었다.

여러 날을 기도하고 나니 마음이 한결 가벼워지고 피부도 눈에 뜨게 좋아졌다. 다시는 악업을 쌓지 않겠다고 부처님께 맹세했다. 그리고 문수동자상을 만들어 부처님에게 바쳤다. 피 묻은 적삼을 고이 접어 상자에 담았다. 세조는 참회의 마음을 담아 상자를 동자상 속에 봉안하게 하였다.

경복궁으로 돌아오자마자 세조는 경혜공주를 찾았다. 하루도 미룰 수 없었다.

"딸을 출산하였다고 들었다. 산후조리는 잘 하였느냐?"

"네, 전하. 그동안 강녕하셨는지요?"

경혜공주는 처음으로 전하라고 불렀다. 입에 서툰 이름이지만 자식들을 위해서라면 천만 번이라도 불러줄 수 있었다.

"사실은 몸이 온전치 못해 상원사엘 여러 날 다녀왔다. 하여 널 일찍이 찾지 못해 미안하구나. 일전에 네게 약속한 것도 있는데 말이다. 영양위를 복위시키고 네 신분도 되찾아 주겠다고 약속했지 않았더냐?"

"소녀의 유일한 꿈입니다, 전하."

"하여 오늘 편전에서 네 문제를 중신들과 상의하였느니라. 정선방에 있던 옛집과 통진에 있던 논과 밭 모두 네게 되돌려주도록 조치하였다.

그리고 늦었지만 공주의 신분도 오늘 이후로 회복하게 하였느니라."

"황송하고 또 황송하옵니다, 전하!"

"그런데……. 그런데 말이다. 아이들의 신원은 회복하지 못하였다."

"네? 그건 왜요?"

공주는 눈물이 핑 돌았다. 모든 자존심을 다 굽히고 이 자리에까지 온 것은 오직 아이들 때문이었다.

"중신들의 반대가 너무 심했느니라."

"아이들이 관노인데 어미가 공주면 무엇 합니까? 재물이 있으면 무엇에 쓰겠습니까? 집도 땅도 주지 마십시오. 전 받지 않겠습니다."

"입이 열 개라도 할 말이 없다. 결자해지라고 했는데 여태 해결하지 못했으니 네 보기가 민망하구나. 역모에 관련된 일이라면 중신들에게 내 말이 먹히질 않아. 너희 자식에 관한 일도 마찬가지야. 미수 얘기를 입에 올리기만 해도 벌떼처럼 덤벼든단 말이다. 상소도 빗발처럼 쏟아지고."

경혜공주는 어의가 없어 한동안 말을 잃고 있었다.

"영양위 대감이 역모를 했다고 여전히 주장하시는 건가요?"

"형조에서 다 밝혀진 일이다."

세조는 말하는 중에도 가려운지 몸을 긁었다.

"동원된 군사가 한 명도 없는데 그런 역모를 전하께선 보신 적이 있나요? 병장기 하나 없는 스님과 역모를 도모했다는 것이 말이 되기나 한 건가요? 전하께 충성을 다하지 않는 사람은 모두 역적인가요? 그분은 저를 사랑한 죄밖에 없어요. 제가 동생을 비명에 보내고 괴로워할 때 그이가 함께 울었고, 제가 전하를 원망하면 그이도 함께 괴로워했어요. 그런 그를 역모로 몰아 죽였어요. 능지처참이 말이 되기나 한 건가요?"

경혜공주는 더 이상 세조에게 기대할 것이 없다는 것을 알았다. 그러자 속에 담고 있던 말이 거침없이 쏟아져 나왔다.

"많이 약해지셨네요. 안평 숙부님을, 금성 숙부님을, 그리고 영양위 대감마저 역모로 몰아 죽일 때 그 위세는 어디가고 어찌 이렇게 약해지셨나요? 이러려고 임금이 되셨나요? 공신들 배불려 주고 전하께 남겨진 거라고는 한 맺힌 사람들의 원한밖에 없잖아요?"

세조는 넋 나간 사람처럼 초점 없는 눈으로 듣기만 하고 있었다.

경혜공주는 차라리 순천의 관노로 돌아갈지언정 나약해진 세조와 얼굴을 맞대고 구걸하고 싶지 않았다.

"숙부님을 용서할 수 없어요."

공주는 자리를 박차고 일어섰다.

"앉거라."

"모두를 잃었는데 무슨 미련이 있겠어요? 차라리 저를 죽이세요."

"그러지 마라. 살날도 얼마 남지 않은 내가 용서를 구해도 모자랄 판에 어찌 너를……."

"전하, 소녀 마지막으로 숙부님께 빌게요."

공주는 털썩 무릎을 꿇었다.

"소녀 전하께 무엇을 해 드리면 되겠습니까? 무엇을 해 드려야 우리 아일 구제할 수 있겠는지요? 사라지라면 사라지겠나이다. 죽으라면 죽겠나이다. 아이들만 구제될 수 있다면 관노가 다시 되겠습니다."

"너 답지 않구나."

"남편의 시신 한 조각도 수습하지 못한 접니다. 아이들을 위한 일이라면 무엇인들 못하겠습니까?"

모성 앞에서 마지막 자존심이 무너졌다. 그녀는 두 손을 모아 진심으로 빌었다. 눈물이 얼굴 가득 넘쳐도 닦을 줄 몰랐다.

"여봐라, 게 내관 있느냐?"

세조가 느닷없이 내관을 찾았다.

"내관은 속히 가서 세자를 데려오도록 하여라."

오래지 않아 세자가 들어왔다.

"세자는 잘 듣거라. 공주의 자녀에 관한 문제이니라. 혹여 내가 죽기 전에 아이들을 면천해 주지 못하면 뒷날이라도 세자가 반드시 해결해 주어야 하느니라."

세조가 아퀴를 지었다.

비로소 긴 매듭이 풀리는 듯하였다.

공주가 강녕전 문을 나서려는데 세조가 불러 세웠다.

"경혜야."

공주는 걸음을 멈추고 섰다. 그러나 뒤돌아보지 않았다. 등 뒤로 세조의 잠긴 목소리가 들렸다.

"내가 너무 미안했느니라."

정선방 옛집으로 이사를 한 지 여러 날이 지났건만 남의 집에 온 것처럼 눈에 서툴렀다. 문을 여니 복숭아꽃 그늘이 봄 햇살을 받아 화사하게 피었다. 신혼집을 차리던 날 영양위가 옮겨 심어 놓은 그 나무였다. 두 그루 복숭아나무는 아름드리나무로 자라 뜰을 온통 붉게 물들이고 있었다.

경혜공주가 행장을 꾸려놓고 유모와 마주 앉았다.

"기어이 떠나시네요?"

유모가 아쉬움이 묻어나는 목소리로 말했다.

"내 존재가 미수 장래에 걸림돌이 되어선 안 되지 않겠나?"

"정업원이라고 하셨지요?"

"응, 도성에서 그리 멀지 않은 곳이야. 미수 외숙모가 비구니로 몸담고 있는 절이란다."

단종 비 정순왕후가 단종의 명복을 빌며 홀로 사는 절이었다.

"그곳에 가면 공주님도 머리를 깎으시는 건가요?"

"그래야지."

"아이들이 엄마를 못 알아보면 어떡해요?"

"그러지 않게 자주 면회라도 오렴."

"그럼 매일 갈게요."

목이 잠기는지 유모가 한참 동안 말을 잇지 못했다.

"유모, 잘 부탁하네. 자네라서 믿고 떠나는 것이야."

"걱정하지 마세요. 도련님은 씩씩하게, 애기씨는 예쁘게 키울게요."

"유모, 그리고 이 아이를 미소라고 불러주게. 늘 웃으면서 살라고 대감께서 생전에 지어주신 이름이란다."

경혜공주는 미소를 품에 안았다. 방긋방긋 웃는 모습을 마지막으로 눈에 담았다.

뜰에 내려서니 복숭아꽃이 바람에 흩날려 눈처럼 내렸다.

바람이 불지 않으면… 꽃잎도 지지 않으련만.

공주는 지난 세월을 가슴에 묻고 천천히 정업원으로 발걸음을 옮겼다.

자연은 변하지 않는 영원한 것이라고 했던가. 정말 그랬으면, 영원히 변하지 않았으면 이토록 마음이 시리지는 않을 것이다.

내 어린 시절, 발가벗고 몸을 담그던 지리산 덕천강. 그곳은 내 동심이 묻혀 있던 곳이다. 물가엔 하얀 모래가 펼쳐져 있고 그것이 끝나는 지점엔 푸른빛 잿빛 검은빛 조약돌이 적당하게 섞여 있고 드문드문 솟은 버드나무가 키 재기를 하며 늘어서 있는 곳이기도 하다.

거울보다 맑게 내 얼굴을 비추어 주는 물 속을 들여다보며, 지리산은 어째서 이렇게 많은 물을 쉼 없이 흘려보낼 수 있을까, 산이 얼마나 크기에 이렇게 많은 물을 산 속에 숨겨 두고 있는 걸까, 그런 생각을 하며 어린 시절을 보낸 곳이 그곳이기도 하다.

턱 밑에 수염이 하나둘 생길 무렵에는 다리가 휘청거릴 만큼 물살이 센 여울목에 서서 낚싯대를 드리우곤 하던 곳이기도 하다. 붉은 노을이 강물 속으로 가만히 내려앉기 시작하면 은빛 고기는 다투어 내 낚시 바늘 근처로 모여들던 곳이기도 하다. 나는 거기서 내 어린 시절을 낚았고, 고향을 낚았고, 추억거리를 낚았다. 그러면서 나는 성장했으리라.

그러나 나는 그곳을 잃어버렸다. 태어난 집이 그대로 있고, 빨가벗고 멱 감던 친구가 거기에 아직 살고 있는데도 나는 그곳을 잃어버렸다. 그리고 아름다움이 무엇인지 슬픔이 무엇인지, 사랑이 무엇인지 이별이 무엇인지 그것조차도 생각할 여유를 갖지 못하고 버둥대며 살아왔다. 소중한 것이 무엇이며 잃어버리지 말아야 할 것은 무엇인지 그것조차 잊어버리고 쓰잘머리 없는 것들에 얽매여 버린 것이 언제부터였던가.

여백만 있을 뿐 아무것도 생각나는 것이 없다.

그리고 시간은 흘렀다. 무엇이 마음을 아프게 하는 건지 조금씩 깨닫기 시작하고, 내 동심을 묻었던 덕천강 강물만큼 아름다운 삶이 세상에는 더 이상 존재하지 않는다는 것을 깨닫기 시작할 무렵에야 나는 겨우 글을 쓰는 재미를 조금씩 알게 되었다.

논어에서 말하길 온고이지신(溫故而知新)이라고 했던가. 옛것을 알아야 새것으로 나아갈 수 있다고 했다. 군사독재가 물러나고 역사바로세우기, 과거사 규명, 적폐청산, 이런 정치 논리가 내 의식의 저편에서 머무는 동안 나는 옛것을 알기 위해 조선왕조실록을 읽는 재미에 빠져 있었다. 거기에는 5백 년 동안 한 번도 숨을 멈추지 않고 살아 움직이는 역사가 숨 쉬고 있었다.

그러던 어느 날, 조선왕조실록은 숨을 쉬고 있는데 나는 계유년 어느 늦가을에서 숨을 딱 멈추고 말았다. 계유정난. 세조가 정권을 잡은 그날이었다.

조선의 모든 병권을 수하에 두고 있는 김종서를 두고 수양 대군은 자기를 따르는 무리들을 향해 외쳤다. 김종서 한 명만 잡으면 된다. 그러면 조선은 나의 세상이 된다. 어둠이 깃들 무렵 시작된 역모는 다음 날 새날이 밝아오자 마무리되었다. 수양 대군이 조선을 품에 안는 순간이었다.

5백 년이 지난 뒤, 1979년 12월 12일 저녁. 닮은꼴 역모가 전두환에 의해 다시 시작되었다. 계엄사령관 정승화 대장만 잡으면 된다. 전두환은 그를 따르는 하나회 무리들을 향해 그렇게 외쳤다.

정권의 찬탈은 군사의 수에 의해 결정되는 것이 아니라 한 명만 잡아도 성공할 수 있다는 아이러니를 그들은 다시 한번 보여주었다.

내가 아니면 이 어지러운 나라를 바로잡을 수 없다 하며…….

세조가 했던 말을 전두환도 똑같이 했다.

단종이 영월로 유배되어 그곳에서 사사되었다. 그럼에도 세조는 단종이 목을 매고 자살했다고 기록했다. 전두환도 신군부에게 저항했던 특전사령관 정병주 장군의 죽음을 자살로 위장했다.

나쁜 짓은 가르치지 않아도 잘도 배운다고 했던가. 두 역모 사건의 닮은꼴 역사를 보며 변명만 있을 뿐 반성이 없는 두 역사를 고발하고 싶었다. 그래서 시작한 것이 경혜공주의 삶이었다.

경혜공주.

그녀는 아버지 문종이 살았던 딱 그 나이(39세)만큼만 살다가 죽었다. 단종을 지키고, 남편을 지키고, 아들을 지키기 위해 몸부림치다가 젊은 나이에 죽었다. 죽음을 앞두고 아들 정미수가 그녀의 대소변 수발까지 했다. 그것이 비운의 공주가 누린 마지막 행복이었다.

닮은꼴 역사.

단종이 권력을 빼앗기고 쫓겨났듯이 신군부에 의해 최규하 대통령도 허수아비 노릇만 하다가 물러났다. 5백 년의 닮은꼴 역사를 모두 다루고 싶었는데 욕심이 앞서 계유정난으로부터 희생된 사람들의 이야기로 원고를 모두 채우고 말았다. 그래서 12·12로부터 희생된 사람들의 삶은 다루지 못하고 말았다. 아쉽지만 다음 기회로 미루고자 한다.

초등학교 5학년 겨울 방학이 끝난 무렵이었으리라.

교실 한가운데 놓인 난로는 훨훨 타고 있었고 그 난로 가장 가까운 곳에 내 자리가 있었다. 그리고 담임은 난롯가에 앉아 방학과제물로 제출한 동시(童詩)를 읽고 있었다. 철삿줄에 묶인 난로 뚜껑을 당기면 그 속에선 썩은 나무 등걸이 난로를 태우고 말 듯이 불꽃을 이글거리고 있었다.

그런데 나는 그만 보고 말았다. 어떻게 하면 예쁘게 보일 수 있을까 고민했던 흔적이 뚜렷한, 그래서 봉황 그림까지 배경 그림으로 그려 넣었던 내 작품이 난로 속으로 들어가 버리는 것을. 담임이 난로 뚜껑을 열 때마다 아이들의 마음이 그 속으로 하나씩 들어갔고 그리고 후끈하는 난로 속 열기가 내 얼굴에까지 덮쳐 왔건만 난 결코 뜨겁다는 걸 느끼지 못했다.

그 겨울은 정말 시린 겨울이었다. 아직도 내 삶이, 내 마음이 시리다고 느껴지는 건 그로부터 비롯된 것은 아닐까.

나는 새로운 글을 쓸 때마다 내 글이 난로 속으로 들어가 버린 그때의 기억을 늘 반추한다. 그 시절만큼은 아니더라도 두려움이 앞선다. 그런 두려움이 이제 채찍이 되어 나를 더 단단하게 만들었는지 모른다. 그래서 내 원고가 다시 난로 속으로 땔감이 되어 들어간다고 해도 나는 어린 시절만큼이나 마음이 시리지는 않을 것이라고 가정해 본다. 왜냐하면 경혜공주와 같이 결코 주저앉지 않는 삶이 내 마음속에 가득하기 때문이다.

끝으로, 탈고하기까지 초고를 읽어 주고 격려해 주신 여러 지인에게 감사한다. 또한 도서출판 월인 박성복 사장님과 그리고 함께 고생한 여러분들께도 깊은 감사의 말씀을 드린다.

2019년 3월

정 원 찬

『공주는 소리 내어 울지 않았다』

대진대학교 한국어문학과 교수 이병찬

기해년 황금돼지 해의 벽두에 정원찬 작가의 역사소설 「공주는 소리 내어 울지 않았다」를 만났다. 우선 상당한 분량의 장편소설임에도 불구하고 단숨에 읽혔다. 그만큼 작가의 문체가 매끄러워 역사의 소용돌이를 헤치고 사건을 엮어 나가는 솜씨에 나도 모르게 빨려 들어갔다. 이 글을 쓰는 지금도 자신의 의지와는 상관없이 계유정난이라는 역사의 정변에 휘말린 문종의 딸이자, 단종의 누이인 경혜공주의 삶이 안타까운 여운으로 남는다. 어떻게 보면 소설은 한마디로 사람의 마음을 읽어내는 것이다. 작가는 티끌 같은 세속잡사에 울고 웃고 사랑하고 미워하고 그리워하고 슬퍼하고 또 분노하면서 늙고 병들어 마침내는 죽어갈 수밖에 없는 등장인물들의 마음을 읽어내야 한다. 독자들은 이 소설에서 왕의 딸, 경혜공주의 마음을 짚어내는 작가의 탁월한 감각을 느낄 수 있다.

그런데 막상 역사소설의 경우, 마땅히 참고할 만한 문헌이 아직도 80

여 년 전에 나온 루카치의 『역사소설론』(1937년)을 제외하고는 거의 없다는 사실이 놀라웠다. 그렇다면 근대에 들어서서 매년 압도적인 분량의 작품이 생산됨에도 불구하고, 왜 그에 대한 이론적인 작업은 제대로 이루어지지 않는 것일까. 그것은 역사소설에 대한 우리의 이중적인 태도와 관련이 있다. 한 마디로 우리는 역사소설을 일반적인 장르문학(추리소설이나 SF소설 등)으로 분류하지 않는다. 그렇다고 해서 본격문학으로 온전히 분류하는가 하면 그렇지도 않다. 한마디로 역사소설을 본격소설의 본류로 취급하지 않는 것이다.

일반소설에서는 작가적 노력에 의해 획득되어야 할 소재의 객관화가 역사소설에서는 그냥 주어진다는 생각이 자리하고 있다. 그럼에도 역사소설이 인기가 있는 이유는 무엇일까. 당연히 그것은 독자들을 끌어들이는 '이야기적 재미'와 관련된다. 역사소설에서 '이야기적 재미'는 작가와 서술 대상(소재) 사이의 거리에 있다. 즉 지나간 과거는 작가에게 그것을 전체적으로 조망할 수 있는 시야를 부여하여 작가로 하여금 자신이 쓰는 이야기 속에서 길을 잃지 않도록 도와준다. 다른 측면에서는 역사물의 이야기적 재미는 무엇보다도 작가나 독자의 삶과 직접적인 관련이 없다는 점에서 나온다. 작가든 독자든 혹 접근함으로써 생길지 모르는 혼란에 대한 부담 없이 이야기에 대해 초월적인 태도를 취할 수 있는 것이다. 그런 의미에서 '이야기로서의 역사'는 우리의 삶을 일정 정도 구속하는 역사와는 무관하게 그 자체로 소비될 수 있는 이야기이다. 이런 의미에서 정원찬 작가의 「공주는 소리 내어 울지 않았다」는 역사물의 이야기적 재미를 제공하고 있는 소설이다.

흔히들 역사소설의 목적은 시대의 문제를 요약하고 있는 개인의 운명을 묘사하는 것이라고 한다. 역사소설은 서사물의 총체성을 확보하기 위해 보다 폭넓은 역사적 현실을 포괄해야만 한다. 루카치는 역사상 중요한 역할을 한 인물을 헤겔을 빌려 '세계사적 개인'이라고 한다. 그렇다고 소설의 주인공이 반드시 '세계사적 개인'일 필요는 없다. 이러한 의미에서 역사소설의 주인공은 역사상의 중요한 인물보다는 중간적 인물 내지 중도적 인물이 더 적합하다. 그래서 그저 평범한 필부필부가 아니라 삶의 총체적 양상이나 민중적 삶을 포괄적으로 제시해 줄 수 있는 〈전형적〉 인물의 창조가 성패를 좌우한다. 이 소설 속의 경혜공주는 그런 인물이다.

역사의 운동은 자연의 그것처럼 스스로 연달아 일어나는 것이 아니라 인간이 일으키는 것이다. 때문에 역사에는 필연성과 더불어 우연성과 가능성이 함께 작용한다. 자유와 필연이 교차하는 가운데, 인간이 만드는 변화의 정경이 역사이다. 이 운동의 주체인 인간은 의식을 지녔기 때문에, 역사는 스스로 그렇게 있는 것이 아니라 의식적인 인간이 만들어 놓은 것이다. 인간과 세계(자연)는 대립하기도 하고, 변증법적으로 통일되기도 한다. 그렇다고 합리성이 역사의 방향을 결정짓는 것은 아니니, 역사적 세계는 불투명하다. 역사는 오히려 주체와 객체의 운동이 빚어내는 승리와 패배, 성취와 좌절, 전진과 역행이 교차하는 마당이다. 제대로 된 역사소설을 만날 수 없는 시대는 그만큼 자신이 살고 있는 당대에 대한 성찰이 시들어가고 있음을 말해 준다. 지나간 과거를 소재로 하고 있다고 해도, 그것은 사실 작가 자신이 살고 있는 시대를 겨냥한 발언이 된다는 점에서 역사소설의 존재는 당대의 정신사를 주목하게 한다. 역사소설에 대한 관심과 논란은 불확실한 시대에 인간과 역사의 운명에 대한 조명으로서의 지적 탐색을 반영하고 있다.

어떤 의미에서 역사소설은 지나간 역사를 현실의 패턴으로 문학화하는 작업이다. 그중에도 일반 대중들의 '역사 감각'에 가장 큰 영향을 미치는 것은 전쟁이나 정변이다. 중요한 것은 일반 대중들에게 전쟁이나 정변은 그 어떤 정당성도 가질 수 없다는 점이다. '현재의 구체적 전사(前史)'로서의 역사, 현재적 문제와 유기적 관련을 맺고 있는 과거의 역사란 구체적으로 무엇을 뜻하며 또 이를 어떻게 형상화할 수 있을 것인가? 역사소설은 어떻게 과거의 역사를 재현하고 형상화하여 이를 '현재의 구체적 전사'로서 만들 수 있으며, 또 현재의 사회적, 역사적 상황과 관련지을 수 있을 것인가? 여기에 역사소설이 해결해야 할 근본적인 문제점이 있다. 이 문제를 두고 루카치는, '과거의 재현이란 과거의 사람들이 지녔던 언어방식, 사고방식, 생활감정을 연대기적으로나 아니면 자연주의적 수법으로 하나하나 자세히 복원하는 것도 아니요, 과거의 삶을 현대화시켜 과거와 현재를 동일화시키는 것을 뜻하지도 않는다'고 말하고 있다. 이러한 식의 역사 재현은 과거와 현재의 관계를 옳게 파악하지 못한 역사 인식의 결과이다. 과거의 역사는 현재와 유기적 관련을 맺고 있고, 또 현재를 인식하는 데 필수불가결한 대상이긴 하지만, 과거의 역사를 서술하거나 형상화할 때는 현재의 관점에서 바라보는 역사 인식과 맞지 않거나 모순을 일으키는 시대착오적인 면이 엄연히 존재하기 마련이다.

표현되는 대상의 내적인 실체는 과거나 현재나 동일하다. 그러나 이러한 동일한 실체를 표현하고 전개함에 있어서, 현재의 보다 발전된 교양은 그 대상을 표현하거나 형상화하는 데 일종의 변화를 불가피하게 만든다. 다시 말하면 과거의 역사는 옛날이나 지금이나 동일한 내용이나 의미를 지니고 있으나, 과거의 역사를 인식하고, 또 이것의 중요성을 가늠하는 데에는 시대에 따라 차이가 있을 수 있다는 것이다. 비록 과거의 역사 속에서 이미 그 영향력을 행사하고 있었지만, 역사의 경향이나 움직임은 동시대인들에게는 미처 의식되지 않거나 아니면 그 역사적 중요성이 강조되지 않을 수도 있다. 과거 역사의 의미와 중요성은 어둠이 깔려야 비로소 비상을 시작하는, 헤겔이 말하는 바의 '미네르바의 부엉이'처럼 어느 정도 시간이 지나야만 인식될 수 있거나 더 분명해질 수 있다.

계유정난(癸酉靖難)은 1453년(단종 1) 11월 10일 (음력 10월 10일) 수양 대군이 김종서와 세종의 여러 대군, 대신들을 귀양 보내거나 제거하며 마지막으로 단종을 제거하고 정권을 장악한 사건을 말한다. 이 정변이 계유년에 일어났으므로 계유정난이라 한다. 세종의 뒤를 이은 문종은 자신의 단명(短命)을 예견하고 영의정 황보인, 좌의정 남지, 우의정 김종서 등에게 자기가 죽은 뒤 어린 왕세자가 등극하였을 때, 잘 보필할 것을 부탁하였다. 문종의 뒤를 이어 즉위한 단종이 즉위 당시 12세로 어렸기 때문에 세종과 문종의 유명을 받든 고명대신인 김종서가 조정의 인사권 및 정권과 병권을 쥐고 섭정을 하였다. 수렴청정을 통해 왕실의 중심점 역할을 해야 할 왕대비, 대왕대비 등이 부재한 상황에서, 세종의 영특한 아들들은 세종 시대에 각종 정치, 문화 사업에 참여하는 과정에서 각자 만만치 않은 세력을 이루고 있었으며, 그중에서도 세종의 둘째 아들 수양 대군과 셋째 아들 안평 대군 등의 세력이 가장 강성해, 조정의 신료와 왕실, 심지어 환관, 나인까지도 이들의 세력으로 양분되어 있었다.

수양 대군은 한명회 등의 도움을 받아 정치적 계략을 획책하게 되는데, 그 첫 시도는 김종서와 황보인, 민신 등의 경계심을 무마하기 위해 명나라에 사신으로 가는 것이었다. 사실 이것은 원래 안평 대군이 책사 이현로의 조언으로 그 중요성을 깨닫고 자신이 자청을 했는데, 수양 대군이 세력을 동원해 이를 저지시키고 자신이 가게 된 것이었다. 이 사행길을 통해 수양 대군은 신숙주를 완전히 자신의 세력으로 포섭하게 되며, 본래 목적이었던 김종서 등의 조정 대신들의 경계심도 무마시키는 데 성공하게 된다. 귀국 후 수양 대군은 한명회, 권람, 홍윤성 등과 함께 자신의 집권에 방해가 되는 조정 중신들을 제거할 살생부를 작성하고, 쿠데타 계획을 서둘렀다. 거사일은 음력 10월 10일, 첫 목표는 좌의정 김종서였다. 수양 대군은 병력 동원이 가능했던 무관 양정, 홍달손 등을 통해 경복궁을 점령하기로 하고, 자신은 직접 종 임운, 양정 등과 함께 관복 차림으로 김종서의 집으로 향한다.

김종서는 거사 며칠 전 신숙주, 최항 그리고 거사 당일 권람의 방문을 받았다. 그러나 수양 대군이 쿠데타를 획책하고 있다는 것을 전혀 알아차리지 못했던 김종서는 무방비 상태였고, 수양 대군은 종 임운에게 철퇴를 가지고 있다가 자신이 신호를 내리면 즉시 김종서를 내려치라는 명을 내렸다. 수양 대군은 좌의정 김종서의 집으로 들어가지 않고 밖에서 수하들과 함께 대기하고 있었고, 김종서는 들어가 담소하기를 청하나 수양 대군은 핑계를 대면서 주저하였고, 미리 준비한 유인용 편지를 김종서에게 전달한다. 김종서가 편지를 달빛에 비춰 보는 순간 수양 대군의 신호를 받은 종 임운이 철퇴로 김종서를 내리쳤고, 이어서 임운이 김종서의 아들 김승규와 그 동료들을 철퇴로 내리치니, 계유정난은 이렇게 시작되었다.

쿠데타가 성공을 거두자, 수양 대군은 안평 대군의 처벌을 형식적으로 반대하는 제스처를 취했다. 그러나 곧 안평 대군을 강화도에 유배시켰다가 의금부를 통해 사약을 내렸으며, 살해된 조정 중신의 처첩, 자녀들을 노비로 전락시켰다. 그리고 정난공신 1등에 자신과 정인지, 그리고 사돈지간이었던 한확 등을 임명하고, 나머지 신하들을 2등, 3등으로 책록하여 조정의 주요 관직들을 독점했다. 수양 대군 자신은 영의정과 군권을 모두 장악하여 사실상 재위의 기반을 갖추게 되었다. 수양 대군과 정인지 등은 단종을 압박하여 집현전으로 하여금 자신들을 찬양하는 교서(敎書)를 짓게 하는 등 집권 태세를 굳혀갔다. 이렇게 조정을 완전히 장악하여 1455년 마침내 왕위를 차지하게 된다. 계유정난에 희생된 사람들은 김종서 등 70여 명에 이르고, 그들의 열여섯 살 이상의 친자와 열다섯 살 이하 및 모녀, 처첩, 조손, 형제, 자매, 자식의 처첩에게까지 화가 미쳤다.

우리는 현대문학사에서 계유정난을 배경으로 한 이광수의 「단종애사」와 김동인의 「대수양」을 기억한다. 「단종애사」는 이광수가 1928년 11월 30일부터 1929년 12월 1일까지 〈동아일보〉에 총 217회에 걸쳐 연재한 작품이다. 이 작품은 세종과 문종을 모시던 수구파와 세조를 옹위하던 개혁파 사이의 다툼에서 희생된 단종의 슬픈 생애를 그렸다. 단종이 태어나서 영월에서 사망할 때까지의 연대기 소설이다. 「단종애사」는 단종의 탄생과 성삼문, 신숙주에 대한 고명과 수양 대군과 권람의 밀의(密議)를 내용으로 하는 고명편, 수양 대군과 한명회가 김종서와 안평 대군을 비롯한 수많은 사람을 죽여 등극의 기반을 마련하는 실국편, 정인지 등이 단종의 선위를 전하여 세조가 등극하고 사육신이 죽음으로 충의를 바치는 충의편, 노산군이 영월에서 죽음을 당하는 혈루편 등 4편으로 구성되어 있다.

「대수양」은 김동인이 1941년 『조광(朝光)』 64~73호에 연재하였다. 흔히 이 작품은 이광수의 「단종애사(端宗哀史)」와 비교된다. 그 이유는 같은 시기의 정치적 질서의 형성을, 사관(史觀)을 달리하여 이해하고 있기 때문이다. 이광수는 어린 왕 단종을 정통 왕권으로 보고, 수양 대군의 찬탈로 왕권 교체가 이루어졌음을 비판적·부정적으로 묘사하였다. 그런데 김동인은 수양 대군을 정치적 역량과 통치자로서의 정치이념이 확

립된 위대한 인물로 이해하고 묘사하였다. 이광수는 군신지의의 도덕관에 비추어 정통 왕권을 문제 삼았고, 김동인은 정치 역량과 통치 업적을 주로 하여 역사 발전의 법칙성을 더 존중하는 사관을 보였다.

줄거리의 중요한 대목은 다음과 같다. 수양이 사례사(謝禮使)로 명나라를 다녀오는데, 이때 수양 대군의 아우 안평 대군(安平大君)을 에워싸고 있는 김종서(金宗瑞)의 세력이 수양의 세력을 부정하고 제거하려는 반역의 음모를 꾀하고 있다는 정보를 접한다. 이에 수양 대군은 그 세력을 모두 제거하게 된다. 나이가 어린 단종은 이 공포 분위기에 질려서 삼촌인 수양 대군에게 정권을 넘기게 된다. 이리하여 수양은 대권을 쥐게 되고 문화 창조와 그 창달(暢達)에 진력한다는 것이다. 역사를 재구성하여 보인다는 점에서 볼 때, 이광수는 역사적 자료에 의존하고 있는데 반하여, 김동인은 거의 허구적 구성에 의존하였다는 차이를 보인다.

이광수와 김동인이 이른바 루카치의 역사상 중요한 역할을 한 인물인 '세계사적 개인'을 대상으로 한 것이라면, 계유정난에 얽힌 중간적 인물 내지 중도적 인물을 그린 작품은 아마도 정원찬의 「공주는 소리 내어 울지 않았다」가 그 첫 시도가 아닌가 한다. 작품의 줄거리를 따라가 보자. 계유정난으로 인해 왕족에서 노비로 추락한 경혜공주! 여섯 살에 동생 단종이 태어난 다음 날 산후병으로 어머니를 잃고, 안평 대군으로부터 그림을 배우면서 자란 인물이다. 세종의 막내인 영응대군 부인의 친정 동생인 정종(영양위)을 만나 결혼을 하지만, 신혼의 행복은 그리 오래 가지 못한다. 아버지 문종이 39세로 승하하고 어린 동생 단종이 즉위하자, 수양 대군은 권력의 공백을 이용해 종친의 어른이라는 명분으로 권력의 전면에 나서서 김종서와 맞선다. 의지할 곳 없는 경혜공주는 평소 문종을 가장 따르던 금성대군과 손을 잡고 단종을 지키려 하지만,

결국 금성대군과 남편 영양위는 귀양을 가게 된다. 이에 단종은 숙부인 금성대군과 매형인 영양위를 살리기 위해 수양 대군에게 왕위를 넘긴다. 경혜공주는 남편의 유배지인 수원으로 가고, 이곳에서의 삶이 역설적으로 그나마 경혜공주에겐 가장 행복한 삶이었다. 그 와중에 사육신 사건이 일어나고, 공주는 아이도 갖게 된다. 사육신 사건으로 단종은 노산군으로 강등되어 영월의 청령포로 유배 가고, 영양위는 광주로 이배된다. 그곳에서 경혜공주는 아들 미수를 출산한다. 이 소식을 들은 금성대군이 모의를 하다가 발각되어 사사되고, 이어서 단종도 사사된다. 또 다른 역모에 몰려 남편 영양위도 능지처참을 당하고, 숙부에게 동생(단종)과 남편(영양위)을 잃은 공주는 어린 아들 미수와 함께 둘째를 가진 몸으로 순천의 관노로 쫓겨 간다. 공주를 학대한다는 소문이 퍼지자, 세조는 공주를 도성으로 불러올린다. "내가 너무 미안했느니라." 죽음을 앞둔 세조가 경혜공주에게 남긴 마지막 말이다. 경혜공주는 자식을 지키기 위해 비구니가 되어 속세를 떠난다.

작가의 후기를 보면, 정원찬은 수양 대군의 계유정난에서 전두환의 12·12 쿠데타를 연상하고 있다. "군사독재가 물러나고 역사바로세우기, 과거사 규명, 적폐청산, 이런 정치 논리가 내 의식의 저편에서 머무는 동안 나는 옛것을 알기 위해 조선왕조실록을 읽는 재미에 빠져 있었다. 거기에는 5백 년 동안 한 번도 숨을 멈추지 않고 살아 움직이는 역사가 숨 쉬고 있었다. -(중략)- 나는 계유년 어느 늦가을에서 숨을 딱 멈추고 말았다. 계유정난. 세조가 정권을 잡은 그날이었다. 조선의 모든 병권을 수하에 두고 있는 김종서를 두고 수양 대군은 자기를 따르는 무리들을 향해 외쳤다. 김종서 한 명만 잡으면 된다. 그러면 조선은 나의 세상이 된다. 어둠이 깃들 무렵 시작된 역모는 다음 날 새날이 밝아오자 마무리되었다. 수양 대군이 조선을 품에 안는 순간이었다. 5백 년이 지난 뒤, 1979년 12월 12일 저녁, 닮은 꼴 역모가 전두환에 의해 다시 시작되었다. "계엄사령관 정승화 대장만 잡으면 된다."

끝으로 "문종대왕의 딸 경혜공주의 삶을 먼저 조명해 보고, 제5공화국에서 희생된 분들은 다음 기회에 기리고자 한다."라는 작가의 말에서 우리는 정원찬 작가의 다음 작품을 기대하게 된다. 역사의 전환점에서 주인공이 아닌 중간자의 삶에 주목하는 그의 역사관이 벌써부터 기다려지는 이유이다.

공주는 소리 내어 울지 않았다

1판 1쇄 발행 • 2019년 5월 15일
1판 2쇄 발행 • 2019년 6월 28일

지은이 • 정원찬
펴낸이 • 박성복
펴낸곳 • 도서출판 월인
서울특별시 강북구 노해로25길 61
등록 • 제6-0364호 / 등록일 • 1998년 5월 4일
대표전화 • 02-912-5000 / 팩스 • 02-900-5036
http://www.worin.net

ISBN 978-89-8477-669-2 03810

☞ 값은 뒤표지에 있습니다.